The Reincarnated Assassin
Is a Swordmaster

환생한 암살자는 검술 천재

TITAN

II

The Reincarnated Assassin
Is a Swordmaster

환생한 암살자는
검술 천재

글개미 장편소설

TITAN

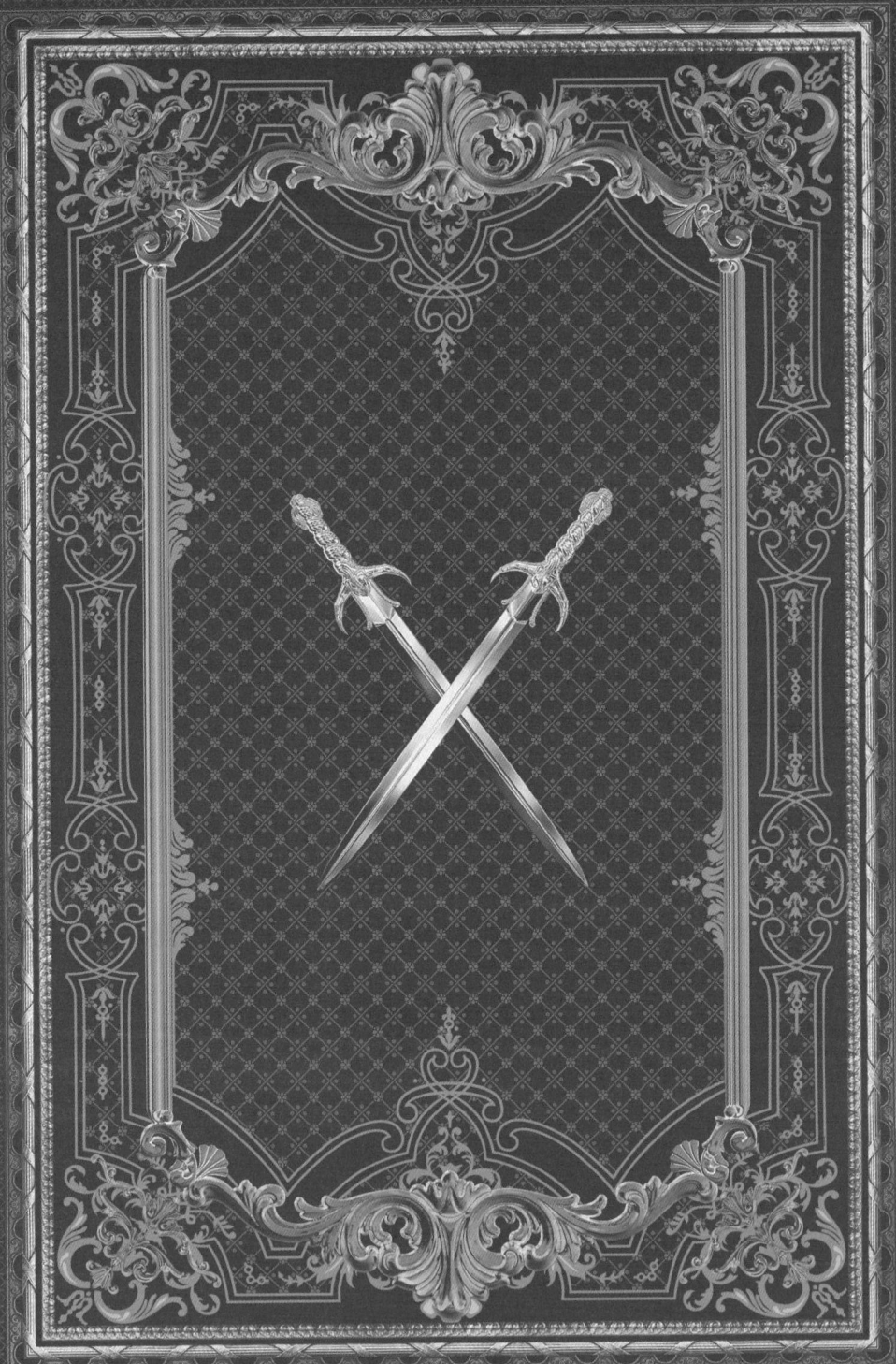

CONTENTS

4장 ······ 007

5장 ······ 127

6장 ······ 209

환생한 암살자는
검술 천재

제31화

 라온이 천천히 눈을 떴다. 단전에 확실하게 뿌리를 내린 뜨거운 기운에 입가에 미소가 피어났다.
 '드디어.'
 라스의 거센 방해를 뚫고, 만화공의 오러를 만들었다. 그것도 예상보다 훨씬 크고, 정심한 오러의 덩어리를.
 '만화공이 전부가 아니지.'
 용암을 둥글게 뭉쳐 놓은 듯한 만화공의 오러 옆에 북해의 빙하를 건져 올린 것 같은 냉기가 모여 있었다.
 숯가마의 열기를 이용해서 라스의 냉기를 밀어냈을 때 만들어진 우연의 산물이었다.
 '이게 이렇게 전화위복이 되나?'

만화공 오러의 크기는 예상보다 2배 이상 컸고, 그 옆에는 냉기의 오러까지 생성되었다.

목숨을 걸고, 지독한 고통을 버틴 대가가 상상을 훌쩍 뛰어넘어 돌아왔다.

"후우우."

라온은 두방망이질 치는 가슴을 가라앉히며 눈앞에 떠오른 메시지를 보았다.

```
<만화공>을 습득하셨습니다.
특성 <만화공(1성)>이 생성됩니다.
<만화공>이 강렬한 열기를 받아 2성에 도달했습니다.
<만화공(2성)>의 효과로
특성 <화속성 저항력(2성)>이 생성됩니다.
```

만화공이 만들어지자마자 2성에 올랐다는 메시지였다.

'이럴 줄 알았어.'

단전에 안착된 만화공의 기운이 예상보다 훨씬 커서 단번에 2성의 경지를 성취했다는 걸 알고 있었다.

'바로 꽃을 피워 낼 수 있겠네.'

만화공이 2성에 올랐을 때부터 사용할 수 있는 일화(一花)이자 일화(一火). 그 능력을 바로 사용할 수 있을 것 같았다.

기대감에 미소를 지을 때 두 번째 메시지가 올라왔다.

> <혹한의 저주>의 냉기 두 가닥이 녹아내립니다.
> 체질 <저질 체력>이 사라집니다.
> 녹아내린 냉기가 응집되어
> 특성 <혹한의 냉기>가 생성되었습니다.
> <분노>의 막강한 냉기를 받아
> <혹한의 냉기>가 2성에 도달했습니다.

"오."

탄성이 절로 나왔다.

혹한의 저주 두 가닥이 녹아내리고, 저질 체력이 사라졌다는 메시지였다.

이것만으로 대단하지만, 정말 중요한 건 그 아래였다.

마나 회로의 냉기가 뭉쳐 혹한의 냉기라는 특성이 생겼다는 메시지. 만화공의 오러 옆에 있는 냉기의 오러가 바로 이 혹한의 냉기였다.

'냉기라…'

사실 마나 회로의 냉기를 배출하지 않고, 받아들이려고 한 건 수속성 저항력을 높이기 위해서였을 뿐이다.

생각도 하지 않은 혹한의 냉기라는 보상에 기분이 좋으면서도 당황스러웠다.

아직 내용을 다 파악하지도 않았는데, 세 번째 메시지들이 떠올랐다.

> 위기 상황에서 <분노>가 펼친 방해를 이겨 내셨습니다.
> 극한의 정신력을 보여 준 대가로
> 모든 능력치가 3포인트 상승합니다.

메시지가 떠오름과 동시에 능력치가 올라갔다. 팽창한 뒤 수축한 육체와 정신에 다시 한번 뜨거운 희열이 찾아왔다.

'꿈인가.'

그저 만화공을 익히려고 했을 뿐인데, 만화공 2성, 냉기 2성에 능력치까지 상승했다.

라스의 방해 덕분에 몇 년 동안 수련해야 할 경지를 단번에 이루었다.

-이런 빌어먹을!

메시지를 끄며 미소를 지을 때 라스에게서 억눌린 목소리가 터져 나왔다.

-네놈은 무엇이냐! 어떻게 그 상황을 이겨 낼 수 있는 거냐고!

평소 근엄한 척하는 말투도 사라졌다. 라스는 말 그대로 분노가 폭발한 상태였다.

'나한텐 안 된다고 했잖아. 뭘 해도 소용없어.'

라온은 허세를 부리며 손을 저었다.

-말이 안 돼! 이건 말이 안 된다고! 본왕이 마계에 있을 때도 이런 굴욕은 없었다. 어찌 이런 일이 벌어질 수가….

'이제 포기해라.'

여유로운 척하고 있지만, 아까는 정말 죽는 줄 알았다. 3달 동안 숯가마를 돌아다니며 주변의 기운을 읽어 둔 덕분에 간신히 살아남을 수 있었다.

'조심해야겠어.'

오늘로 확실해졌다. 조금 친해졌다고 해도 라스는 분명한 적이다. 놈에게는 절대 약점과 비밀을 들켜서는 안 된다.

"괘, 괜찮으냐?"

라스가 부르르 떨고 있을 때 발칸이 다가왔다. 그의 눈동자가 튀어 나갈 것처럼 흔들리고 있었다.

"괜찮습니다."

라온이 몸을 일으켰다. 능력치가 오르고, 두 종류의 오러가 생성되자 몸이 깃털처럼 가벼웠다.

"그럼 얻은 게냐?"

낮은 목소리로 말하는 발칸의 입술은 여전히 떨리고 있었다.

"예. 덕분에."

크게 고개를 끄덕였다. 단전에 생성된 오러 덕분에 무얼 해도 힘이 넘쳤다.

"그래서 죄송합니다. 저 때문에 가마가 무너졌네요."

라온이 무너진 숯가마를 가리켰다. 저 단단한 숯가마가 저리 붕괴된 건 자신의 탓이었다.

"괜찮다."

미안하다고 고개를 숙일 때 발칸이 어깨를 툭 치고서 가마로 다가갔다.

"문제가 없으면 그걸로 되었다. 숯가마 따위야 다시 만들면 그만… 음?"

픽 웃으며 무너진 숯가마를 살피던 발칸의 눈동자가 화등잔만 하게 커졌다.

"이건…."

그가 무너진 숯가마를 뒤적이다가 아궁이 근처에서 금빛으로 반짝이는 숯 세 개를 집게로 들어 올렸다.

'뭐지?'

백탄, 흑탄은 봐 왔지만, 저렇게 금색으로 빛나는 숯은 처음 보았다.

"아!"

생각났다. 처음 만났을 때 발칸은 백탄과 흑탄이 아닌 금탄을 만든다고 했었다.

저 황금빛을 보니, 저게 바로 금탄인 것 같다.

"기연은 네게만 있었던 게 아니었던 것 같군."

"아."

"이게 금탄이다. 백탄보다 강한 열기를 가졌고, 흑탄보다 지속력이 좋은 장인의 숯."

발칸이 금색 열기를 뿜어내는 숯을 강철판 위에 내려놓았다.

"10년 넘게 이 숯을 만들고자 했는데, 이렇게 성공하다니. 인생이란 정말 모를 일이로군."

그는 황홀한 얼굴로 금탄을 바라보았다.

"네 덕분이다. 고맙구나."

"저는 딱히 한 일이 없습니다."

"네가 연공을 할 때마다 가마의 불꽃이 요동을 쳤고, 네 호흡에 불길에 생명이 돋아났다. 난 평생 망치만 들어 온 무지렁이지만 네가 무엇을 했는지는 알 수 있어. 이건 네 덕분이다."

딱히 한 게 없다고 말을 하려 할 때 발칸의 말이 이어졌다.

"네 목표는 무엇이지?"

"목표?"

바로 대답할 수 없었다. 왜 묻는지는 모르겠지만, 그의 진중한 눈빛을 보자 대답을 해야 할 것만 같았다.

'목표라….'

연공을 하며 다짐했듯이 길의 끝에 있는 건 당연히 데루스에 대한 복수다. 하지만 지금 가장 중요한 건 실비아다. 그녀가 행복하게 지내기를 원했다.

그걸 위해선….

흉악할 정도의 강함보다는 어떤 상황에서도 꺾이지 않는, 절대 쓰러지지 않는 강함이 필요했다.

불의 이미지를 잡을 때처럼 꺼지지 않는 불꽃과 같은 맥락이었다.

"그 누구에게도, 어떤 상황에서도 꺾이지 않는 검사가 되고 싶습니다."

"꺾이지 않는다? 애송이의 입에서 나올 소리는 아니군."

발칸은 피식 웃었다. 비웃음이라기보다는 기꺼운 웃음 같았다.

"라온 지그하르트."

그가 처음으로 자신의 이름을 불렀다. 발칸 나름의 인정인 것 같았다.

"네가 개인 검을 가지려면 몇 년이 남았지?"

"정확히는 모르겠지만 3년에서 5년 정도 걸릴 것 같습니다."

지그하르트 무인이 보급용 검이 아니라, 자신의 검을 가지기 위해선 기초 수련을 끝내고, 검사 시험을 통과해야 한다. 대략 3년에서 5년 정도의 시간이 걸린다.

"그렇군."

발칸은 그 정도라면 버틸 만하겠어라고 중얼거렸다.

"꺾이지 않는 마음을 세웠을 때 날 찾아와라. 이 녀석들은 그날을 위해 아껴 두고 있으마."

발칸은 강철판 위의 금탄을 조심스럽게 흔들었다.

"검을 만들어 주시겠다는 말씀이십니까? 은퇴하신 거 아니었습니까?"

"은퇴 번복은 꽤 흔한 일이지."

그가 빙긋 미소 지었다. 처음 보았을 때 피로와 허탈함으로 가득했던 주름살에 생기가 차오르는 것 같았다.

"죽지 마라."

발칸이 가볍게 손을 흔들고서 산을 내려갔다. 3개월간 얼굴을 마주한 것 치고는 너무 가벼운 인사였지만, 그답기도 했다.

"음."

햇발을 등지는 발칸의 등은 처음 본 것보다 30년은 젊어 보였다.

'어쨌든 잘됐군.'

라온이 손을 펼치자, 뱀의 혓바닥처럼 새빨간 불꽃이 타올랐다. 만화공의 오러였다.

처음부터 2성에 오른 덕분에 제어할 필요도 없었다. 만화공의 불길은 완벽하게 자신의 의지를 따르고 있었다.

화아아.

주먹을 움켜쥐자 불길은 사라지고, 가는 열기만이 남았다.

'이번에는… 음?'

혹한의 냉기를 끌어 올리려고 할 때 우측 나무 위에서 아주 미세한 기척이 느껴졌다.

산새나 작은 산 동물이라고 생각될 정도로 작은 기척이지만, 라온은 그게 누구인지 알고 있었다.

"이제 나오시죠."

라온이 나무 위를 보며 손바닥을 탁탁 털었다. 시선을 고정하고 있자, 아무것도 없었던 나무 위에서 리메르가 원숭이처럼 떨어져 내렸다.

"에, 알고 있었어?"

그는 뒷머리를 긁적이며 어색한 미소를 지었다.

"조금 전에 알았습니다."

"쯧, 역시 그랬나? 불을 보고 깜짝 놀라서."

리메르가 짧게 혀를 찼다. 그의 녹색 눈동자엔 확연한 놀라움이 남아 있었다.

"계속 보고 계셨습니까?"

"아니, 오늘이 처음인데."

그는 웃고 있었지만, 평소 같은 여유로움은 없었다. 거짓말을 들킨 아이의 표정이다.

'하긴 당연한가.'

리메르는 수련생을 여기에 맡겨 두고 내팽개칠 정도로 모진 사람이 아니었다. 지난 3달간 꾸준히 지켜보았던 모양이다.

"감사합니다."

라온이 고개를 숙였다.

"아니라니까. 참."

리메르가 머리를 벅벅 긁으며 눈을 돌렸다.

'특이해.'

감사하다니까 오히려 좋아하지 않고, 민망해한다. 이 엘프도 평범함과는 거리가 멀었다.

"좀 늦었지만, 오러가 생겼네. 축하한다."

"감사합니다. 딱히 늦었다고 생각은 안 하지만요."

라온이 손가락 위로 붉은 불길을 펼쳐 냈다. 그 모습을 본 리메르가 얼굴을 찡그렸다.

"오러를 만들자마자 사용하다니."

그는 질린 듯한 표정으로 한숨을 내쉬었다.

"평범한 거 아닙니까?"

"오러를 익히자마자 사용하는 놈은 처음 보는데?"

리메르는 보통 일주일에서 한 달은 지난 후에 오러를 능숙하게 사용한다고 중얼거렸다.

"이제 내려가라. 수련 시간에 늦기 전에 도착해야지."

리메르는 라온의 어깨를 툭툭 쳐 주고서 미소 지었다.

"교관님은 안 가십니까?"

"난 저거 정리하고 가려고."

폭삭 내려앉은 숯가마를 가리켰다. 불길은 사라졌지만, 아직 열기는 남아 있었다.

"저도 돕겠습니다."

"그럴 필요 없어."

리메르는 고개를 젓고서 몸을 돌리려는 라온을 붙잡았다.

"난 교관이니까 지각해도 괜찮지만, 수련생이 지각하면 안 되지."

"……."

라온은 그게 뭔 개소립니까? 라는 표정이 되었지만, 리메르는 손부채질을 하며 무시했다.

"어쨌든 내가 다 처리하고 갈 테니까. 내려가라."

"…알겠습니다. 감사합니다."

그는 한 번 더 고개를 숙인 뒤 산을 내려갔다.

"후."

리메르는 라온이 내려간 걸 확인한 뒤 숯가마를 보았다. 발칸이 처음부터 불이

번지지 않게 만들어서 저걸 건드릴 필요는 없었다.

이곳에 남은 이유는 저 가마 때문이 아니었다.

"이제 나오시죠."

라온이 자신을 부를 때처럼 위를 올려다보며 그 남자를 불렀다.

허공이 소리 없이 출렁이더니, 흑색 장포를 두른 금발의 노인이 내려왔다. 글렌 지그하르트였다.

"구경은 잘하셨는지요?"

"……."

글렌은 말없이 무너진 숯가마와 라온이 앉아 있던 자리를 살펴보았다.

"손주가 걱정되어서 매일매일 찾아오셨는데, 이제 마음이 좀 놓이시겠네요."

"그런 적 없다."

그는 고개를 젓고서 손가락을 들어 올렸다.

우우웅!

글렌의 손짓에 따라 무너진 가마의 잔해가 한곳으로 모여들었다.

쿠구구구!

잔해들이 장미 넝쿨처럼 동그랗게 꼬여 압축되더니, 그대로 지워져 버렸다.

바닥이 시꺼멓게 탄 자국만 아니라면 이곳에 가마가 있었다고는 누구도 생각하지 못할 정도. 어마어마한 오러 운용 능력이었다.

"숯가마 내부의 열기를 먹어 치운 덕분인지 오러의 양과 순도가 장난이 아닙니다. 거기다 안착시킨 오러를 바로 운용했죠. 역시 대단한 재능입니다."

"그게 전부가 아니다."

글렌은 라온이 내려간 산의 오솔길을 내려다보며 눈을 내리감았다.

"녀석은 자신에게 주어진 굴레마저 제 것으로 만들었다."

❖❖❖❖❖

지그하르트 남쪽엔 불빛이 꺼지지 않는 마을이 있다. 야장들의 도시. 대장장이들이 밤낮으로 망치를 두드리는 미르탄 마을이다.

마을의 가장 안쪽엔 공처럼 둥그런 형태의 공방이 있다. 10년 넘게 불이 들어오지 않았던 그 대장간에 불이 들어왔다.

"뭐야! 전 촌장의 공방에 불이 들어왔어!"

"촌장이. 아니 전 촌장이 돌아왔다!"

"돌아왔다니? 은퇴했잖아!"

"그 영감 고향으로 돌아간 거 아니었어?"

일하던 대장장이, 잠을 자던 대장장이, 출장을 가려던 대장장이까지. 모두가 전 촌장의 공방으로 몰려갔다.

그리고 물었다. 왜 돌아왔는지를.

"약속을 했다."

미르탄 마을의 전 촌장이자, 대장장이의 전설이 된 발칸이 대장간의 먼지를 털어 냈다.

"그날이 올 때까지 몸을 만들어 둬야 해."

그는 망치를 들고, 불을 지피며 시원하게 웃었다.

"진천검을 뛰어넘을 검을 만들어야 하니까."

제32화

 연무장으로 향하는 라온의 발걸음은 어느 때보다도 경쾌했다. 기분 탓이 아니다. 바람을 탄 것처럼 몸 자체가 가벼워졌다.
 '오러 덕분이지.'
 능력치가 오르고, 체질이 바뀐 것도 있겠지만 가장 큰 차이는 오러다.
 오러는 마나의 응집체. 그 존재만으로 인간의 육체 능력을 상승시킨다.
 지금 자신의 단전에는 그 오러 2개가 뭉쳐 있었으니, 평소보다 몸이 가볍고 활력 넘치는 건 당연한 일이었다.
 '그것만이 아니야.'
 감각이 더 세밀해졌다.
 바람의 흐름, 풀잎을 뛰노는 산짐승의 발걸음 그리고 산 아래를 지키는 검사들의 기척까지. 주변의 모든 게 손에 잡힐 듯이 느껴졌다.

"흐음."

라온이 입맛을 다셨다.

'시험해 보고 싶은데.'

실전에서 힘을 발휘하려면 지금의 내가 어느 정도의 능력을 발휘할 수 있는지 정확하게 알아야 한다.

'오늘 수련이 끝나면 다시 산에 가 봐야겠어.'

이전에 리메르가 바람을 알게 해 준 북망산의 공터에서 시험을 해 보면 될 것 같다.

-크아아!

기대감에 미소를 지으며 연무장으로 걸어갈 때 라스가 악 소리를 질렀다.

-제기랄!

녀석은 지금까지도 흉폭한 냉기와 분노를 뿜어내고 있었다. 물론 힘이 빠져서 조금도 위협적이진 않았다.

-어떻게 그 순간에 가마를 보았단 말이냐!

'그러게. 운이 좋았어.'

-웃기지 마라! 네놈이 끌어당긴 걸 모를 줄 알았던 거냐!

라스가 바드득 이를 갈았다.

'이 괴물 같은 놈!'

라온 지그하르트에게 냉기와 정신 공격을 막는 능력이 있다는 건 예상했다.

'뭐가 있어도 상관없다고 생각했지.'

금세 놈의 육체와 영혼을 먹어 치울 수 있다고 생각했다. 지금까지 그래 왔으니까.

'하지만 아니었어.'

놈은 달랐다.

처음부터 인간의 정신이 가장 약해지는 시기. 연공의 극에 이르러 정신의 방벽이 가장 낮아진 무아지경 상태를 노렸다.

그동안 모아 놓은 분노의 감정과 냉기를 모조리 폭발시켰음에도 라온의 정신은 무너지지 않았다.

극한의 정신력으로 버티다가 가마의 열기를 이용해서 자신을 밀어내 버렸다.

그 완벽한 계획이 무너진 게 아직도 믿기지 않았다.

'어디서 이런 놈이….'

산전수전 다 겪은 마족들도 견딜 수 없는 고통을 저 어린놈이 아무렇지도 않게 참아 냈다. 어이가 없어서 할 말이 없었다.

꿀꺽.

라스가 마른침을 삼켰다. 평생 저 꼬마의 팔뚝에 대롱대롱 매달려 있을지도 모른다는 끔찍한 생각이 들었다.

'절대 그럴 수는 없어.'

이를 악물었다. 이전에도, 오늘도 실패했지만 이렇게 계속 퍼 줄 수는 없었다.

-라온 지그하르트. 좋아하지 마라. 본왕은 아직 시작도 안 했으니까.

"그래. 열심히 해."

라온은 작게 고개를 끄덕이고 연무장으로 발걸음을 옮겼다. 저 무덤덤한 반응. 보면 볼수록 짜증이 나는 놈이다.

-귓구멍 씻고 들어라. 본왕은 포기라는 걸 모르는 마족이다. 네놈의 육체를 집어삼켜서 주변의 인간들을 모조리 죽여 버….

"힘내라."

-으아아악!

라온의 담백한 대답에 라스는 결국 두 번째로 폭발했다.

루난은 연무장 중앙에 서서 문만 바라보고 있었다.

'언제 오지?'

최근 라온의 상태는 수련생 모두가 알 수 있을 정도로 좋지 않았고, 그 이유도 알고 있었다.

오러.

라온보다 연공을 늦게 시작한 아이들도 모두 오러를 만들었지만, 그는 7개월이 지난 지금도 오러를 안착시키지 못했다.

5 연무장에서 오러를 습득하지 못한 건 라온뿐이었다.

버렌을 꺾은 뒤 그를 수석으로 인정하던 아이들도 생각을 달리했다. 마르타나 버렌 혹은 자신에게 수석의 자리가 가길 원했다.

'도와주고 싶어.'

라온에겐 큰 도움을 받았다. 옆에서 수련하면서 더 높은 성취를 이뤘고, 그에게서 풍기는 시원한 향기에 훈련할 때 항상 기분이 좋았다.

'엄마도 말했으니까.'

엄마는 고마운 사람에게 보답하라고 했었다. 그래서 가장 좋아하는 구슬 아이스크림을 다시 가져왔다.

　지난번에는 마지막 남은 하나를 줬지만, 이번에는 3개나 남아 있었다. 이걸 먹고 기운을 차려 줬으면 좋겠다.

　달칵.

　루난이 구슬 아이스크림이 든 상자를 매만지고 있을 때 연무장 문이 열리고 기다리고 기다리던 라온이 들어왔다.

　탁탁.

　쪼르르 달려가서 라온의 앞에 섰다. 이제 붙는 게 익숙해졌는지 라온은 별반 표정의 변화도 없었다.

　부스럭.

　그런 그에게 가지고 있던 작은 상자를 내밀었다.

　"힘내."

　루난은 얼떨결에 상자를 받은 라온에게 고개를 끄덕여 주었다.

　'음?'

　평소처럼 다섯 걸음 거리로 떨어지려고 할 때 라온에게서 풍기던 시원한 향기가 더 진하게 느껴졌다.

　킁킁.

　잘못 느낀 게 아니다. 가슴이 떨릴 정도로 청량한 향기였다.

　루난은 두 눈을 빛내며 평소보다 한 발자국 더 라온에게 다가갔다.

'또 왜 이래?'

라온이 눈매를 가늘게 좁혔다. 기분 좋게 하산해서 왔는데, 루난이 평소보다 훨씬 가까운 거리에서 흥흥거리며 냄새를 맡고 있었다. 조금 당황스러웠다.

루난에게 받은 상자를 보았다. 구슬 아이스크림이 담겨 있던 그 상자였다.

열어 보니, 하얀 냉기가 피어나며 색이 다른 구슬 아이스크림 3개가 놓여 있었다.

-헉! 구슬 아이스크림이 아니더냐!

라스에게서 기대감이 가득 찬 목소리가 들려왔다.

"이거 먹으라고?"

"응."

흥흥거리던 루난이 눈을 뜨고 고개를 끄덕였다.

-오늘부터 저 아이를 본왕의 아이스크림 소녀로 인정한다. 라온. 다 먹어라! 본왕은 다른 맛도 느껴 보고 싶도다. 일단 중앙에 있는 검은색부터….

'좀 가라.'

상자에서 검은색 아이스크림을 하나 꺼내서 입에 넣었다. 시원하면서도 달콤한 초콜릿이 입안에서 팔랑였다. 음식으로 행복을 느끼는 게 이런 건가 싶을 정도로 달콤했다.

-미쳤도다! 시원함이 입안을 적시고, 그 위로 달콤한 초콜릿이 리본처럼 혀끝을 감싸는구나. 황홀한 맛이야!

라스는 평론가라도 된 거처럼 아이스크림의 맛을 세세하면서도 매끄럽게 설명했다.

-더, 더 먹어라! 이번엔 저 빨간색을….

"헤…."

루난이 먹고 싶었던지 살짝 침을 흘리며 입맛을 다셨다.

"잘 먹었어."

라온은 아이스크림 2개가 남은 상자를 루난에게 돌려주었다.

"더 안 먹어?"

루난은 멍한 눈으로 되돌아온 상자를 바라보았다.

"충분해. 고마워."

-충분하긴 무슨! 본왕은 아직 배고프다! 다 먹어!

'애 먹고 싶어 하는 거 안 보이냐? 나잇값 좀 해.'

라온은 난동을 부리는 라스를 손바닥으로 짓눌러 버렸다.

"그럼 기운 났어?"

"응? 아…."

라온은 자신과 상자를 번갈아 쳐다보는 루난을 보며 픽 웃었다.

'역시.'

먹고 싶어 하는 표정을 보니 확실해졌다. 루난은 기운을 차리라고 이 아이스크림을 건네준 거다.

표정 변화가 적고, 말수도 적지만, 루난은 선하고 다정한 아이였다.

"기운 났어. 고마워."

"응!"

루난은 작게 웃으며 상자를 받았다. 보물을 찾은 탐험가처럼 소중하게 품에 안았다.

"근데."

"응?"

"아냐."

루난은 말을 하다 말고 고개를 저었다. 이상한 점은 평소보다 거리가 가까웠고, 홍홍거리며 냄새 맡는 횟수가 좀 많이 늘어났다는 것이다.

'정말 모르겠다니까.'

라온은 어깨를 으쓱이고서 뒤처리를 하고 올 리메르를 기다렸다.

"한 달 뒤에 좀 특별한 걸 해 보려고 한다."

수련 시간에 10분이나 늦게 나타난 리메르가 히죽 웃었다.

"교관님 오늘도 지각하셨습니다. 10분이면 검을 100번 넘게 휘두를 수 있는 시간인데."

버렌이 미간을 찌푸리며 손을 들어 올렸다.

"아, 미안. 준비가 좀 필요했거든."

리메르는 익숙한 손짓으로 사과를 한 뒤 말을 이었다. 말은 미안이라고 하지만, 아무렇지도 않은 표정이다. 그저 웃는다.

"으음."

버렌은 마음에 들지 않은 표정이 역력했지만, 손은 내렸다.

"너희도 즐거울 거야. 오랜만에 훈련다운 게 왔으니까."

리메르는 입꼬리를 빙글 말아 올리며 뒤를 가리켰다. 뒤쪽 연무장에 원형으로

금이 그어져 있었다.

"7개월 동안 기초를 쌓고, 연공을 계속했으니 달궈 볼 때가 되었지. 한 달 뒤에 대련을 실시한다."

"우오오!"

"드디어!"

"대련!"

아이들이 포효와 같은 환호성을 내질렀다. 그동안 반복해서 단련해 온 오러와 검술을 시험해 볼 기회가 왔으니, 기뻐하는 건 당연했다.

찌그러졌던 버렌의 인상도 펴졌고, 마르타도 서늘한 미소를 피워 냈다. 루난의 맹한 표정은 그대로였다.

"대련의 승패는 너희들의 졸업 점수에 영향을 주게 될 것이다. 한 달간 열심히 준비하는 게 좋을 거야."

"잠시만요."

여유롭게 웃고 있던 마르타가 리메르를 불렀다.

"아직도 오러를 만들지 못한 뒤떨어지는 친구는 어떻게 해야 하나요?"

이름을 칭하지 않았지만, 모두 라온을 바라보았다.

라온은 수련생들의 시선을 받으면서도 아무런 반응도 하지 않았다. 여유로운 표정으로 리메르의 입만 바라보았다.

"다행히 그 친구도 오러를 만들었다고 하더라고."

"네? 대체 언제…."

"어젠가? 오늘인가?"

"아, 그래요?"

마르타의 고개가 획 돌아갔다. 검은 눈동자가 진흙에 묻힌 흑진주처럼 번들거렸다.

"드디어 기회가 왔네. 너무 길어서 지루해 죽을 뻔했는데."

그녀가 다가오며 미소를 지었다. 비웃음과 거만함이 어우러진 웃음이었다.

"예전에 했던 말 기억하지. 난 나보다 약한 놈의 지시는 듣지 않는다고. 이 정도면 참을 만큼 참아 줬다고 생각해. 이번에 끝을 내자. 넌…."

"마르타 지그하르트. 물러나라."

라온이 나서기도 전에 버렌이 옆으로 끼어들었다.

"오러를 습득한 지 하루도 지나지 않은 녀석과 한 달 뒤에 대련하겠다니, 네겐 검사의 명예도 없는 건가."

"하! 명예?"

마르타가 입꼬리를 길게 꼬아 올렸다. 노골적인 비웃음을 그리며 손가락을 흔들었다.

"가문에서 귀하게 크신 분은 명예가 밥 먹여 주는지 아시나 보네."

"마르타."

"명예라는 것도 그에 걸맞은 사람에게나 보여 주는 거야. 저기 뒤떨어지는 녀석들도 한 달 만에 오러를 익혔지만, 우리 수석께선 반년이 넘게 걸렸어."

그녀는 린덴 오러 연공법을 익히고 있는 추천생들을 가리켰다.

"상급 이상의 연공법이라고 해도 7개월 만에 오러를 만들었다는 건 저놈에겐 재능이 없다는 뜻이야. 같이 판별식을 치렀으니, 네가 가장 잘 알지 않아?"

"으음…."

버렌이 인상을 찌푸리다가 입매를 내렸다.

'확실히….'

자신도 최상급의 오러 연공법을 2주일 만에 익혔었다. 아무리 대단한 연공법이라고 해도 1성을 습득하는 데 반년 넘게 걸린 건 문제가 있었다.

"저 녀석에게 검술이나, 권법 재능이 있다는 건 인정하지만 그뿐이야. 오러에 재능이 없다면 아무 의미도 없어."

"으음."

"맞는 말이긴 하지"

"이름난 무인 중에 오러가 약한 사람은 없으니까."

마르타의 말에 동의하듯 수련생들이 고개를 끄덕였다.

"교관님이 갑자기 대련하겠다는 것도 수석을 바꾸고 싶어서 아닌가요?"

"글쎄?"

리메르는 눈썹과 어깨를 동시에 으쓱였다.

"라온 지그하르트. 네 능력치고는 수석 자리에 오래 앉아 있었잖아. 널 따르는 아이도 없…. 아니. 몇 명뿐이니, 이제 그 자리를 내놓을 때가 된 것 같은데?"

마르타는 라온의 뒤에 있는 도리안과 몇몇 수련생들을 힐끔 보고서 픽 웃었다.

"전에 말이 나왔던 대로 대련에서 이긴 사람이 수석 수련생의 자리를 갖는 걸로…."

"싫다."

라온은 마르타의 말이 끝나기도 전에 고개를 저었다.

"뭐?"

"넌 돈도 없이 도박판에 앉을 수 있다고 생각하나? 내가 수석의 자리를 건다면 너도 그에 상응하는 무언가를 꺼내."

"너 지금 상황이 어떻게 돌아가는지 몰라? 여기에 네 편은…."

"겁나?"

라온이 턱을 살짝 틀며 미소 지었다. 마르타가 보여 준 것보다도 더 진한 비웃음이었다.

"겁? 지금 나한테 한 말이야? 하! 좋아. 네 마지막이 될 도발 정도는 받아 주지."

마르타가 피식 웃었다. 검은 눈동자에 짜증을 휘감으며 품에 있던 작은 목갑을 꺼내 놓았다.

"아버지께서 내어 주신 영약 구화단이야. 대련에서 네가 이긴다면 이걸 주지."

구화단은 아홉 가지 약초를 모아 만든 영약으로 육체와 오러를 강화해 주는 효과가 있었다.

'라스. 지금이 내가 예전에 말한 순간이다.'

-그게 무슨 말이지?

'마르타에게 뽑아 먹을 게 생길 거라고 했지? 그게 지금이라고.'

마르타에게 저 영약이 있다는 건 수다쟁이 도리안을 통해 이미 알고 있었다.

'구화단이면 적당하지.'

라온이 구화단이 든 목갑과 도발에 넘어간 마르타를 보며 가는 미소를 지었다.

무조건 이기는 내기의 상품으로 말이야.

제33화

 한 달 후 대련을 시행하겠다는 리메르의 선언 이후 아이들은 미래의 상대를 상상하며 수련에 박차를 가했다.
 누구와 싸우더라도 제 실력을 발휘할 수 있게 최선을 다해서 검술을 다듬고, 오러를 연공했다.
 하지만 평소와 다르지 않은 수련생도 있었다.
 라온과 마르타. 이미 상대가 정해진 두 사람의 태도는 변하지 않았다.
 라온은 평소처럼 새벽부터 밤까지 전력을 다해서 수련했고, 마르타는 수련생 중 최강자답게 여유로운 모습을 보였다.
 그렇게 각자가 전력을 다해 수련하는 동안 한 달이 훌쩍 지나고 대련 날 아침이 밝았다.
 1년 가까이 단련해 온 무력을 증명하고, 교관들에게 좋은 점수를 받을 기회였기 때문에 수련생들의 얼굴에는 흥분과 긴장이 가득했다.

반면 마르타는 그런 것 따윈 아무 상관도 없다는 듯 한쪽을 바라보며 웃었다.

'이제야 갚아 줄 수 있겠네.'

7개월 전 라온에게 반격을 당해서 얻어맞았던 팔뚝을 움켜쥐었다.

'처음이었지.'

이곳에 오기 전 뒷골목에서도 또래에게 맞은 적은 없었다. 태어나서 처음 당한 망신이라 지금도 잊히지 않았다.

그날의 굴욕을 갚아 줄 기회만 기다리고 있었는데. 8개월 만에 드디어 그날이 찾아왔다.

'오늘로 끝이야.'

라온 지그하르트가 오러를 익힌 시간은 한 달밖에 되지 않았고, 자신은 3년이 넘었다. 사실상 의미 없는 대련이었다.

비겁하다고도 할 수 있지만, 재능이 없는 놈을 언제까지고 기다려 주는 것도 시간 낭비다.

'나는 할 일이 있어.'

라온 같은 얇은 벽에 막혀 있을 때가 아니다. 최대한 빨리 강해져서 구할 사람이 있다.

우우웅!

마르타는 손아귀에서 솟구치는 황색의 오러를 움켜쥐며 입매를 굳게 다물었다.

❋❋❋❋❋

라온은 임시로 만든 대련장 우측에 앉아서 상태창을 확인했다.

```
<상태창>
이름 : 라온 지그하르트.        칭호 : 최초의 승리.
상태 : 혹한의 저주(여섯 가닥), 운동 능력 저하, 마나 감응력 저하.
특성 : 분노, 불의 고리(3성), 수속성 저항력(3성),
설화의 감각(1성), 만화공(2성), 혹한의 냉기(2성),
화속성 저항력(2성)

          근력 : 35      민첩성 : 36
    체력 : 35     기력 : 26      감각 : 50
```

 특성의 개수도 많이 늘어났지만, 그동안 한계를 넘어서는 수련을 통해 능력치도 비교할 수 없을 정도로 높아졌다.
 '괜찮네.'
 라온은 이전과는 확연히 달라진 상태창의 수치에 만족스러운 미소를 지었다.
 "자, 주목!"
 상태창을 껐을 때 리메르의 목소리가 들렸다. 그는 대련장 바닥을 전부 확인한 후 고개를 끄덕였다.
 "다른 사람의 전투를 보는 건 직접 대련하는 것만큼이나 도움이 된다. 다른 수련생들이 싸우는 모습을 보며 대련에서 어떻게 움직일지 미리 계획을 세우도록."
 "예!"
 "그럼 첫 번째 버렌 지그하르트. 도리안."

"네!"

"헉!"

버렌은 당당하게 일어서서 대련장으로 들어갔지만, 도리안은 게걸음을 걸으며 바들바들 떨었다.

"저, 저기 교관님?"

"뭐지?"

"기권합니다!"

도리안은 힘차게 손을 들어 올리며 기권을 외쳤다.

"……."

그 절박한 목소리에 모두가 입을 다물었다. 물론 뭐 저런 놈이 다 있냐는 눈빛이었다.

"아직 시작도 안 했다만?"

리메르가 당황한 얼굴로 뺨을 긁적였다.

"모, 몸 상태가 좋지 않습니다. 어제부터 몸살과 오한이 와서. 콜록!"

도리안은 어색한 마른기침을 하며 입술을 떨었다.

"어우, 진짭니다."

배에 달린 주머니에서 얼음주머니를 꺼내 머리에 얹었다. 준비성 하나는 정말 철저한 놈이다.

-한심하도다. 본왕의 부하라면 당장에 목을 베었을 것이야!

'예상대로긴 한데.'

도리안이 저렇게 나올 건 알고 있었다. 평소 녀석의 성격을 생각하면 당연한 일이었다.

"도리안. 그래도 한 번은 싸워 봐. 패하더라도 배우는 바가 있을 거다. 다치기 전에 말릴 테니, 걱정하지 말고."

"그, 그럼 사람이라도 바꿔 주시면… 흡!"

도리안은 고개를 들어 올리다가 버렌과 눈을 마주치고서 찔끔 몸을 떨었다.

"네가 밖에서 어떤 신분이었든, 지금은 지그하르트의 수련생이다. 지그하르트의 명예를 떨어뜨린다면 지금 이곳에서 목을 베어 주마."

버렌의 목소리는 아이라고 생각되지 않을 정도로 살벌했다.

"허억!"

도리안이 입을 떡 벌리고서 리메르의 뒤로 몸을 숨겼다.

"도리안. 말 그대로 대련일 뿐이다. 무섭게 여기지 말고, 지금까지 네가 해 온 걸 보여 준다고 생각해."

"아, 알겠어요."

리메르의 나지막한 목소리에 도리안의 떨림이 살짝이나마 가셨다.

"버렌. 너도 그렇게 진지하게 생각할 필요 없다. 명예도 좋지만, 그보다 중요한 것들은 세상에 많으니까."

"……."

버렌은 대답하지 않았지만, 좀 심했다고 생각했는지 기세를 풀었다.

"음…."

라온은 버렌과 도리안 사이에서 웃고 있는 리메르를 보며 눈매를 좁혔다.

'잘 통하네.'

그의 조언은 양쪽 모두에게 적절하게 먹혀들었다. 매일 놀기만 하는 것 같아도 수련생들을 잘 보고 있었다는 뜻이다.

'저게 스승이라는 건가.'

전생에서 암살자로 사육될 때 저런 일이 있었다면 교관은 도리안과 버렌의 목을 둘 다 베어 버렸을 거다.

저렇게 달래 주고, 제 능력을 발휘할 수 있게 만드는 게 진짜 스승인 것 같다.

"그럼 준비."

리메르 덕분에 정리가 끝났고, 버렌과 도리안이 마주 섰다.

"시작!"

시작 소리와 동시에 버렌이 달려가 검을 내질렀다.

오러를 운용하고 있었기 때문에 이전의 대결 때와는 차원이 다른 속도였다.

"히이익!"

도리안은 비명을 지르며 몸을 틀었다. 덕분에 버렌의 검은 종이 한 장 차이로 허공을 찔렀다.

"도망치지 마라!"

버렌은 인상을 찌푸리며 검을 내리쳤고, 도리안은 수련검을 휘적거리며 발만 놀렸다.

"우아악!"

버렌이 휘두르는 검격이 다섯 번이 넘어갔지만, 도리안은 끝까지 도망만 다녔다.

"언제까지 도망만 칠 거냐."

버렌이 눈매를 좁히며 땅을 박찼다. 순식간에 좁혀 드는 거리. 숨겨 둔 실력을 발휘한 것이다.

"우허헉!"

도리안이 급하게 몸을 빼려 했지만, 늦었다. 버렌의 수련검은 이미 그의 허리에 닿아 있었다.

뻐어억!

강렬한 소리와 함께 도리안의 몸이 우측으로 튕겨 나갔다.

"어우욱, 하, 항복! 항복합니다!"

도리안은 허리를 부여잡고, 버둥거리며 항복이라 소리쳤다.

'역시 몸이 유연하군.'

라온은 바닥에 누운 도리안을 보며 피식 웃었다. 녀석의 재능은 나쁘지 않다. 특히 오러 운용 속도와 발 빠르기는 직계에게도 뒤지지 않았다.

물론 그렇다고 해도 버렌의 실력을 감당하기엔 한참 무리였지만.

"버렌. 넌 아직 감정을 조절 못 하고 있다. 제대로 상대했다면 다섯 합 안에 검이 닿았을 거다."

"…맞습니다."

버렌은 묵묵히 고개를 끄덕이고서 물러났다.

"도리안. 넌 왜 자꾸 도망만 치는 거야. 할 수 있다니까. 도망치지 않고 맞서서 싸웠으면 더 오래 버틸 수 있었어."

"죄, 죄송합니다. 근데 무, 무서워서….'

"무서울 수는 있지만 여기서 극복하지 못하면 실전에선 서 있을 수도 없다. 검사가 되기 위해선 그 공포를 이겨 내야 해."

도리안은 버렌과 달리 한참 동안 잔소리를 듣다가 돌아갔다.

"다음 루난이랑 크레인."

"네."

"예!"

루난과 방계 크레인이 대련장으로 걸어갔다.

크레인은 꽤 힘 있는 방계의 아이로 예전에 자신에게 덤볐던 버렌의 졸자 중 하나다. 실력은 괜찮지만, 루난의 상대는 되지 않는다.

"시작."

리메르가 손을 아래로 내리자마자, 루난과 크레인이 앞으로 뛰어들었다.

"흐압!"

선공은 크레인이다. 이를 악문 채 좌측으로 젖혀 둔 수련검을 수평으로 휘둘렀다.

"……."

루난은 평소의 표정을 유지하며 하얀 냉기가 뿜어지는 검을 올려 쳤다.

떠엉!

쇳덩이가 찌그러지는 소리와 함께 크레인의 검이 떨어져 나와 잘 다져진 대련장 땅에 박혔다.

루난은 뒤늦게 검을 내지르고서도 크레인의 검을 쳐 내 버린 것이다.

"끄윽…."

크레인이 손을 바르르 떨며 뒷걸음질 쳤다.

"거기까지."

리메르는 턱을 긁적이며 대련장으로 나왔다.

"크레인. 긴장을 너무 많이 했다. 손목과 손아귀에 힘이 너무 많이 들어갔어. 검을 잡을 땐 여유를 주어야 한다."

"죄, 죄송합니다."

"그리고 루난. 후발선공의 묘리는 좋았지만, 검 끝까지 오러가 담기지 못했다."

"네."

루난은 담백한 얼굴로 고개를 꾸벅였다.

"수고했어. 그럼 다음…."

❖❖❖❖❖

대련 훈련은 해 질 녘까지 계속되었고, 남은 사람은 두 명이었다.

"라온 지그하르트, 마르타 지그하르트. 앞으로."

"기다리다 늙어 죽는 줄 알았네"

마르타의 검은 눈동자가 흥분으로 번들거렸다. 반면 라온은 덤덤한 눈으로 마르타와 마주 섰다.

"8개월이면 나치고는 많이 참았지. 이제 끝을 내자고."

"내기 하나만 더 걸까?"

라온은 이를 드러내는 마르타에게 손가락 하나를 들어 올렸다.

"뭐?"

"패한 사람이 승자. 즉, 수석의 말에 복종하는 게 어때?"

"복종이라. 너 같은 둔재의 복종 따윈 필요 없지만, 상관없겠지."

마르타는 가늘어진 눈으로 고개를 끄덕였다. 본인이 진다고는 조금도 생각하지 않았다.

"오늘의 마지막 대련이네. 모두 잘 봐 두도록. 그럼…."

리메르가 알기 힘든 미소를 지으며 손을 올렸다.

"시작!"

리메르의 손이 내려가자마자 마르타가 땅을 박찼다. 터엉 소리와 함께 그녀의 얼굴이 코앞까지 다가왔다.

후웅!

내려치는 마르타의 수련검을 향해 검을 내질렀다.

캬앙!

검과 검이 맞부딪치며 튀어나온 불똥이 허공으로 흩날렸다.

"왜 오러를 사용하지 않았나 궁금해?"

마르타는 검을 밀어붙이며 히죽 웃었다.

"먼저 검술로 붙어 보자고, 그 뒤에 오러가 어떤 힘을 발휘하는지 알게 해 줄 테니까!"

그녀의 목소리가 귓가를 스치는 순간 검술이 급격하게 변화했다. 속도와 힘만이 아니라, 궤도마저 현묘해졌다.

캬앙!

라온이 마르타의 수련검을 쳐 내며 눈매를 좁혔다.

'모르는 검술이군.'

빠르고, 강하면서도 현묘하다. 직계 교육을 받을 때 배운 고급 검술인 것 같았다.

'강하긴 하지만.'

완벽하지 않은 검술. 차라리 모두가 아는 연성검을 펼치는 게 더 나았을 거다.

캉! 캬아앙!

라온은 연성검의 다섯 초식을 연거푸 펼쳐 마르타의 검술을 막아냈다.

"전부 막아?"

새로운 검술을 수십 번 내치고도 자신의 방어를 뚫어 내지 못하자 마르타의 표정이 차갑게 가라앉았다.

"모든 검술은 다섯 가지 형태에서 시작한다. 그것만 알고 있다면 막아내는 건 어렵지 않아."

마르타가 내지른 검을 쳐 내고 근접하여 주먹을 내질렀다.

후우웅!

그녀는 우측으로 보법을 밟아, 주먹을 피해 냈다. 빈틈을 노리듯 허리를 향해 검을 후려쳤다.

캬아앙!

라온은 검을 사선으로 세워 공격을 흘려 낸 뒤 마르타를 밀어붙였다.

"역시."

마르타가 검을 휘돌리며 뒤로 물러섰다.

"인정하지. 넌 재능이 있어. 다만 그건 검술 하나일 뿐이야. 오러가 약한 반쪽짜리 무인이 갈 길은 이미 정해져 있어!"

그녀의 주변으로 황색 기류가 피어났다. 대지 속성 오러에 연무장이 잘게 흔들렸다.

쿠우웅!

마르타가 발을 굴렀다. 땅이 파여 나가며 그녀의 수련검이 대기를 꿰뚫었다.

"흡!"

쏟아져 내리는 황색 기운을 향해 검을 들어 올렸다.

콰아앙!

검을 막아내는 것만으로 다리가 휘청였다. 아까와 같은 돌진이었지만, 그 속도도 위력도 차원이 달라졌다.

"오, 막았네?"

뭉툭한 칼날 사이로 보이는 마르타의 눈이 반달처럼 휘어졌다.

"이제 좀 알겠지? 제대로 된 오러가 담긴 검이 어떤 힘을 발휘하는지."

그녀는 손목과 허벅지를 떨고 있는 라온을 보며 턱을 치켜올렸다.

"오러는 검술 이상으로 재능을 타지. 7개월 만에 콩알만 한 오러를 만든 네 재능으로 검사는 무리야."

마르타가 내려치는 검의 위력과 속도가 점점 빨라진다. 검격을 막아낼 때마다 몸 전체가 휘청였다.

"지금 이 오러도 내 전력이 아니야. 마지막 기회를 주지. 지금 항복해. 다음에는 뼈를 분질러 줄 테니까."

"말 참 많네."

라온이 우측으로 칼을 내리쳤다. 쾅 소리와 함께 마르타가 밀려 나갔다.

"마지막 배려를 걷어차다니, 진짜 멍청하네."

마르타의 음성이 북풍처럼 차갑게 가라앉았다.

"말끝마다 재능. 재능. 이 집안의 인간들은 귀찮을 정도로 재능을 좋아한다니까."

라온이 코웃음을 쳤다.

'재능은 물론 중요하지.'

하지만 재능 이상으로 무인의 기질이 중요하다. 아무리 강한 무학을 익히고, 뛰어난 재능을 가졌어도 인간이 약하다면 아무 소용도 없다.

"재능이 없는 네겐 시끄럽게만 들리겠지만 난 재능 소리를 들을 때마다 즐거워."

마르타의 입꼬리가 풀잎처럼 올라갔다.

"그러니 확실하게 보여 줄게. 진짜 재능이 무엇인지를!"

그녀의 몸에서 피어나던 갈색 기운이 진해졌다. 날카롭게 갈린 바위 그 자체가 떨어져 내리는 듯했다.

"난 반대로 보여 주지."

재능보다 중요한 게 있다는 걸.

라온의 눈에 황혼이 비치고, 시퍼런 검날에 새빨간 불꽃 한 송이가 피어났다.

만화공 일화(萬火功 一火)

첫 번째이자, 하나의 불꽃.

지그하르트의 전설이 천년의 세월을 넘어 라온의 검 끝에서 타올랐다.

제34화

 마르타 지그하르트는 자존심이 강하다.
 전 기수에서 낙제한 이유도 실력 부족이 아니라, 자존심을 건드린 직계 두 놈을 반 죽여 놓았기 때문이었다.
 그 이후로 여러 귀찮은 일들이 생겼기 때문에 5 연무장에선 적당히 넘기려고 했지만, 신경을 건드리는 놈이 하나 있었다.
 라온 지그하르트.
 아이 같지 않은 그 꼬맹이가 계속 거슬렸다.
 당장 싸우자고 하고 싶었지만, 리메르의 말대로 오러조차 익히지 않은 녀석을 때리는 건 추한 짓이라 참았다.
 그래서 라온이 오러를 익혔다고 들었을 때 다른 누구보다도 기뻐했다. 이전의 굴욕을 갚아 줄 수 있었으니까.

그렇게 대련이 시작되었고, 라온과 검을 맞댔다.

놈의 검술 재능은 실전에서 더욱 빛을 발했다. 처음 본 검술을 상대하면서도 거의 완벽한 방어를 선보였다.

하지만 타이탄의 오러를 운용한 순간부터 라온은 종이 인형처럼 가볍게 밀려났다.

예상대로였다.

오러의 크기와 정심함이 하늘과 땅 차이였으니까.

모든 상황은 마르타의 손아귀에 잡혀 있었다. 원한다면 당장에라도 라온의 뼈를 부술 수 있을 정도.

그걸 알고 있을 텐데, 라온의 눈빛은 죽지 않았다.

얼마든지 와라!

라고 도발을 하는 듯한 표정이었다.

어처구니가 없었다.

지금 누구 손에 목덜미가 잡혀 있는지도 모르는 멍청한 토끼를 보는 듯했다.

한심한 놈.

마르타는 이죽거리며 검을 내리쳤다. 더 강한 오러와 힘을 담았다.

쿵!

대련장에 작은 울림이 있었다.

하지만 놈은 버텼다.

연속으로 검을 내리쳐도 쓰러지지 않았다.

짜증이 났다.

재능이 바닥인 주제에 위를 향하려는 모습에 속이 끓어올랐다.

'날 원망하지 마라.'

사지가 부러져도 어쩔 수 없다. 마르타는 더 강렬한 오러를 끌어 올린 뒤 검을 앞으로 겨누었다.

강석의 자세.

날카로운 바위의 기세로 라온의 방어를 뚫어 버릴 생각이었다.

땅을 박차려는 그때.

라온의 칼날의 끝에 붉은색 꽃이 타올랐다.

작디작은 불꽃.

하지만 무엇보다 새빨갛고 아름다운 불길을 본 순간 등골 사이로 오싹한 소름이 돋아 올랐다.

'저게 뭐야.'

섬뜩하다. 알 수 없는 불안감이 밀려왔다.

'아니야!'

마르타가 이를 악물었다. 잠깐이지만 라온 따위에게 겁을 먹었다는 걸 믿을 수가 없었다. 아니, 믿기 싫었다.

우우웅!

수련검의 뭉툭한 칼날에 모아 둔 타이탄 오러를 그대로 내리쳤다.

화르륵!

그 순간 라온이 한 발을 걸었다. 그의 수련검에서 타오르던 작은 불꽃이 하나의 선을 창출했다.

좌에서 우로 그어지는 붉은빛의 선. 그 선에 닿은 타이탄의 오러가 녹아내렸다.

그리고.

뿌득!

단단하기 그지없는 수련검이 반으로 쪼개져 허공을 노닐었다.

터억!

부러진 칼날이 연무장에 박히는 소리가 마르타의 귓속을 후볐다.

"아…."

마르타는 넋이 나간 눈으로 반쪽 난 검을 바라보았다.

"이, 이게 어떻게 된…."

그녀는 믿을 수 없다는 듯 입술과 손을 동시에 떨었다.

"그게 네가 말한 재능인가?"

라온 지그하르트가 차가운 눈빛을 발한다. 검 끝에서 타오르던 불꽃은 어느새 사라져 있었다.

"미숙한 칼질 한 번 버텨 내지 못하는 재능이라. 그 정도라면 의미 없다고 봐도 되겠어."

"너, 너…."

마르타 지그하르트는 평소와 달리 어떠한 대꾸도 하지 못했다. 반으로 쪼개진 검처럼 고개를 숙였다.

"뭐, 뭐야! 방금 뭐가 어떻게 돌아간 거야!"

"타, 타이탄 오러를 두른 수련검이 일검에 잘렸어."

"미, 미친…."

라온은 앞뒤로 쏘아지는 수련생들의 시선을 느꼈다. 당황, 불신, 경악. 숨 쉬는 것도 잊은 것 같았다.

"허…."

그건 앞에 있는 리메르도 마찬가지였다. 긴 귀를 더 뾰족하게 세운 채 눈을 부릅 뜨고 있었다.

일검에 마르타의 검을 베는 건 그에게도 놀라운 일이었던 모양이다.

'하긴 나도 놀랐으니.'

만화공의 첫 번째 단계 일화의 위력은 예상을 훨씬 뛰어넘었다. 제대로 조절하지 못했다면 마르타마저 베어 버렸을 정도.

'2성이 이 정도라면….'

3성 이후의 위력이 어떨지 기대되어 가슴이 두방망이질 쳤다.

"으으…."

아래에서 들려온 신음에 시선을 내렸다. 마르타의 검은 눈동자가 뻘겋게 타오르고 있었다.

'저대로는 인정 안 하겠군.'

굴복한 표정이 아니다. 검이 잘리는 걸 제대로 보지도 못했으니, 패배를 받아들이지 않을 거다.

"인정 못 해."

마르타의 입에서 예상했던 그 단어가 그대로 흘러나왔다. 그녀는 갈라진 검을 내던지고 주먹을 말아 쥐었다.

고오오오!

타이탄 오러가 그녀의 육신을 감싸며 깨지지 않는 바위 같은 기세를 만들어 냈다.

"그럴 줄 알았어."

라온이 고개를 끄덕이며 수련검을 내려놓았다.

"네 입에서 졌다는 말이 나오도록 만들어 주지."

"그런 일은 없어!"

마르타가 땅을 박찼다. 이번에는 정면이 아니라, 좌측으로 돌진해 온다. 딱딱한 움직임이지만, 빠르면서 묵직했다.

"으하합!"

순식간에 접근해 기합과 함께 주먹을 찔러 왔다.

터엉!

라온이 팔꿈치로 주먹을 내리찍었다. 무지막지한 충격에 마르타의 몸이 뒤틀렸다. 하지만 그녀는 멈추지 않았다. 이를 악물고 끝까지 주먹을 쏟아 냈다.

뻐억!

손아귀로 원을 그렸다. 주먹을 부드럽게 막아낸 뒤 발로 마르타의 복부를 후려 쳤다.

"끄흡!"

정타가 들어갔음에도 마르타는 약한 신음만 흘릴 뿐 물러서지 않았다. 단단한 오러에 어울리는 두터운 정신력이었다.

"아, 아직이야!"

마르타가 입술을 깨물고 주먹을 뻗어 냈다. 명가의 무학은 이 순간에도 빛을 발하는지 당황한 와중에도 제대로 된 투로를 그렸다.

'그래도 그 정도론 무리지.'

빠르고, 정확한 투로에 강력한 오러가 담겼지만, 그뿐. 단련은 한참 부족했다.

뻐억!

이마를 향해 쏘아져 온 주먹을 피하고, 손날을 세워 마르타의 허리를 후려쳤다.

"끄흡!"

타이탄의 오러를 뚫고 들어간 충격에 마르타의 입에서 침이 흘러나왔다. 그녀는 잠시 몸을 움찔거렸다가 더 빠르게 반격을 해 왔다. 단아한 외모와는 어울리지 않는 흉폭함이다.

'맷집 하나는 좋군.'

성인 검사도 쓰러질 주먹을 연속으로 얻어맞고도 반격이라니, 정신력과 육체 내구성은 수련생의 수준이 아니다.

"흐아압!"

마르타가 발을 굴렀다. 대련장의 바닥에 깔린 모래들이 들썩 일어나 잠시 시야를 가렸다. 기척을 파악하기도 전에 우측에서 주먹이 쏟아졌다.

콰앙!

투석기의 바위 같은 주먹이다. 팔뚝으로 막을 때마다 전신이 흔들렸다.

"으아아!"

마르타는 간신히 잡은 기회를 놓치지 않겠다는 듯 호흡을 멈추고 무수한 주먹을 뻗어 냈다.

뻐억!

순식간에 스무 번의 주먹을 내지른 마르타가 숨을 고르기 위해 잠시 멈췄을 때 라온의 주먹이 그녀의 복부를 강타했다.

"꺼헉!"

마르타가 배를 부여잡고 뒷걸음질 쳤다. 눈동자에 불신이 가득 깔려 있었다.

"선언한 말과 달리 주먹도 별론데."

라온은 마르타의 주먹을 막아낸 팔과 손목을 가볍게 털어 냈다.

"어, 어떻게…."

"잘."

당황하는 마르타를 조롱하며 손목을 돌렸다.

'만화공은 방어도 뛰어나군.'

꺼지지 않는 불길을 이미지로 삼은 덕분인지 만화공의 오러는 공격만이 아니라 방어에도 효율적이었다.

"후우욱…."

마르타가 입술을 깨물며 고개를 들어 올렸다. 말아 쥔 주먹으로 타이탄 오러가 응집되기 시작했다.

고오오!

오러를 한곳에 모으는 일점이라는 기예. 저 나이에 벌써 저걸 사용하다니, 역시 뛰어난 자질이다.

더 이상 얼굴에 흥분도 보이지 않았다. 분노 가득했던 눈빛에 정광이 돌아왔다.

"인정하마. 네놈은 강해."

마르타의 주먹에 모여든 기운이 제대로 된 형태를 갖췄다. 소드 유저 수준에 올라왔다는 뜻이다.

"이걸 넘어선다면 패배를 인정한다!"

마르타가 먹이를 본 곰처럼 내달렸다. 산 정상에서 바위가 굴러떨어지는 듯한 묵직함.

"후우."

라온이 가는 한숨을 뱉어 냈다. 진각을 밟으며 주먹을 내질렀다.

발복에서부터 시작된 회전이 대퇴근을 넘어 허리에 도달한 순간 내지르는 주먹에 폭발력이 담겼다.

콰아앙!

만화공의 불꽃이 깃든 주먹이 갈색 오러의 무더기를 깨뜨리고, 마르타의 팔을 뒤틀었다.

"아…."

타이탄 오러가 갈가리 쪼개지며 눈에 핏발이 선 마르타의 얼굴이 보였다.

화아아악!

권격의 후폭풍에 휩쓸린 그녀는 폭풍을 맞은 갈대처럼 휘청이며 튕겨 나갔다.

"으…."

마르타는 목을 바르르 떨다가 눈을 감고 뒤로 넘어갔다. 기절한 상태에서도 말아 쥔 주먹은 끝까지 풀지 않았다.

'정신력 하나는 대단하군.'

곧 15살이 되는 아이라고 생각하기 힘들 정도의 정신력이다. 실력과 재능 이상으로 놀라웠다.

"허억!"

"어…."

"아, 압도적이잖아."

"말이 안 돼. 어떻게 마르타 님을…."

마르타를 따르던 수련생도, 반대의 위치에 섰던 수련생들도 놀라 입을 다물질 못했다.

"라온 지그하르트…."

버렌은 말아 쥔 주먹을 바르르 떨며 라온을 노려보았다.

"……."

루난은 평소처럼 뚱한 표정이었지만, 흥분했는지 뻐끔거리는 입에서 냉기가 흘러나왔다.

"어이구…."

리메르는 잠시 멍하니 섰다가 바로 쓰러진 마르타의 상태를 확인하기 위해 달려갔다.

"쯧, 잔소리를 퍼부어야 하는데 기절이라니."

리메르는 마르타의 상태를 확인하고서 길게 혀를 찼다.

"오늘은 이걸로 끝이다. 모두 돌아가서 오늘 무엇이 더 모자랐는지 생각해 보도록."

"아, 예."

"그럼 라온을 제외하고 모두 해산."

"전 왜…."

"줄 것도 있고, 하지 않은 잔소리가 남았으니까."

그는 씩 웃고서, 연무장의 벽을 넘어 의무실로 달려갔다.

"라온 지그하르트."

라온이 리메르가 뛰어넘은 벽을 멍하게 보고 있을 때 버렌이 다가왔다.

"난 네 녀석이 따라올 거라 예상했다."

그는 감탄한 것 같기도, 기대하는 것 같기도 한 애매한 미소를 지었다.

"난 마르타와 다르다. 네가 토끼처럼 앞서가도 포기하지 않고, 거북이처럼 느리게 가도 방심하지 않는다. 훗날 치러질 졸업 시험에서 가진 모든 것을 걸고 넌 꺾겠다."

버렌은 그 말을 남기고, 연무장을 떠났다. 시원해 보이는 표정이다.

'확실히 변했군.'

이전처럼 아집과 질시로 가득한 버렌은 없었다. 무언가를 깨달은 듯 자만심을 버리고 자신감을 채웠다.

툭툭.

뒤에서 누군가가 어깨를 두드렸다. 돌아보니, 루난이 보라색 눈동자를 말똥거리고 있었다.

꾸벅.

그녀는 고개를 크게 끄덕였다. 잘했다는 것 같았다. 구슬 아이스크림이 든 상자를 꼭 껴안은 채 종종걸음으로 연무장을 떠났다.

"나 참."

라온이 어하고 입을 벌렸다. 저 녀석은 뭘 하고 싶은 건지 여전히 뭔지 모르겠다. 고개를 절레절레 저으며 의자가 있는 단상 옆으로 걸어갔다.

의자에 걸터앉아 리메르를 기다리고 있을 때 단상 위에 있는 책이 눈에 들어왔다. 리메르가 낮잠을 잘 때 베개 용도로 쓰던 책이다. 펼쳐 보았다.

"어?"

내용을 살핀 라온의 눈동자가 휘둥그레졌다.

'이건….'

베개 용도로 가지고 다니는 줄 알았지만, 그게 아니었다. 책 안에는 수련생들의 장점과 단점 그리고 개선할 방법이 상세하게 적혀 있었다.

첫 페이지에 적힌 버렌의 내용을 읽어 보았다.

'뛰어난 재능을 지니고 있지만, 자만심이 과함. 수련생 신분이 된 이후 많은 변화를 이룸. 자신의 부족함이 정신적인 부분이라는 걸 깨닫고 명상에 시간을 쓰고 있음. 우아하면서도 체계적인 검술을 사용하고 본인도 이를 중요시….'

수련생을 자세히 보지 않았다면 적기 힘든 내용이다. 그런데 이런 글이 하나가 아니라, 수련생의 숫자대로 있었다.

'나는….'

라온이 본인의 내용을 보았다.

'검술과 권법에 천부적인 재능을 보였고, 마나에도 뛰어난 감각이 있지만, 오러 연공법의 습득에 애를 먹고 있음. 속성에 관한 교육이 필요함. 불을 느끼게 할 방법을 찾는 게….'

자신에 관한 내용도 과하다는 생각이 들 정도로 자세하게 적혀 있었다.

'리메르 교관….'

리메르가 항상 뺀질거리면서 노는 줄만 알았는데, 실제로는 모든 것을 세세하게 지켜보고 있었다.

라온은 가슴을 따뜻하게 채우는 뭔지 모를 감정을 느끼며 미소를 지었다. 처음 느껴 보는 기분이지만 썩 나쁘지 않았다.

-의외로군.

'그렇지?'

-그래도 마음에 들지 않는다. 여전히 건방지고 짜증을 불러일으킨다.

라스는 자신의 몸을 먹어 치우는 걸 실패한 이후 세상을 더 염세적으로 보기 시작했다.

-본왕이 마계에 있을 때 지상에서 뾰족귀와 난쟁이가 건너온 적이 있었다. 까부는 놈들을 모조리 얼려서….

'말 진짜 많네.'

라온이 꽃팔찌를 툭 치자, 라스가 입을 다물었다. 점점 말이 많아져서 감당이 안 된다.

-끄윽, 본왕은 과묵의 대명사다. 마계의 군주 중에서도 말 없기로 제일이었는데, 말이 많다니. 무슨 헛소리를 하는 게냐. 말이 많다는 건….

'어우.'

다시 팔찌를 쳐서 입을 다물게 했을 때 리메르가 벽을 넘어 돌아왔다.

도둑도 아니고 왜 맨날 문을 놔두고 저렇게 들어오는 건지 모르겠다.

"라온."

리메르가 웃으며 다가왔다. 그의 표정엔 여전히 놀람이 담겨 있었다.

"오러를 익힌 지 얼마 되지 않았는데도 훌륭한 운용이었다. 다만 일부러 맞아 주던가, 검을 버리는 건 할 필요 없는 행동이었어."

리메르가 웃으며 어깨를 툭 쳤다.

"다만 그건 교관으로서의 의견이고, 나라는 개인으로서는 만족스러운 한판이었다. 진짜 수석이 된 걸 축하한다. 이제 이건 네 거다."

그는 품에 챙겨 놓았던 목갑을 건네주었다. 마르타가 맡겨 두었던 영약이었다.

"감사합니다."

라온은 영약을 받으며 리메르에게 고개를 숙였다.

"너희끼리 내기한 거니, 나한테 고마워할 필요는 없어."

"아뇨. 감사합니다."

이건 영약에 대한 감사가 아니다. 지금까지 수련을 지켜봐 주고, 여러 조언을 해 준 것에 대한 감사다.

그는 지각하고, 농땡이를 부릴지언정, 필요할 땐 확실한 교육을 해 주었다.

실제로 그가 아니었다면 지금도 만화공을 익히지 못했을 수도 있다.

전생에선 스승이 아니라, 사육사만을 겪어 봤기에 리메르라는 사람은 감사를 받을 만한 충분한 자격이 있었다.

"하여튼."

리메르는 픽 웃었다. 그저 기껍다는 얼굴로 모두를 바라보았다.

"그럼 이만 가 보겠습니다."

"잠깐만."

그는 검지와 중지를 모아서 손을 까딱였다.

"말했잖아 나와 갈 곳이 있다고."

"갈 곳이요?"

"가주전 알현실."

리메르가 씩 웃으며 손가락으로 서쪽을 가리켰다.

"가주께서 널 호출하셨다."

제35화

"저를요?"

라온이 눈매를 좁혔다. 대련이 끝나자마자 호출이라니, 의도를 알 수 없었다.

"아, 정확하게 말하자면 수석 수련생을 데리고 오라 하셨지."

리메르가 어깨를 으쓱였다.

'수석 수련생이라.'

그 뜻은 누구라도 수석이기만 하면 된다는 의미였다. 아무래도 글렌은 이번 대련에서 마르타가 이기리라 생각한 것 같다.

'웃기는 일이로군.'

버렌에 이어 마르타까지. 글렌이 기대했던 수석 후보를 차례로 깨부순 것 같아서 웃음이 나왔다.

"호출 이유는 뭐죠?"

"내가 그걸 어떻게 알겠냐."

리메르가 입을 빼죽 내밀고 고개를 저었다. 저 표정을 보니, 이유를 알고 있는 게 분명했지만, 알려 줄 생각은 없어 보였다.

"언제 가야 합니까?"

라온은 주머니를 꽉 채운 목갑을 만지작거리며 물었다.

"지금 당장."

"알겠습니다."

고개를 끄덕이고서 몸에 묻은 먼지를 털었다.

"그러고 가려고? 옷도 안 갈아입어?"

"네."

"너 가주님 안 무섭냐?"

"잡아먹으려고 부르는 것도 아닐 텐데, 무서워할 필요는 없죠."

글렌의 그 차가운 눈빛이 거북한 건 사실이지만, 겁먹을 필요는 없었다.

"역시 넌 재밌다니까."

리메르가 낄낄 웃으며 고개를 끄덕였다. 만족스러운 표정으로 라온의 어깨를 툭툭 쳤다.

"가자."

"예."

라온은 리메르의 뒤를 따라서 가주전 알현실로 향했다.

"정말 마르타 님이 졌다고?"

"저렇게 작은 아이에게…."

"믿을 수가 없군."

"나이도, 나이지만 재능이 다를 텐데."

"운이다. 운일 수밖에 없어!"

지나가면서 만나는 사람들은 신기하거나, 놀란 눈빛으로 라온을 힐끔거렸다.

"네가 마르타를 꺾은 사실이 벌써 퍼진 모양인데."

리메르가 슬쩍 뒤를 돌아보며 능글맞게 웃었다.

"그게 벌써요?"

"지그하르트는 폐쇄적인 가문이니까."

그는 외부에 폐쇄적이니, 내부의 소문은 바람처럼 퍼질 수밖에 없다고 중얼거렸다.

"거기다 마르타는 같은 직계를 꺾을 정도로 뛰어나잖냐. 그런 아이를 정면에서 이겼으니 소문이 퍼지는 건 당연한 일이다."

"그렇군요."

"그러니 주의해야 해. 올라가는 것만큼 아래로 추락하는 것도 빠르거든."

리메르는 그렇게 말하며 엄지손가락으로 본인을 가리켰다. 단전이 망가진 뒤 추락했던 본인의 모습을 말하는 것 같았다.

"어쨌든 축하한다. 이건 좋은 일이니까. 즐겨."

그는 휘파람을 불면서 가주전으로 들어갔다. 미리 이야기가 되어 있었는지, 무인들은 막지 않고 길을 비켜 주었다.

"가주님께서 기다리고 계십니다."

1층의 대복도를 지나 알현실 앞에 서자, 글렌의 집사 로엔이 방긋 웃으며 문을 열어 주었다.

덜컹.

심장이 멎을 듯한 소리와 함께 거대한 철문이 갈라지고, 하늘을 뚫을 듯한 장대한 기운이 문밖으로 퍼져 나왔다.

라온이 왼쪽 가슴을 움켜쥐었다.

'이 정도였던가….'

오러를 익히니 글렌의 기세가 더 거대하게 느껴진다. 끝을 알 수 없는 막강한 기파에 손 떨림을 멈출 수가 없었다.

-인간 따위가….

라스 역시 글렌의 기운에 짓눌린 것처럼 목소리가 떨렸다.

"오러가 있으니, 제대로 느껴지지?"

리메르는 이마 위로 땀 한 방울을 흘리며 웃었다.

"저게 우리들의 왕이다."

그는 입꼬리를 말아 올리며 안으로 들어갔다.

"음…."

마른침을 삼키고, 그를 따라갔다. 걸어갈수록 글렌의 기세가 강해진다. 막대한 기파에 어깨가 짓눌리는 것 같았다.

"가주님을 뵙습니다!"

라온은 리메르와 같은 선상에 서서 동시에 무릎을 꿇었다. 그제야 글렌의 기파가 줄어들었다.

찰나의 순간에 기세를 조절한다. 하늘에 닿은 무력. 데루스조차 따라가지 못할 것 같았다.

"일어나라."

명령과도 같은 말에 라온의 목이 자동으로 올라갔다. 글렌의 붉은 눈을 마주하자, 주변의 모든 것이 흐릿해졌다. 정말이지 압도적인 존재감이다.

"호출하신 수석 수련생을 데리고 왔습니다."

"……."

글렌은 리메르의 말에도 대답하지 않고, 자신을 지그시 바라보았다. 마음에 들지 않는 것 같기도, 혹은 평온해 보이기도 했다. 무슨 생각을 하는지 조금도 읽히지 않았다.

"만화공을 습득했나."

"예."

"얼마나 걸렸지?"

"7개월 정도 걸렸습니다."

"느리군."

그는 턱을 살짝 틀었다. 한심해하는 것 같았다.

"오러를 일으켜 보아라."

글렌의 지시에 라온은 리메르를 보았다. 가주 앞에서 오러를 꺼내도 되냐고 눈빛으로 묻자, 그가 고개를 끄덕였다.

"원래라면 안 되지만, 본인이 하라고 말씀하시잖냐."

"알겠습니다."

라온이 일어서서 주먹을 꽉 쥐었다가 폈다.

화르륵!

죽어 가던 잔불이 일어서는 듯한 소리와 함께 새빨간 불꽃이 피어났다. 만화공 일화. 하나이자, 첫 번째 불꽃이 타올랐다.

"그게 만화공의 첫 번째인가."

진흙 밑바닥에 가라앉은 듯한 글렌의 눈동자에 작은 흔들림이 있었다.

"넌 무엇을 추구하며 그 오러를 피워 냈지?"

"꺼지지도 꺾이지도 않는 불입니다."

"꺼지지 않는다?"

"바람이 불어도, 비가 내려도 절대 꺼지지 않는 불꽃을 그렸습니다."

글렌은 입을 꾹 다문 채로 라온의 손아귀에서 타오르는 불꽃을 한참 동안 바라보았다. 착각일 수도 있지만, 조금 감격한 것처럼 보였다.

"괜찮구나."

"예?"

그에게서 생각지도 않았던 칭찬이 들려왔다. 잘못 들었나 싶어서 귀를 만져 보았다.

"화속성 검사나, 마법사는 최고의 화력을 자랑하지만, 그만큼 지속력과 방어력이 약하다. 꺼지지 않는 불꽃이라면 너 하기에 따라 그 약점을 극복할 수도 있겠지. 어떻게 사용할지를 잘 궁리해 보도록."

"…알겠습니다."

라온이 놀란 눈으로 고개를 끄덕였다. 글렌이 갑자기 저런 조언을 해 줄 줄은 꿈에도 몰랐다. 목소리가 살짝 떨렸다.

"이상하게 생각할 필요 없다. 판별식에서 해 주지 못했던 말을 지금 해 줬을 뿐이니까."

"아…."

뭔지 알겠다. 글렌은 예전 판별식에서 자신에게만 조언을 해 주지 않았다. 그때 말하지 못한 조언을 지금 해 준다는 것 같았다.

'신기한 성격이네.'

글렌은 빙하를 깎아 인간으로 조각한 듯 차갑지만, 챙겨 줄 건 챙겨 준다.

겉으로는 챙겨 주지만, 속으로는 인간을 물건처럼 사용하는 데루스와 정반대이 사람이었다.

"이제 널 부른 이유를 말하겠다."

글렌이 턱을 괴며 라온을 굽어보았다.

"내년쯤 너희들에게 임무를 내리겠다."

"임무라고 하셨습니까?"

"임시 수련생 시절부터 지금까지 너희들이 수련을 시작한 지 1년이 한참 넘었다. 전부 오러를 습득해 소드 비기너가 되었으니, 밖으로 나가 봐도 괜찮겠지."

"음…."

"너희가 어리다고 생각하나? 전투에 나이는 상관없다. 검사는 검을 들 수 있다면 언제, 어느 때라도 싸워야 한다."

'그게 아니라, 늦었다고 생각한 건데?'

전생에선 14살이 아니라, 8살에 암살 임무를 받았었다. 지금 나이라면 빠른 게 아니라, 느린 편이다.

"너만이 아니라, 수련생 모두 단단히 준비하라 일러두어라. 어떤 때, 어떤 상황에서도 제 역할을 할 수 있도록."

"…알겠습니다."

"그만 나가 보도록."

글렌은 눈을 내리감고 손을 저었다. 라온은 다시 무릎을 꿇고 고개를 숙인 뒤 알현실을 나갔다.

"임무를 할 때가 되긴 했지."

리메르가 깍지 낀 손으로 뒷머리를 잡으며 히죽 웃었다.

"저희가 수행할 임무는 뭡니까?"

"아직 정하지 않았어. 몬스터 토벌, 요인 호위, 던전 탐사, 산적 소탕. 무엇이 나올지 모르니, 가주님의 말씀대로 모든 상황에 대비할 수 있게 준비해야 할 거야."

"교관님도 같이 가시는 거 아닙니까?"

"가긴 가지만, 내 임무와 너희의 임무는 달라. 교관의 목적은 너희들을 보호하는 거니까."

"알겠습니다."

"엥?"

리메르는 자신이 당황할 줄 알았는지 눈을 동그랗게 떴다.

'임무는 당연히 스스로 하는 거지.'

8살에 임무를 받았을 때도 지원 따위는 없었다. 유사시에 보호해 줄 교관이라니, 얼마나 사치인가.

'지그하르트는 내 생각보다 유순한 곳이네.'

라온은 역으로 당황한 리메르를 뒤로하고 웃는 얼굴로 가주전을 나섰다.

라온이 별관으로 떠난 뒤 리메르는 다시 알현실로 들어갔다.

"기분 좋아 보이십니다?"

리메르는 단상 위에 선 글렌을 보며 빙긋 웃었다.

"평소와 다를 바 없다."

"에이, 그런 거치고는 입꼬리가 2mm 정도 올라가 있잖습니까."

"헛소리 그만하고, 마르타의 상태나 말해라."

"타박상이 심하지만, 요양하면 나을 상처입니다. 문제는 정신적인 충격이죠."

"그 정도도 극복하지 못한다면 지그하르트의 이름을 달 이유가 없지."

글렌은 8살에 입양된 마르타에게도 예외 없이 지그하르트의 정신을 말했다.

"라온이 불의 이미지를 그릴 때 네가 도움을 준 건가?"

"저도 나름 스승이니까요. 다만 선택한 건 라온입니다. 전 여러 개의 길이 있다는 것만 알려 줬을 뿐입니다."

리메르가 어깨를 으쓱이며 말을 이었다.

"기대하던 초대 가주의 오러를 보신 소감은 어떠신가요?"

"적혀 있던 그대로였다. 화염으로 이루어진 꽃을 보는 듯 아름답더군. 그 위력 역시 크기와 비교할 수 없을 정도였고."

"네. 4년 넘게 쌓은 마르타의 타이탄 오러를 아예 부숴 버렸죠. 말이 되지 않는 위력이었습니다. 그런데 색이 황금이라고 하지 않았습니까?"

"색은 불꽃의 위력에 따라 조금씩 달라질 거다. 그 아이가 앞으로도 제대로 된 길을 걸을 수 있게 지도해 주어라."

"역시 가주님은 그 아이를 특별하게 생각하시는군요."

"……."

글렌은 대답하지 않았다. 눈을 감은 채로 손을 저었다. 귀찮으니, 나가라는 뜻이었다.

"그럼 아이들의 임무 잘 부탁드리겠습니다."

"그건 내 소관이 아니라, 총관부에서 알아서 할 일이다. 넌 그런 것에 신경 쓰지 말고, 아이들이 어떠한 임무에서도 살아남을 수 있도록 강건하게 키우도록."

"옙! 아이들이 나태해지지 않도록 확실하게 교육하겠습니다."

"너나 잘하라는 말밖에 나오질 않는군."

글렌이 리메르의 당당한 표정을 보며 코웃음을 쳤다.

"그게 반면교사라는 거죠."

리메르는 지지 않고 씩 웃었다.

"음?"

주디엘은 정원 앞을 손질하다가 뒤에서 들린 걸음 소리에 고개를 돌렸다.

"헉, 라, 라온 도련님!"

라온이 자신을 지그시 내려다보고 있었다. 그와 눈을 마주친 순간 심장이 쿵 내려앉는 것 같았다.

"오셨습니까!"

일어서며 그의 모습을 살폈다. 옷에 먼지가 많이 묻었지만, 다친 곳은 전혀 없어 보였다.

‘설마 이긴 거야? 그 마르타를?’

한 달 전부터 나온 이야기니, 오늘 라온이 마르타 지그하르트와 대련을 한다는 건 알고 있었다.

하지만 이길 줄은. 그것도 저렇게 멀쩡하게 이길 줄은 생각해 보지 못했다.

"대련에서 이기신 겁니까?"

"어떨 거 같아?"

라온이 빙긋 웃었다.

"아…."

승리를 말하는 웃음을 보자 그날 밤이 생각났다. 호수 위로 떠오른 붉은 눈. 그건 공포의 현신이라 칭해도 과언이 아니었다.

‘그래. 이 괴물이 고작 천재에게 질 리 없지.’

다시 깨닫게 되었다. 라온 지그하르트가 어떠한 존재인지를.

"조만간 중무전에서 다시 연락이 올 거다. 나를 더 확실하게 조사하라고."

"그, 그렇겠죠."

"네가 알아서 적은 뒤 나한테 가져와라."

"알겠습니다."

그는 소름이 돋아 오르는 미소를 지으며 별관으로 들어갔다. 주디엘은 식은땀이 등 뒤를 적시는 걸 느끼며 손에 쥔 잡초들을 떨어뜨렸다.

"천재를 꺾는 괴물…."

"라온!"

라온은 별관에 들어가자마자, 옷을 걸치던 실비아와 마주쳤다.

"어디 가려고?"

"어딜 가긴! 집에 돌아온다고 한 날인데, 오질 않아서 찾으려고 한 거지!"

실비아가 땅을 박차고 달려왔다. 웬만한 검사들보다 빨라 보였다.

"괜찮아? 다친 곳은?"

그녀의 눈동자는 떨어지는 낙엽처럼 좌우로 쉴 새 없이 움직였다.

"안 다쳤어."

"어후…."

실비아가 안도의 한숨을 내쉬며 가슴을 쓸어내렸다. 다만 라온의 몸을 살피는 눈동자는 멈추지 않았다.

"대련이 취소된 거야?"

"아니. 이겼어."

"그런데 다친 곳이 없다고?"

"안 맞았으니까."

"하, 한 대도 맞지 않고 이겼다고?"

"응."

"지, 진짜요?"

헬렌이 들고 있던 실비아의 겉옷을 떨어뜨렸다.

마르타의 재능이 직계와도 비슷하다는 건 모두 아는 정보였기 때문에 저들이 저렇게 당황하는 것도 이해는 갔다.

"아, 안 다쳤으면 일단 밥부터 먹자! 헬렌. 바로 식사를 준비해 줘!"

"괜찮아."

"응? 저녁 안 먹었잖아."

"오늘은 할 일이 있거든."

라온은 주머니에서 영약이 든 목갑을 만지며 고개를 저었다.

또 한 번 강해질 시간이었다.

제36화

라온은 방에 들어오자마자, 커튼을 치고 방문을 잠갔다. 들어오지 말라고 말해 놓았지만, 혹시나 하는 대비였다.

"라스."

그는 손목에 걸린 얼음꽃 팔찌를 툭툭 쳐서 라스를 불렀다.

-버러지 인간 주제에 본왕의 이름을 함부로 부르지 마라.

"그럴 거면 이름을 알려 주지 말든가."

-네놈이 본왕의 빙의를 견뎌 낼 줄은 몰랐으니까!

라스는 인간의 육체와 영혼을 먹어 치우기 전 마지막 배려로 본인의 위대한 이름을 알려 준다고 중얼거렸다.

"위대한 이름은 모르겠고, 이번에도 방해할 생각이냐?"

-본왕은 마계의 군주로서 한 번 입에 담은 말은 지킨다. 앞으로 네놈이 연공을

하는 동안 건드리는 일은 없다.

"하긴 그동안 모아 두었던 힘을 다 쏟아부었을 테니."

라온이 고개를 끄덕였다. 라스는 한 달 전 만화공을 익힐 때 전력을 다해 공격을 해 왔었다. 그때 소모한 힘을 벌써 회복했을 리 없다.

-멍청한 놈! 분노의 기운은 언제라도 꺼낼 수 있다. 그저 군주로서 내뱉은 말을 지키기 위해서….

"아, 됐어."

-이 콩알만 한 놈이 정말!

말을 끊자, 라스가 부들부들 떨며 냉기를 내뿜었다.

"아쉽네. 또 능력치를 올릴 기회였는데."

-크으으….

라스는 이를 바득 갈았다. 화가 폭발하기 직전인지 냉기의 불꽃 사이로 서리가 내려앉기 시작했다.

라온이 바르르 떠는 라스를 보며 눈매를 좁혔다.

'이놈 앞에서는 방심할 수가 없지.'

라스는 동료가 아니라 적이다. 놈의 앞에서는 연공 중이든, 수련 중이든 방심해선 안 된다. 항상 긴장을 늦추지 말아야 한다.

"자, 그럼."

주머니에서 구화단이 든 목갑을 꺼내 뚜껑을 열었다. 가을 산에서 맡을 법한 마른 수풀의 향이 진하게 풍겨 나왔다.

냄새 좋네.

약 향이 방에 퍼지는 것만으로도 약효가 뛰어나다는 걸 알 수 있었다.

"후."

라온은 천천히 숨을 내쉬고, 구화단을 입에 넣었다. 씁쓸하면서도 진한 약 향이 입안 전체를 휘감았다.

'씹어서 먹으라고 했었지.'

리메르의 조언대로 구화단을 씹어서 삼키자, 목구멍에서 탁하고 풀어졌다.

후우우우.

구화단에 담겨 있던 진하디진한 기운이 굴뚝의 연기처럼 전신의 마나 회로로 퍼져 나갔다.

눈을 감고 앉아서 불의 고리를 회전시키고, 만화공을 운용했다.

구화단의 기운이 전신을 휘돌며 근육을 팽창시켰다. 단전이 찌릿거리며 확장되고, 마나에 대한 감각이 극한으로 치솟았다.

화아악!

숯가마에서 데운 것처럼 뜨겁게 달아오른 기운이 마나 회로를 질주했다.

화아아!

마나 회로 내부에서 녹아내린 순수한 냉기는 만화공이 닦아 놓은 길을 따라 전신을 휘돌았다.

'불의 고리를 먼저 운용하길 잘했군.'

불의 고리가 마나 회로 내부의 냉기와 노폐물들을 깔끔하게 닦아 내고, 만화공의 기운이 그 길을 빛살처럼 내달려 영약의 낭비를 줄였다.

두 연공법은 꼭 하나처럼 서로의 장점은 극대화하고, 단점은 상쇄시켰다.

우우웅!

구화단의 마나가 모조리 녹아내리며 불의 고리와 육체 그리고 단전이 붉은 선으로 이어진다.

 라온은 끝없이 이어지는 마나의 흐름을 느끼며 점점 더 깊은 연공의 세계로 빠져들었다.

 떠오른 해가 다시 서산 아래에 걸려 노을이 비칠 때 라온이 두 눈을 떴다.

> 네 번째 <불의 고리>가 생성되었습니다.
> <불의 고리>가 4성의 경지에 올랐습니다.
> <불의 고리[4성]>가 육체와 영혼의 격을 상승시킵니다.
> <불의 고리[4성]>의 효과로 근력, 민첩성, 체력이 상승합니다.
> <불의 고리[4성]>의 효과로 기력, 정신력, 감각이 상승합니다.

 라온이 주먹을 움켜쥐었다. 메시지가 아니라도 심장을 세차게 휘도는 네 번째 고리를 느낄 수 있었다.

```
체질 <운동 능력 저하>가 사라집니다.
체질 <마나 감응력 저하>가 사라집니다.
<수속성 저항력>이 4성에 올랐습니다.
<설화의 감각>이 2성에 올랐습니다.
```

불의 고리가 4성에 오른 게 전부가 아니었다. 수속성 저항력과 설화의 감각의 성취도 올라갔다.

'대단하네.'

중급 영약 하나를 먹은 것치고는 엄청난 변화가 일어났다.

물론 영약 하나 때문은 아니다.

1년 가까이 전력을 다해서 수련해 오며 쌓인 노력이 영약으로 인해 터졌을 뿐이다.

라온이 어깨를 돌리며 일어섰다. 단전은 뜨겁고 서늘한 기운으로 가득 찼고, 몸은 바람을 탄 풀잎처럼 가벼웠다.

푹 자고 일어난 것처럼 몸 상태가 완벽했다. 지금이라면 육체 능력만으로 오러를 사용한 마르타를 가볍게 깨부술 수 있을 것 같았다.

화아악!

상태창을 불러오려 할 때 팔찌에 있던 라스가 푸른 불꽃과 함께 치솟았다.

-4성?

'음?'

-4성의 수속성 저항려어어역?

라스의 목소리가 바들바들 떨려 왔다. 녀석은 불의 고리의 내용은 보지 못하고, 마지막 떠오른 수속성 저항력만 본 것 같았다.

'그러고 보니 저 녀석은 몰랐지.'

라스는 메시지는 볼 수 있지만, 상태창은 볼 수 없다. 수속성 저항력이 있다는 걸 알게 되어 깜짝 놀란 것 같았다.

-이 얍실한 놈! 4성의 수속성 저항력을 가지고 본왕을 속였던 거냐!

"물어본 적도 없잖아."

-으윽!

라스가 시퍼런 눈빛을 번쩍였다.

-저항력이 있을 줄은 알았지만 4성. 그것도 성장형일 줄이야. 이 추잡한 놈!

"수속성 저항력이 있다고 추잡하다니…"

라온이 헛웃음을 흘렸다.

'수속성 저항력으로 저 난리를 치는 걸 보니, <불의 고리>에 대해서 알게 된다면 발광을 하겠군.'

육체와 영혼의 격을 올려 주는 <불의 고리>나 환생에 대해 알게 되면 라스가 기절하는 꼴을 볼지도 모르겠다.

'그래서 말했잖아. 넌 날 못 이긴다고.'

-닥쳐라. 본왕이 원래의 힘을 발휘한다면 네놈 따위는 가볍게 얼음덩이로 만들 수 있다.

'근데 못 하잖아.'

-입을 열 때마다 화를 돋우는구나!

라스가 분노를 참지 못하고 냉기의 불길을 터트리며 돌진해 왔다.

화아아아!

찰나의 순간 입술을 시퍼렇게 만들 정도의 냉기가 전신에 회오리쳤다.

"음."

라스도 성장했는지 냉기와 감정의 자극이 이전보다 강해졌다.

'하지만.'

<불의 고리>와 수속성 저항력은 그 이상으로 성장했다. 자연스럽게 회전하는 네 개의 고리 앞에서 라스의 분노는 애교일 뿐이었다.

콰아아아아!

전신에 내리꽂히는 푸른 냉기를 꾹 참고 있으니, 메시지가 떠올랐다.

<분노>의 공격을 버텨 냈습니다.
<체력> 능력치가 상승했습니다.

-이런 빌어먹을!

라스는 몬스터 같은 괴성을 지르고 나서 라온의 몸에서 빠져나왔다.

-팔다리가 다 잘린 것 같도다. 방법이 없어! 방법이!

놈은 이제 여유 있는 척을 그만두고 악을 내질렀다.

"그래서 말했잖아. 넌 안 된다고."

-본왕의 능력은 냉기만이 아니다. 인간의 원초적인 감정인 분노를 끌어 올리는 게 진정한 능력이지. 본왕이 마계에 있을 때도 분노를 건드려 자폭시킨 마족이 수만 마리….

"근데 그것도 나한테 안 통하잖아."

-끄어어억!

라스의 푸른 불꽃이 뻘게지기 시작했다. 폭발하기 직전의 상태였지만 능력치를 주기는 싫은지 다시 달려들지는 않았다.

"이제 좀 조용하네."

라온은 담담하게 고개를 끄덕이고, 상태창을 켰다.

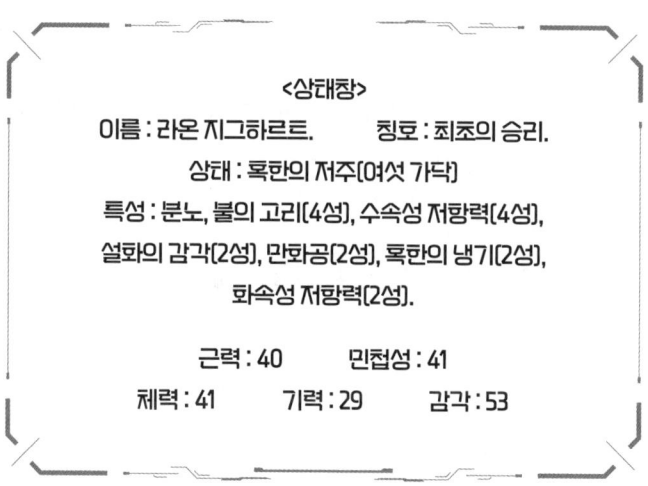

```
<상태창>
이름 : 라온 지그하르트.        칭호 : 최초의 승리.
상태 : 혹한의 저주(여섯 가닥)
특성 : 분노, 불의 고리(4성), 수속성 저항력(4성),
       설화의 감각(2성), 만화공(2성), 혹한의 냉기(2성),
       화속성 저항력(2성).
근력 : 40        민첩성 : 41
체력 : 41    기력 : 29    감각 : 53
```

상태에 닻처럼 박혀 있던 운동 능력 저하와 마나 감응력 저하가 사라진 게 가장 먼저 눈에 띈다.

참을 수 없는 미소가 지어졌다.

몸이 날아갈 것처럼 가볍고 마나가 모공으로 들어오는 듯한 감각이 괜히 느껴지는 게 아니었다.

'능력치도 많이 올랐고.'

모든 능력치가 두 단계 이상 상승했다. 지금 육체 능력과 감각은 정규 검사와 비교해도 밀리지 않을 것이다.

'수속성 저항력도 큰 수확이고.'

수속성 저항력이 4성으로 올랐으니, 앞으로는 4서클 수준의 마법도 어렵지 않게 견딜 수 있다.

이 저항력은 검사를 상대할 때보다 마법사나, 주술사와 싸울 때 큰 도움이 될 거다.

'얻은 게 많네.'

구화단이 좋은 영약이라고는 하지만 그 이상으로 많은 것을 얻었다. 냉소적인 자신이 미소를 지우지 못할 정도로.

'몸만 좀 풀어 볼까.'

변화한 몸과 오러를 확인해 보고 싶어 방문을 열었다.

"헉!"

"어!"

문 앞에 서 있던 실비아와 헬렌이 깜짝 놀라서 뒤로 황급히 물러섰다.

"뭐 해?"

"아, 아니. 연공을 한다기에 호법을…."

"저도 마찬가집니다."

두 사람의 눈동자는 살짝 충혈되어 있었다. 밤새 숨소리도 내지 않고 여기서 자신을 지켜 준 것 같았다.

기감을 뿌려 보니, 창밖에 다른 시녀들도 있었다.

"음…."

라온이 눈을 내리감았다. 만화공을 운용했을 때보다 더한 따스함이 심장을 달궜다.

잠시나마 마나 회로의 냉기가 지워진 듯한 기분이 들 정도였다.

"고마워."

두 사람과 밖에 있는 시녀들에게 고맙고도 미안하여 고개를 숙였다.

"흐윽!"

"마님!"

"헤, 헬렌. 어쩌지?"

실비아가 눈물을 글썽이며 옆으로 픽 쓰러졌다.

"우리 아들 너무 잘 컸잖아!"

"그러게요! 전 이제 죽어도 여한이 없습니다! 마님!"

"헬렌!"

두 사람이 부둥켜안고 훌쩍였다.

'이게 제일 힘들어.'

라스의 정신 공격이나 마나 회로의 냉기, 글렌 지그하르트의 압박보다 실비아와 헬렌을 대하는 게 제일 버거웠다.

"후우…."

라온은 두 사람이 얼싸안을 때 빠른 걸음으로 별관을 나섰다.

라온은 이틀 동안 변화한 몸에 적응을 끝냈다.

육체와 감각은 상태창에서 본 것보다 많은 차이가 있었다.

처음 검술을 펼쳤을 땐 내 몸이 아닌 줄 알았다. 같은 검술을 펼쳐도 위력과 속도가 차원이 달라졌으니까.

그렇게 큰 차이가 난 이유는 간단하다.

체질의 변화.

체질에 적혀 있던 운동 능력 저하와 마나 감응력 저하가 사라지자 몸 상태가 최고조로 올라갔다.

생각을 한 그대로 몸이 움직이고, 모래같이 잘았던 마나가 구슬처럼 크게 느껴졌다.

'이것도 하나의 토대지.'

강해진 무력 이상으로 더 높이 올라갈 수 있는 토대를 세운 것 같아 뿌듯했다.

그래서 휴일 마지막 날인 오늘은 휴식 삼아 정원의 화단에 나와 꽃을 손보고 있었다.

-멍청한 놈. 흙을 슈을 때는 먼저 아래에서 퍼야 한다. 영양이 있는 흙이 잘 섞이도록 모종삽이 아니라 손으로 만져야 하느니라.

라스는 어울리지 않게도 꽃과 나무에 대해 잘 알고 있었다. 덕분에 가져온 책을 펼쳐 볼 필요도 없이 화단을 정리할 수 있었다.

-본왕이 마계에 있을 때 얼음꽃으로 화단을 가득 메운 적이 있었다. 화단을 본 마족들은 경배하듯이 꽃에 고개를 숙였지. 그건 본왕에 대한 칭송이자, 경외….

"하아."

저 주절거림만 없으면 더 좋았을 텐데.

라스는 말이 정말 더럽게 많았다. 특히 '본왕이 마계에 있었을 때.'로 시작하면 최소 10분 동안은 말이 멈추질 않는다.

매일 마계 이야기를 듣다 보니, 이젠 가 본 적도 없는 마계가 친숙해질 지경이다.

-그게 아니다! 꽃잎은 섬세하게 다뤄야 한다. 못 하겠으면 일단 얼려!

"알겠다고."

라온이 인상을 찌푸리고 손가락을 까딱였다. 마나를 다루듯 아주 조심스럽게 꽃을 심자, 라스의 잔소리가 그쳤다.

우측의 화단을 모두 정리하고, 좌측의 화단을 보려고 할 때였다.

"음?"

별관 입구에서 가느다란 인영이 걸어온다. 긴 머리카락이 단발로 변했지만, 모를 수가 없는 사람이다.

마르타 지그하르트.

이틀 전 패배했던 마르타가 인상을 잔뜩 쓴 채 다가왔다.

"시비라도 걸러 왔나?"

라온이 흙 묻은 손을 탁탁 털고 일어섰다.

그럼 환영인데.

제37화

자주색 노을이 번져 가는 저녁 하늘 아래. 마르타가 입을 꾹 다문 채 서 있었다.

시야가 깜깜한 어둠으로 물들 때까지 석상이 되어 있던 그녀가 천천히 고개를 들었다.

"져서는 안 됐는데."

마르타가 주먹을 말아 쥐었다. 얼마나 힘을 줬는지 핏줄이 뻘겋게 달아올랐다.

"엄마를 찾을 때까지는 그 누구에게도 져선 안 됐는데…."

목표를 이룰 때까지는 절대 패배하지 않기로 다짐했건만, 져 버렸다. 그것도 너무나 추하게.

억지로 마음을 비틀고, 욕을 달고 살고, 사람들과 거리를 둔 보람도 없이 그야말로 발려 버렸다.

"빌어먹을!"

양아버지인 데니어 지그하르트는 자신의 재능을 보고, 지그하르트에 입양했다.

그런데 방계이자, 나이도 한 살 어린 라온 지그하르트에게 져 버렸으니, 아버지가 어떤 조치를 할지 예상되질 않았다.

데니어는 부드러운 사람이었지만, 그 모든 게 연기일 가능성도 있다. 최악의 경우 쫓겨날 것도 염두에 두어야 한다.

'안 돼. 그건 절대 안 돼.'

그렇게 되면 엄마를 찾을 마지막 희망이 사라진다. 바지를 붙잡아서라도 매달려야 했다.

"후우…."

"아가씨."

극도로 긴장한 마르타는 집사인 카멜의 부름에도 뒤를 돌아보지 않았다.

"데니어 님의 편지입니다."

데니어 지그하르트가 편지를 보냈다는 소리를 듣고 나서야 마르타의 고개가 돌아갔다. 그녀의 검은 눈동자가 파도처럼 출렁였다.

"여기 있습니다."

마르타는 마른침을 삼키고 편지를 펼쳤다.

> 마르타. 첫 번째 패배를 축하한다. 한 번 졌다고 네 이름에 패배자 딱지가 붙는 건 아니니, 너무 신경 쓰지 말거라. 다만 왜 졌는지, 어떻게 졌는지를 수없이 생각해라. 그 반성이 훗날 네 성장의 밑거름이 되어줄 테니까. 직접 가서 위로해 주고 싶지만, 임무가 생각보다 오래 걸리는구나. 가지 못해 미안하다.

질책도, 조롱도 없었다. 진심으로 딸을 걱정하는 아버지가 보낸 편지였다.

  네 친엄마의 흔적은 계속 수색 중이다. 내가 포기하지 않았으니, 너도 포기하지 말거라.

마르타가 떨리는 손으로 편지지를 접어 주머니에 넣었다. 지갑을 확인하듯 주머니를 꾹 눌렀다.

"하아…."

부서졌던 마음의 조각을 다시 모아 주는 듯한 편지였다. 특히 마지막 글귀 때문에 어깨를 짓눌렀던 우울함과 불안함이 모두 가셨다.

"아버지께 명심하겠다고 전해 드려. 정말. 정말로 감사하다고도."

"알겠습니다."

카멜이 옅게 웃으며 고개를 끄덕였다.

"그런데 아가씨."

"응?"

"라온 도련님과 내기에서 건 복종에 대한 게 신경 쓰이신다면 별관을 압박하는 방법도 있습니다. 직계의 힘을 이용한다면 조용히 처리할 수…."

"아니. 하지 마."

마르타가 단호하게 고개를 저었다. 흑진주 같은 눈동자는 이전과 달리 선명한 빛을 발했다.

"진 건 진 거야. 그것도 처참하게 졌지."

라온에게 패배한 이유는 누구보다 확실하게 알고 있었다.

'방심해서가 아니야. 그냥 졌어.'

라온은 그 뻘건 오러를 사용하여 자신의 검을 베어 버렸다. 검사가 검을 잃었으니, 사실 승부는 거기서 끝이었다.

하지만 녀석은 똑같이 검을 버리고 주먹으로 두 번째 승부를 내주었다.

그렇게 싸워 준 사람에게 부끄러운 모습을 보인다면 아버지가 더 실망하실 게 분명했다.

"멍청한 약속을 했더라도 일단은 지키는 게 지그하르트다운 모습이겠지. 아버지도 그렇게 말씀하실 거야."

"물론입니다. 데니어 님이라면 분명 그리 말씀하셨을 겁니다."

"딸인 내가 그분을 망신시킬 수 없어."

"그럼요."

카멜은 대견하다는 듯 입매를 크게 올리며 웃었다.

"카멜. 칼 있어?"

"있습니다. 그런데 왜…."

"줘 봐."

"여기 있습니다."

마르타는 카멜이 준 얇은 단검을 한참 동안 바라보다가 검집에서 꺼냈다.

파악!

마음을 정한 듯 고개를 끄덕이고서 흑단 같은 머리카락의 중간을 단호하게 베어 버렸다.

"아, 아가씨!"

"괜찮아. 멍청하고 추잡했던 과거를 떠나보내는 것뿐이니까."

마르타는 잘라 낸 머리카락을 바람에 흘려보내며 미소 지었다. 그녀의 웃음이 눈송이처럼 반짝거렸다.

"허…."

카멜은 이런 장면은 생각지도 못했는지 헛바람을 흘렸다.

"내일 오전 직계 수련 취소해 줘."

"예? 취소가 어려운 건 아니지만, 무엇을 하시려고…."

"갈 곳이 있어."

마르타는 그렇게 말하고 저택으로 들어갔다.

카멜은 저택에 들어가는 마르타의 뒷모습을 지켜보며 인자하게 고개를 끄덕였다.

마르타는 휴가 마지막 날 새벽 훈련만 마치고 바로 저택을 나왔다.

아침도 안 먹고 어딜 가냐는 카멜과 시녀들을 따돌리고 홀로 서쪽 별관으로 향했다.

상당히 멀었지만 길이 잘 닦여 있어서 별관을 찾는 데 어려움이 없었다.

서쪽으로 계속 걷고 있으니, 작은 정원에 둘러싸인 아담한 집이 보였다.

'저기 사는 건가.'

마르타가 눈매를 좁혔다. 본관의 건물과는 비교할 수 없을 정도로 작고 초라했다.

다만 자신이 입양되기 전 집은 저 별관보다 훨씬 작았기 때문에 별 느낌은 들지 않았다. 그냥 그러려니 하고 정원으로 걸어갔다.

'누가 있네.'

금발 소년 하나가 화단에 쪼그려 앉아 흙을 파고 꽃을 심고 있었다.

'어?'

마르타가 눈을 부릅떴다.

'라온 지그하르트?'

시종이라고 생각했는데, 아니었다. 꽃을 심고 있는 녀석은 자신에게 처음 패배를 안겨 준 라온 지그하르트였다.

라온도 자신을 발견했는지 손을 탁탁 털고 일어섰다.

"무슨 일이지?"

"……."

마르타는 대답하지 않고, 라온이 가꾼 화단 앞에 섰다. 금방 물을 줘서 그런지 꽃들이 건강하고 생생해 보였다.

'이 녀석이 이런 취미가 있었나?'

아이답지 않은 녀석이라 생각했는데, 이건 또 아이다워 조금 당황스러웠다.

'어떻게 할까.'

오늘 마르타가 라온을 찾아온 이유는 간단하다.

재대결.

아버지의 말을 듣고 패배에 대해 생각해 봤지만 어떻게 졌는지 생각나지 않았다.

그걸 모르니, 실력 차이가 어느 정도였는지, 그걸 메울 방법은 없었는지도 알 수가 없다.

즉, 반성을 할 수가 없었다.

그래서 재대결이 필요했다.

머리에 열이 오르지 않은 상태에서 라온과 싸워 실력 차이를 알고 싶었다.

"후우…."

마르타는 탁한 숨을 내쉬고 고개를 들었다. 호수처럼 잔잔한 라온의 눈을 보며 조심스럽게 입을 뗐다.

"너와 다시 붙어 보고 싶다."

"아직도 패배를 인정 안 한 건 좀 추한데."

"아니. 내가 발린 걸 인정하지 않는 게 아니야. 다만 어떻게 당했는지를 몰라. 그걸 알고 싶어서 찾아왔어."

"……"

라온의 눈동자가 짧게 반짝였다. 의외라고 생각하는 것 같았다.

"그럼 대가는?"

"뭐?"

"패자가 승자에게 도전을 하려면 뭐 하나는 들고 와야 하지 않나?"

"지랄! 싸우는 데 꼭 대가가 필요한 건 아니잖아!"

"난 필요해."

"윽…."

마르타가 가는 신음을 흘렸다.

'이런 점이야.'

절대 손해를 보지 않는 이런 점 때문에 라온이 아이가 아닌 것처럼 느껴졌다.

"없어? 없으면 곤란한데."

라온은 싸울 생각이 없어진 듯 팔짱을 꼈다.

"으음…."

어떻게 할까. 입술을 깨물며 라온을 보다가 그 아래에 있는 꽃을 보았다.

'살짝만 밟을까.'

이런 시간에 화단을 가꾸는 걸 보면 꽃을 아끼는 게 분명했다. 조금 건드려서 자극하면 덤벼들지도 모른다.

"어울리지 않게 꽃을 좋아하나 보네."

마르타가 화단 쪽으로 슬쩍 발을 움직였다.

"별로."

예상과 달리 라온은 모종삽을 툭툭 치며 고개를 저었다.

"뭐?"

"꽃 안 좋아한다고. 왜 좋아하는지도 모르겠고. 어머니 때문에 조금 다듬어 줬을 뿐이야."

"……."

화단의 꽃을 밟으려던 마르타가 우뚝 멈췄다.

"왜? 안 밟아?"

라온은 이쪽의 의도를 알고 있었는지 옅게 웃으며 고개를 까딱였다.

"빌어먹을."

마르타가 욕을 내뱉으며 발을 뺐다. 꽃을 좋아하는 어머니를 위해 화단을 가꿨다는 소리에 꽃을 밟을 마음이 사라졌다.

"젠장."

혀를 차고 등을 돌리려 할 때 별관의 문이 열리고 긴 금발을 뒤로 묶은 미모의 여성이 달려 나왔다.

"라온!"

"어?"

얼음장처럼 냉정했던 라온의 눈빛에 당황이 비쳤다.

"어, 엄마."

"안 보인다 했는데, 화단을 가꿔 주고 있었구나. 그런데 이 친구는 누구니?"

여성의 눈빛에 호기심이 어렸다.

'이 사람이 실비아 지그하르트인가.'

사랑하는 남자를 찾아 가문을 떠난 뒤 아이를 살리기 위해 돌아온 가문의 망신이자, 폐급이라 불리는 여자.

비슷한 경험을 했기 때문일까.

마르타에겐 폐급이 아니라, 사랑하는 아이를 위해 용기를 낸 어머니로만 보였다.

"치, 친구도 아니고, 아무도 아니야. 내가 정리할 테니 들어가."

라온이 드물게도 말을 더듬었다.

"이 친구도 예쁘네. 검은 머리에 검은 눈동자? 아! 네가 마르타구나!"

실비아는 손뼉을 치며 활짝 웃었다.

"……."

마르타는 말없이 고개를 꾸벅였다.

"라온하고 대련했다고 들었는데, 다친 곳은 없니?"

그리운 엄마의 눈빛과 같았기에 알 수 있다. 실비아의 장밋빛 눈동자는 정말 자신의 몸을 걱정하고 있었다.

"괜찮아요."

"걱정했는데 다행이네."

실비아가 옅게 웃었다.

"데니어 오라버니가 재능이 뛰어난 아이를 데리고 왔다고 들었는데, 그게 다가 아니었어."

그녀는 자신의 이곳저곳을 살피고 정말 예쁘다고, 너무 예쁘다고 말해 주었다.

"그런데 여기는 무슨 일이니?"

"잠깐 전할 말이 있어서 왔어요. 다 끝났으니 가 볼게요."

마르타가 다시 고개를 꾸벅이고 돌아가려 할 때였다.

꼬르르륵.

새벽 수련 후 아침을 굶었던 대가가 찾아왔다.

"아….''

마르타의 얼굴이 빨갛게 달아올랐다. 뒤돌아서 달려가려고 할 때 따스한 무언가가 손목을 잡았다.

실비아였다. 그녀가 웃으며 고개를 끄덕였다.

"밥 먹고 가렴."

마르타는 왜인지 모르게, 그 가는 손을 뿌리치지 못했다.

이게 뭐지?

라온은 식탁 앞에 마주 앉은 마르타를 보고 눈매를 좁혔다.

'도통 모르겠네.'

실비아가 배꼽시계가 울린 마르타에게 밥을 먹고 가라고 한 건 이해할 수 있다. 워낙에 착한 사람이니까.

그렇지만 저 광녀가 실비아에게 끌려와 식탁에 앉고, 조신하게 음식을 기다리는 모습은 생각도 못 한 장면이다.

머리카락을 자르더니, 성깔도 같이 잘린 게 아닌가 싶다.

"라온이 고기 스튜를 좋아하거든. 그래서 우리 식탁에는 스튜 하나는 꼭 있어."

"아, 네."

실비아는 뭐가 그리 기쁜지 방실방실 웃었고, 마르타는 부끄러운 것처럼 고개를 숙인 채 대답만 했다.

-저 계집 지금 뭐 하는 거냐? 원래 저런 성격이 아니지 않느냐.

'나도 뭐가 어떻게 돌아가는 건지 모르겠어.'

지그하르트 가문에서 태어난 이후 이렇게까지 의외의 상황이 벌어진 건 처음이었다.

곧 식사가 나왔다. 스튜와 소고기 구이 그리고 채소와 데운 빵이었다.

"라온보다 한 살이 많지?"

"네."

"훈련할 때 어려운 건 없니?"

"별로 없어요."

실비아는 식사하면서 마르타에게 말을 걸었고, 마르타는 음식을 먹으면서도 질문에 곧잘 답을 해 주었다.

'허….'

라온이 고개를 갸웃거렸다.

'쟤 진짜 왜 저래?'

마르타는 남이 말을 걸면 일단 욕부터 나오는 인간이다. 저렇게 호의적인 모습을 볼 줄은 상상도 못 했다.

"음…."

라온은 음식이 입으로 들어가는지 코로 들어가는지도 모른 채 스튜를 꿀떡 넘겼다.

"우리가 요리는 정말 잘하는데, 고기 질이 본관에 비해 좀 떨어져. 체하지 않게 꼭꼭 씹어 먹으렴."

"……."

실비아의 조언에 포크를 쥔 마르타의 손이 바르르 떨렸다.

발작을 일으킬지도 몰라서 막을 준비를 했지만, 그녀는 고개를 푹 숙인 후 다시 고기를 찍어 먹었다.

사람의 감정은 잘 모르지만, 그녀의 손에서 뭔지 모를 서글픔과 그리움이 느껴지는 것 같았다.

"잘 먹었어요."

그렇게 어색한 식사가 끝나고 마르타가 일어섰다.

"맛은 어땠니?"

"맛있었어요."

"다행이네. 앞으로는 라온과 친하게 지내 주렴."

실비아는 문 앞에서 마르타에게 손을 흔들어 주었다.

"네."

마르타는 의외로 정상적인 대답을 하고 별관을 떠났다.

'진짜 뭐지?'

시비를 걸러 왔던 게 분명한데, 갑자기 저런 태도를 하는 이유를 알 수가 없었다.

-뭐 잘못 먹은 건가?

'그럴지도.'

인간의 감정이란 정말 어려운 것 같다.

❈❈❈❈❈

마르타는 별관을 나오자마자 입술을 꾹 깨물었다. 그렇게 하지 않았다간 바로 눈물이 나올 것 같았다.

닮았다.

얼굴도, 머리 색도, 입은 옷도, 목소리도 달랐지만, 장미색 눈빛이 실종된 엄마와 너무도 닮았다.

그래서 그녀가 손목을 잡았을 때 뿌리치질 못했다.

라온은 날 미쳤다고 생각했겠지.

녀석의 눈빛이 그렇게 흔들리는 건 처음 보았다.

늦게라도 나갈까 고민했지만, 밥을 먹고 나가길 잘했다. 실비아의 다정한 눈빛과 목소리 그리고.

꼭꼭 씹어 먹으라는 엄마가 가장 많이 했던 잔소리를 들었을 땐 정말 엄마와 함께 있는 듯한 기분이었다.

그래서 더욱더 엄마를 찾고 싶었다.

'백혈교. 이 개새끼들.'

엄마를 납치해 간 놈들은 오마 중 하나 백혈교다. 그 광신도들을 모조리 죽여서라도 엄마를 찾아낼 것이다.

마르타는 다짐하고 또 다짐하며 본관으로 돌아갔다.

"아가씨 어딜 다녀오신… 어? 혹시 우셨습니까?"

문 앞을 쓸고 있던 카멜이 눈을 부릅떴다.

"뭔 소리야! 울기는 누가 울어!"

마르타가 눈가를 훔치며 고개를 저었다. 빠르게 문을 열고 저택으로 들어가려다 말고 고개를 빼꼼 내밀었다.

"카멜. 혹시 질 좋은 소고기 좀 구해 줄 수 있어?"

"소고기요? 그거야 얼마든지 가능하죠. 그런데 어디에 쓰시려는 겁니까?"

"쓸 데가 있으니까. 구해서 내 방 앞에 놔 줘!"

마르타는 대답을 하자마자 문을 닫고 방으로 뛰어 올라갔다.

"훗."

카멜은 그 모습을 보며 부드러운 미소를 지었다.

"지금 모습이 훨씬 보기 좋다는 걸 아실까 모르겠군."

다음 날.

라온은 새벽 연공을 끝내자마자 연무장으로 향했다. 평소처럼 도착한 사람은 아무도 없었다.

어제 찾아온 마르타 때문에 머리가 복잡했지만, 그냥 개꿈이라고 생각하기로 했다.

가볍게 몸을 푼 뒤 연성검 수련을 시작했다. 해가 떠오르며 아이들이 하나둘씩 연무장으로 들어왔다.

수련생들의 잡담 소리를 들으며 검을 휘두르고 있을 때 갑자기 모든 소리가 확 꺼졌다.

고개를 돌리니, 활짝 열린 연무장으로 마르타가 걸어왔다.

단발로 자른 머리 때문인지 수련생들이 입을 떡 벌리고 그녀를 바라보았다.

"라온 지그하르트."

마르타가 자신의 앞에 멈춰 섰다.

"흘러간 말을 주워 담을 수는 없지. 그동안 시비를 걸었던 걸 어설픈 사과로 퉁치진 않겠다."

그녀의 눈빛은 어제보다도 더 잔잔했다. 멈춰 있는 호수를 보는 것 같았다.

"대신 약속은 지킨다."

"약속?"

"대련을 하기 전에 했던 패자가 승자의 말에 복종한다는 약속."

그녀는 그렇게 말하고서 뒤를 돌았다. 눈을 보니, 완벽하게 패배를 받아들인 것 같았다.

'생각보다 더 큰데….'

그 짧은 시간에 변했다니, 그녀 역시 보통 그릇이 아니었다. 다만 어제 왜 밥을 먹었는지는 아직도 모르겠다.

"왜 길을 막고 지랄이야. 꺼져!"

고개를 갸웃거리고 있을 때 마르타가 앞에서 어정쩡하게 서 있는 도리안을 걷어찼다.

"아욱! 죄, 죄송합니다."

"쯧."

그녀는 혀를 차고서 평소의 자리로 돌아갔다.

라온이 픽 웃었다. 아무래도 변한 건 자신에 대한 태도뿐인 것 같았다.

'여긴 전부 특이한 녀석들뿐이라니까.'

제38화

새해가 밝았다.

14살이 된 라온의 생활은 한 단어로 정리할 수 있다. 수련. 가장 먼저 연무장에 도착해서 가장 늦게 돌아가는 수련 귀신의 생활을 계속 이어 갔다.

루난의 눈은 여전히 맹했지만, 검술의 예리함과 수속성 오러의 서늘함은 비할 수 없이 깊어졌다.

정신적으로 크게 성장한 버렌은 많은 수련생의 마음을 확실하게 휘어잡았고, 수석의 자리를 되찾기 위해서 밤낮으로 절치부심 검을 휘둘렀다.

마르타는 첫 패배를 설욕하기 위해서 휴식조차 마다하고 검을 휘두르고, 오러를 연공했다.

다만 가뜩이나 더러웠던 성격이 더 난폭해져 이젠 그녀에게 가까이 오려는 사람도 없었다.

하지만 딱 한 명. 라온 앞에서는 달랐다.

교관의 말도 제대로 듣지 않는 마르타가 라온의 말이라면 입을 다물고 그대로 따랐다. 옆에서 보면 충실한 하인처럼 보일 정도.

수련생들은 저 태도가 내기의 약속이라는 걸 알아서 며칠 안 가리라 생각했지만, 아니었다.

마르타는 새해가 밝아도 라온의 말을 충실하게 따랐다.

모두가 당황했다.

입이 걸고, 성격이 더러운 마르타가 라온과의 약속을 지킬 줄은 몰랐으니까.

그렇게 라온은 마지막 방해꾼마저 굴복시켜 5 연무장 수련생 모두의 인정을 받았다.

"집합."

라온의 부름에 연무장 이곳저곳에서 몸을 풀던 수련생들이 동시에 그를 보았다.

"쯥."

"응."

버렌이 살짝 혀를 차고서 라온의 앞에 섰고, 루난은 주인을 본 강아지처럼 쪼르르 달려왔다.

"……."

마르타는 살벌한 눈빛을 번쩍였지만, 별말 없이 두 사람의 옆에 섰다.

연무장에서 가장 영향력 있는 루난과 버렌, 마르타가 라온의 지시대로 움직이니, 다른 수련생들은 당연히 그 뒤를 따를 수밖에 없었다.

"왜 모이라고 했지?"

버렌이 고개를 들어 텅 빈 단상을 보았다.

"오늘 오전은 개인 수련이잖아."

"아니. 오늘은 정규 훈련이다."

"그런 이야기는 들어 보지 못했는데."

"수석 교관님이 전하는 걸 깜빡했다고 하시더군."

라온이 한숨을 내쉬었다. 리메르는 어제저녁에 갑자기 찾아와서 오전에 수련생들이 흩어지지 않도록 모아 놓으라 지시했었다.

"하여튼 그 남자는….”

버렌이 이를 갈았다. 여전히 리메르가 마음에 들지 않는 것 같았다.

"어찌 됐든. 오늘은 정규 수련이니 여기서 대기하도록. 몸만 가볍게 풀어."

"에이."

"까마귀 고기를 삶아 먹었나. 뭘 매일 까먹지?"

"술 먹고 노느라 그랬을걸. 어제 술집에 있었다던데."

"하루 이틀이냐. 그냥 준비나 하자."

수련생들은 작게 툴툴거렸지만 라온의 지시를 따라 연무장 중앙에서 가볍게 몸을 풀었다.

잠시 후 수련 시간이 5분 정도 지났을 때 연무장의 문이 끼익 열리고, 교관들이 들어왔다.

"하아암."

맨 뒤에 있던 리메르는 손으로 다 가리지 못할 정도로 큰 하품을 하며 단상 위로 올라갔다.

"지각입니다. 교관님"

버렌이 손을 들고 외쳤다.

"에, 오늘은 원래 자율 수련이지만, 우리 교관이 너희들을 위해서 준비를 하다가 늦었으니, 딱히 지각은 아니지."

"그거랑 이건 상관이 없…."

"자, 늦은 만큼 바로 수련을 시작하자!"

리메르가 버렌의 말을 무시하고 손을 흔들었다.

뒤에서 버렌이 이를 가는 소리가 들려왔다. 시간이 지나도 저 둘의 관계는 변하질 않았다.

"오늘 너희들의 개인 수련 시간을 뺏은 건 다름이 아니라, 검사에게 가장 중요한 걸 전수해 주기 위해서다."

"거, 검사에게 가장 중요한 것?"

"그게 뭐지?"

"새로운 검술?"

"검술 비기?"

"연공법?"

기대감이 어린 수련생들의 눈이 별빛처럼 반짝였다.

"흐음!"

리메르는 그 눈빛을 한참 동안 즐기다가 아이들의 목소리가 가라앉았을 때 천천히 입을 뗐다.

"바로 보법이다."

"엑?"

"보법이요?"

"그게 왜 검사에게 가장 중요하다는 거야…."

"어휴, 이럴 줄 알았어."

보법이라는 소리에 수련생들은 실망 어린 표정으로 발을 굴렀다.

'역시 보법이었군.'

하지만 라온은 덤덤하게 고개를 끄덕였다.

보법이란 걷는 법.

검술이나 권법을 펼칠 때 더 공격적이거나, 더 방어적 혹은 더 빠르게 움직이기 위해서 만든 체계적인 걸음이다.

'때가 되었다고 생각했어.'

권법과 검술에 익숙해졌고, 오러도 적당히 만들었으니, 보법을 배울 시기가 왔다고 생각하고 있었다.

"이곳에 오기 전부터 중급 수준의 검술을 익힌 녀석은 꽤 되지만, 보법을 제대로 익힌 경우는 거의 없더라고."

"음…."

"그건 그렇죠."

수련생들은 반박하지 못하고 느릿하게 고개를 끄덕였다. 버렌과 루난, 마르타 역시 입을 다물었다.

"너희들의 목표가 검사이니, 검술이 중요한 건 맞다. 하지만!"

리메르는 씩 웃으며 단상 위에서 뛰어내렸다. 촛불을 끈 듯 그의 몸이 훅 사라졌다.

"그 검술을 더 날카롭고 빠르게 만들어 주고, 훗날 목숨까지 구해 주는 건 보법. 즉, 발놀림이나."

그의 목소리가 등 뒤에서 들려왔다. 고개를 돌리자, 앞에서 사라졌던 리메르가 맨 뒤에서 뒷짐을 지고 서 있었다.

"헉!"

"어, 언제…."

"뭐지?"

수련생들이 입을 떡 벌렸다. 리메르가 바람 소리 하나 없이 뒤에서 나타난 모습에 혀가 절로 튀어나왔다.

"너희는 대련을 하며 홀로 수련할 때와 상대에게 검을 휘두를 때의 상황이 다르다는 것을 깨달았을 것이다."

"그건…."

"맞아. 몸이 제대로 움직여지지 않았지."

"검도 궤도대로 흐르지 않았고."

수련생들이 고개를 끄덕였다. 그들 모두는 대련을 겪으며 실전과 수련은 다르다는 것을 깨달았다.

"실전에서 제 실력을 발휘하기 위해서는 검술 이상으로 보법을 단련해야 한다. 난 일대일 대련에서 가장 중요한 무학은 검술도, 오러도 아닌 보법이라 생각해. 가주님도 그 의견에 동의하셨지."

"가, 가주님이?"

"헉!"

"그분이 그러셨다면….'"

수련생들이 입을 떡 벌렸다. 가장 존경하는 글렌이 보법이 중요하다고 했다고 하니, 리메르가 말할 때와는 무게감이 달랐다.

"보법…."

버렌이 척추를 똑바로 세웠다.

'그래. 그때 보법이 있었다면….'

자신의 장점은 예리함과 정확성 그리고 속도다. 라온과 대련을 할 때도 기본 발놀림이 아니라, 제대로 된 보법을 운용했다면 그렇게 맥없이 패배하진 않았을 거다.

"과연…."

으르렁거리는 듯한 목소리에 버렌이 옆으로 고개를 돌렸다.

마르타가 주먹을 말아 쥔 채로 눈을 빛내고 있었다. 그녀 역시 같은 생각을 하는 것 같았다.

'똑같군.'

조용해졌다고 생각했는데, 그게 아니었다. 마르타는 겉이 아닌 가슴 속에 라온을 꺾겠다는 열의를 태우고 있었다.

"보법은 강물의 흐름을 담은 가람보법부터 시작한다."

리메르가 강가의 자갈밭을 걷듯 가볍게 다리를 튕기자, 그의 몸이 단상 위로 펄쩍 올라섰다.

"음…."

그는 보법을 시연할 것처럼 자세를 잡다가 '귀찮네'라고 중얼거리며 드러누웠다.

"숙련된 조교 앞으로."

리메르가 손뼉을 치자 뒤에 있던 교관이 앞으로 나와서 가람 보법의 자세를 보여 주기 시작했다.

뚜둑.

버렌이 주먹을 말아 쥐었다. 보법을 확실하게 익혀서 언젠가 저 게으른 교관의 콧대를 눌러 버리겠다고 다짐하며 가람보법의 자세를 확실하게 눈에 익혔다.

❖❖❖❖❖

가람보법의 형은 12개뿐이었고, 자세 역시 간단해서 시범을 보이는 데 오랜 시간이 걸리지 않았다.

'그야말로 기본이로군.'

라온은 불의 고리를 회전시키고 있었기 때문에 가람보법의 형태와 자세, 흐름까지 한눈에 파악할 수 있었다.

처음 보는 보법이지만, 기본자세에 충실했고, 흐름이 부드러워 어디에도 끼워 넣을 수 있는 보법이었다.

"교관들이 돌아다니며 자세를 잡아 줄 테니, 일단 보고 느꼈던 대로 보법을 펼쳐 보아라."

"예!"

수련생들은 연무장에 넓게 퍼져서 가람보법을 펼치기 시작했다.

다만 라온은 움직이지 않았다.

눈을 감은 채로 불의 고리를 휘돌리며 교관이 보여 주었던 가람보법을 머릿속에서 재생했다.

'방어 6에 공격 4.'

가람보법은 기본 보법답게 공격과 수비의 비율이 비슷했다. 방어 쪽이 조금 더 높지만, 큰 차이는 없었다.

'연계가 장점인 보법이야.'

가람보법의 특징은 보법이 강물처럼 부드럽게 흐른다는 점이다. 짜 맞춘 듯한 딱딱함보다 조금 흐트러지더라도 쭉 연결되는 흐름이 중요하다.

"후…."

라온이 들뜬 숨을 뱉으며 눈을 떴다. 열린 시야 사이로 가람보법의 모든 것이 보이고 있었다.

턱.

먼저 오른발을 뻗었다.

잘 다져진 연무장 바닥을 짓누르는 감각을 즐기며 왼발을 따라 붙였다.

양쪽 발이 부드럽게 교차하며 가람보법의 첫 번째 형 유화가 펼쳐졌다.

투웅!

바닥을 가볍게 스치며 몸을 우측으로 회전시켰다. 적의 공격을 회피하고, 검을 내지르는 두 번째 형 개류가 연무장 모래를 울렸다.

교관이 보여 주었던 자세보다 더욱 완성에 가까운 모습.

치잉!

라온은 어깨 위로 흘러가는 쾌감을 즐기며 미소를 피워 냈다. 그의 발은 태어났을 때부터 가람보법을 알고 있던 것처럼 그 유연한 흐름을 그대로 재연했다.

"흐아아암!"

리메르는 입이 찢어져라, 하품하고서 눈을 끔뻑였다.

"졸리구만."

며칠 동안 수련생들에게 적합한 보법을 찾고 보완하느라, 잠을 못 잤더니, 온몸이 나른했다.

'나도 늙긴 늙었나 보네.'

픽 웃으며 단상 아래를 내려다보았다.

가운데 선 라온은 눈을 감은 채 가만히 있었다. 교관의 보법을 머릿속으로 그려 보고 있는 것 같았다.

'좋은 방법이긴 하지….'

심상 속에서 무학을 그려 보는 건 분명 좋은 수련법이다. 다만 그건 어느 정도 실력이 무르익은 이후여야 한다.

방금 보법을 배웠기 때문에 지금은 머리에 그리기보다 몸을 움직일 때였다.

'나중에 똥폼 잡지 말라고 해야겠네.'

리메르는 놀릴 게 생겼다고 중얼거리고는 버렌 쪽을 보았다.

'꽤 잘하는군.'

버렌은 이전에 보법을 익힌 경험이 있는지 가람보법의 형태를 거의 그대로 따라 했다. 진의는 없지만, 자세는 얼마 안 가 완성할 수 있을 것 같다.

'저쪽도 마찬가지고.'

마르타 역시 보법을 한참 동안 익힌 사람처럼 가뿐하게 발을 내뻗고 몸을 회전시켰다. 버렌보다 더 나은 자세였다.

"하."

리메르가 버렌과 마르타의 보법을 보고 웃음을 흘렸다.

'라온을 생각하고 있군.'

두 사람은 보법을 배우는 와중에도 라온과 대련했을 때를 생각하고 있었다.

아까 일대일 싸움에서 가장 중요한 게 보법이라고 말했던 게 제대로 먹혀든 것 같았다.

'그리고….'

우측에서 가람보법을 연습하는 루난을 보았다. 그녀의 움직임은 앞선 두 명과는 달랐다.

상대를 두기보다는 보조하는 듯한 움직임. 루난이 도와주고 싶어 하는 사람이 누구인지는 뻔히 보였다.

리메르는 그 뒤로도 수련생 모두를 살펴보고, 말해 줘야 할 장점과 단점을 기억해 두었다.

'재밌다니까.'

아직 어리고 순수하기 때문일까. 수련생들이 훈련하는 걸 지켜만 보아도 각자가 어떤 생각을 하는지 알 수 있었다.

"으아아."

리메르는 겨울잠에서 깨어난 곰처럼 길게 기지개를 피며 일어섰다.

번뜩.

수련생들에게 기억해 두었던 지적을 하려고 할 때 석상처럼 서 있던 라온이 두 눈을 뜨고 발을 뒤로 뺐다.

'아….'

선명한 붉은 눈 그리고 학처럼 뻗어 간 발에 오싹 소름이 돋아 올랐다.

라온의 발이 천천히 전진한다. 가람보법의 첫 번째 유화가 강물의 흐름을 담아 연무장 바닥을 흘러갔다.

터엉!

그가 두 번째 자세를 취한다. 불길처럼 전진하며 몸을 펼치는 모습에서 시퍼런 칼날이 비치는 듯했다.

"허!"

리메르가 헛웃음을 흘렸다.

'저 녀석….'

라온의 유화는 자신이 직접 보법을 전수해 준 교관보다 더 완성에 가까워 있었다.

그 뒤로 라온은 가람보법의 열두 가지 형태를 물 흐르듯이 펼쳐 냈다. 조금의 실수도, 부족함도 없이 완벽에 가까운 자세였다.

"어…."

"뭐, 뭐야."

수련생들 그리고 교관까지 모조리 멈춰 서서 라온의 보법을 멍하니 바라보았.

"심상으로 보법을 익혔다고?"

리메르의 눈동자가 바르르 떨렸다. 전신으로 오싹한 소름이 돋아 올랐다.

'저 괴물의 끝은 대체 어디야….'

제39화

"후욱."

라온은 가람보법의 열두 가지 형태를 모조리 펼쳐 낸 뒤 이 사이로 옅은 숨을 뱉어 냈다.

'괜찮은데?'

머릿속에서 그렸던 보법의 자세와 흐름대로 몸이 움직였다.

타인의 입장에서 나 자신을 관조한 듯한 기분.

앞으로 무학을 수련할 때 불의 고리를 이용하여 먼저 그 흐름을 확실하게 파악한 뒤 몸을 움직이는 방식도 괜찮을 것 같았다.

"음?"

라온이 눈매를 좁혔다. 보법 수련을 하느라 한창 시끄러워야 할 연무장이 도서관처럼 조용했다.

라온은 이상한 시선을 느끼며 뒤를 돌았다.

"미친…."

"뭐, 뭐야…."

버렌과 마르타는 입을 떡 벌린 채 반쯤 넋이 나가 있었고, 루난은 주먹 쥔 손을 흔들었다. 입 모양을 보니 '알려 줘'라고 말하고 있었다.

세 사람만이 아니다. 연무장에 있는 수련생들과 교관 모두의 눈이 튀어나올 것처럼 커져 있었다.

"왜들…."

"라온."

라온은 놀람이 담긴 부름에 다시 뒤를 돌았다. 단상 위에 누워 있던 리메르가 어느새 내려와 앞에 서 있었다.

"너 가람보법을 알고 있었던 거냐?"

그의 녹색 눈동자가 하프 현을 튕긴 듯 가늘게 떨렸다. 확연한 놀람이었다.

"아뇨. 처음 보았습니다."

전생에 익힌 그림자보법과 흐름이 비슷할 뿐, 가람보법은 들어 본 적도 없었다.

"그런데 어떻게."

리메르의 말엔 많은 것이 생략되어 있지만, 표정 덕분에 무슨 말을 하고 싶은지 이해가 갔다.

"뭐라고 해야 할까."

라온이 입술을 긁적이며 옅은 미소를 지었다.

"흐름이 읽히더군요."

"흐름이 읽혀?"

"네. 교관님이 보법을 보여 줄 때 전 자세와 순서가 아니라, 그 흐름을 보았습니다."

가람보법은 전생에 익혔던 그림자보법과 흐름이 비슷했다. 덕분에 어렵지 않게 그 요체를 파악할 수 있었다.

"나무가 아니라, 숲을 전체적으로 살펴보니 보법이 어떻게 흘러가는지 보이더군요."

"하, 나 참."

리메르는 할 말을 잃었는지 머리를 부여잡으며 감탄사만 터트렸다.

"못해도 일주일은 버틸 줄 알았는데."

그는 어렵게 찾은 보법이 이렇게 쉽게 뚫릴 줄 몰랐다고 중얼거렸다.

"죄송합니다."

"아니, 아니야. 죄송할 건 없지. 그저 놀랐을 뿐이다."

"음…."

라온이 들리지 않게 입맛을 다셨다.

'너무 빨랐나?'

보법을 본 순간 느낀 흐름에 희열을 느껴서 그걸 그대로 재연했을 뿐인데 저렇게 놀랄 줄은 몰랐다.

'하긴 전생에도 보법 하나는 자신 있었으니까.'

암살자로 살았던 전생에서 무력 자체는 마스터 급이 아니었지만, 보법만큼은 마스터에게도 밀리지 않았다.

-고작 저런 걸음에 놀라다니, 인간들은 참으로 한심하도다. 본왕이 마계에 있을 때 만든 얼음꽃 걸음은 한 번 내딛는 것만으로 한 산과 바다를 얼린….

'아, 예.'

갑자기 튀어나와 지 자랑을 하는 라스를 툭 쳐 냈다.

"커험."

리메르는 헛기침을 한 번 하더니, 뒷짐을 지고 뒤를 돌았다.

"확실히 처음치고는 잘하긴 했는데, 아직 자세는 부족하다. 흐름은 괜찮으니 각각의 형태를 신경을 쓰도록. 질문은 나 말고 교관들에게 해."

"알겠습니다."

라온이 고개를 끄덕이고 뒤를 돌았다. 확실히 처음 펼쳐 보았기 때문에 부족한 부분이 꽤 느껴졌다.

"헉!"

"저, 저걸 가르치라고?"

"나보다 잘하는 거 같은데…."

교관들은 눈썹이 볼까지 내려올 정도로 울상을 지은 채 고개를 저었다.

마르타는 가람보법의 수련을 끝낸 뒤 집사 카멜과 함께 연무장을 떠났다.

"그 보법 괜찮아 보이더군요."

카멜은 턱을 긁적이며 미소를 지었다.

"주인님의 보법을 전수받기 전까지 기초를 닦기에 적당합니다. 제대로 익혀 두

시는 게 좋을 겁니다."

"알겠어."

마르타는 본관으로 걸어가며 작게 고개를 끄덕였다.

"아가씨. 혹시 무슨 일이 있으셨습니까?"

그녀가 평소와 다르다는 걸 느낀 카멜이 그녀의 바로 옆에 붙었다.

"후…."

침묵을 유지하던 마르타가 콧등을 찡그리며 고개를 돌렸다.

"아까 그 보법 습득 난이도는 어느 정도지?"

"흐음, 기초 보법은 분명하지만, 흐름이 꽤 난해해서 익히기 쉬운 수준은 아닙니다."

카멜이 잠시 눈을 감았다가 떴다.

"아가씨는 보법에도 재능이 있으시니, 사흘 정도면 흐름을 파악하실 수 있을 겁니다."

"사흘? 시발…."

마르타는 어처구니가 없다는 듯한 눈빛으로 고개를 저었다.

"아가씨?"

"그럼 수련생이 그 보법을 한 번에 익혀 낼 수도 있을까?"

"경지에 오른 무인들은 보자마자 따라 하겠지만, 수련생은 불가능합니다. 보법에 대한 이론, 지식, 경험도 전무하고, 무학의 두께 자체가 얇으니까요."

"그걸 해낸 녀석이 있어."

"네? 그게 무슨…."

카멜이 눈을 부릅떴다.

'그게 된다고?'

가람보법이 아무리 기초적인 걸음을 담고 있는 보법이라고 해도 담긴 무학의 흐름은 정심하다.

그걸 바로 익히는 수련생이라니, 태어났을 때부터 보법을 익힌 괴물이 아닌 이상 불가능하다.

마르타의 얼굴을 보았다. 아직도 놀람이 사라지지 않은 표정.

그 모습을 보자 머릿속으로 한 수련생의 이름이 스쳐 지나갔다.

"설마 그 수련생이 라온 님입니까?"

"그 미친놈 아니면 누가 있겠어."

"뭐, 그런…."

카멜은 욕이 튀어나오려는 걸 입을 막아서 간신히 참아 냈다.

"상황을 설명해 주실 수 있으십니까?"

"보법 시범이 끝난 뒤 모두 연습을 시작했을 때 그 녀석은 혼자 눈을 감고 가만히 있다가 수련 시간이 끝나기 직전에 눈을 떴지. 그 이후에…."

마르타는 연무장에서 보았던 그 놀라운 모습을 카멜에게 모두 말해 주었다.

"허…."

카멜이 고개를 절레절레 저었다.

'정신 나갔군.'

눈을 감고 한참 동안 가만히 있었다는 건 머릿속으로 가람보법을 익혔다는 뜻이다.

'그 나이에 심상을 운용할 줄 알다니….'

그저 재능이 약간 뛰어나다고만 생각했다. 별관에 다시 빛이 드리울 정도.

하지만 아니다.

라온 지그하르트는 본관의 빛을 별관에 이을 수 있는 다리가 될 괴물이었다.

'바로 보고를 드려야겠어.'

이건 굉장히 중요한 정보였다. 마르타를 본관에 데려다준 후 바로 데니어에게 이 이야기를 전해야 할 것 같다.

"음?"

걷다 보니 옆에 마르타가 보이지 않았다. 돌아보니, 고개를 숙인 채로 뒤에서 걸어오고 있었다.

'쯧. 너무 무신경했군.'

마르타가 라온에게 패한 뒤 얼마 지나지도 않았는데, 너무 무신경했던 것 같다.

"아가씨. 라온 님과 아가씨의 재능은 결이 다릅니다. 누가 높고 낮고가 아니라…."

위로의 말을 건네던 카멜은 고개를 들어 올린 마르타와 눈을 마주치고 입을 다물었다.

'저 눈.'

마르타의 눈빛은 패배자의 그것이 아니었다.

도전자.

앞서가는 자의 등을 뜯어 먹을 짐승이자, 도전자의 눈빛이었다.

그리고 그건 그녀를 처음 만났던 백혈교의 지부에서의 눈빛과 같았다.

"다행이야."

마르타가 일그러진 미소를 지었다.

"날 이긴 놈이 가짜가 아니라서."

단아한 외모에서 피어난 살벌한 미소에 소름이 돋아 올랐다.

'잘못 생각했군.'

카멜이 마른침을 삼켰다. 마르타는 라온과의 재능 차이에 실망한 것이 아니었다. 자신보다 강하고 재능 넘치는 라온을 꺾을 생각에 희열을 느끼고 있었다.

마르타는 걱정해 줄 필요도, 생각해 줄 필요도 없는 종류의 사람이었다.

"아가씨."

카멜이 고개를 숙였고, 마르타는 그를 스쳐 지나갔다.

작지만 당당한 등과 자신감으로 뻗어 나가는 걸음을 보자, 그녀의 미래가 그려졌다.

가장 높은 옥좌 위에서 세상을 굽어보는 무서울 정도로 아름다운 검사의 모습이.

"…그렇게 됐다니까요. 그 나이에 머릿속으로 보법을 익힌다는 게 말이 됩니까? 가주님의 손자는 천재가 분명해요!"

리메르는 매번 글렌과 만났던 북망산의 호랑이 바위를 보며 히죽 웃었다.

"네가 라온의 집사라도 되느냐. 만날 때마다 그 아이 이야기만 하는군."

바위 위에서 엄숙함을 자아내는 목소리가 쏟아지며 글렌의 무표정한 얼굴이 드러났다.

"전 가주님의 궁금증을 풀어드리는 것뿐인데요."

리메르는 글렌의 차가운 분위기에도 웃음을 잃지 않았다.

"손자가 심상으로 보법을 익혔는데, 놀랍지 않으십니까?"

"진짜 심상은 아닐 거다. 심상으로 무학을 익히려면 최소 익스퍼트 최상급은 되어야 하니까."

글렌이 가볍게 손을 저었다. 다만 입꼬리가 가늘게 떨리는 건 감추지 못했다.

"녀석이 나무가 아니라 숲을 보았다는 말대로 보법의 흐름을 읽었겠지. 가람보법은 흐름이 중심이 되는 보법이니까."

"그렇다고 해도 대단한 거 아닙니까? 그런 녀석이 어디 있겠어요!"

"……."

글렌은 대답하지 않았다. 뒷짐을 진 채로 산 아래의 본관을 지켜만 보았다.

"기쁘신가 보네요. 역시 말씀드리러 오길 잘했어."

리메르는 눈동자를 힐끔 돌려 글렌의 표정을 살피고서 미소를 지었다.

"시끄럽다. 할 말 다 했으면 그만 내려가라. 매번 말하지만 다른 아이들도 신경 쓰고."

"저 못 믿으십니까. 저 광검입니다. 광검. 알아서 잘하고 있다구요."

"다 죽어 가는 놈이 광검은 무슨."

글렌이 귀찮다는 듯 손을 휘휘 저었지만, 리메르는 내려가지 않고 호랑이 바위에 등을 기댔다.

"음, 본관 쪽 사용인들이 평소보다 좀 바쁘네요. 무슨 준비 하십니까?"

리메르는 본관에서 부지런히 움직이는 사람들을 보고 휘파람을 불었다.

"준비가 아니라, 찾아오는 녀석들이 있다."

"찾아오는 녀석들이요?"

"며칠 뒤에 오웬 왕국의 사절단이 오기로 되어 있다."

"오웬 왕국의 사절단…."

리메르가 눈매를 좁혔다. 오웬은 대륙 중앙에 위치한 왕국으로 지그하르트와 함께 육황의 한 축을 담당하고 있다.

"어쩐지."

지그하르트와 친분을 유지하는 세력은 거의 없다. 손님이 온다고 하기에 이상하다고 생각했는데, 그나마 친분이 있는 오웬 왕국이었다.

"사절단 대표는 누굽니까?"

"3왕자라고 하더군. 실제로는 타르탄 공작이겠지만."

"오호, 그 미친놈이 결국 공작이 됐군요."

타르탄 공작이라는 말을 들은 리메르의 입가에 살벌한 미소가 지어졌다.

"어? 잠깐! 카르텐의 3왕자면 아직 어리지 않습니까? 라온이나, 버렌 나이일 텐데…."

"그것까지는 관심이 없어서 모르겠군."

"그렇군요."

리메르가 고개를 끄덕였다. 사절단으로 오웬 국왕이 오지 않는 이상 글렌이 관심을 가질 필요는 없었다.

"언제 보여도 당당할 수 있도록 수련생들에게 정돈된 자세를 유지하라고 지시해라."

"예? 저희도요?"

"3왕자와 함께 왕국의 수련 기사들이 함께 오는데, 검사와 수련생들의 훈련 모습을 참관하고 싶다고 하더군."

"그걸 허락하셨습니까?"

"당연하다."

글렌의 붉고 짙은 시선이 리메르를 향했다.

"보여 준다고 약해지면 지그하르트의 검이 아니다. 우린 숨지도, 도망치지도 않는다."

"…그 말 오랜만에 듣네요."

리메르는 '예전에 매일같이 들었는데'라고 중얼거리며 조금 씁쓸한 미소를 지었다.

"궁금증을 풀었으면 내려가라. 수석 교관이라는 놈이 언제까지 연무장을 비우는 거냐."

글렌이 입매를 내리며 인상을 찡그렸다.

"옙!"

리메르는 경례를 하듯이 손을 올리고서 허리를 굽혔다. 등을 돌리고 내려가다가 갑자기 걸음을 멈췄다.

"흐음…."

그는 멀리 보이는 5 연무장을 보며 입맛을 다셨다.

'3왕자와 수련 기사라….'

오웬 왕국의 사절단에 라온의 또래들이 있다고 하니, 아주 좋은 생각이 번뜩였다.

리메르는 고개를 돌려 글렌을 바라보며 히죽 웃었다.

"그 표정. 또 이상한 생각을 하고 있군."

글렌이 못 볼 것을 본 것처럼 콧등을 찡그렸다.

"아뇨. 이상하진 않을 겁니다."

리메르는 더욱 능글맞은 미소를 지으며 고개를 저었다.

"어린 지그하르트의 새싹들에게 도움이 될 일이니까요."

환생한 암살자는
검술 천재

제40화

 장대비처럼 쏟아지는 새하얀 눈발 사이로 은빛의 선이 흘러간다. 갑옷을 입은 기사들의 행군이었다.
 "왕자님 괜찮으십니까."
 곰이라고 생각될 정도로 거대한 덩치의 중년 기사가 바로 옆에서 걷고 있는 소년을 내려다보았다.
 "아직은 괜찮소. 다만 예상보다 눈발이 거세 수련 기사들이 버거운 것 같소."
 왕자라 불린 소년이 뒤를 돌았다. 담담한 표정의 왕자와 달리 수련 기사들은 티가 날 정도로 지쳐 있었다.
 "지그하르트까진 아직 멀었소?"
 "폭설이 점점 거세지는 걸 보니, 거의 도착한 것 같군요."
 "거의 도착했다니, 그럼 지그하르트의 검사들은 매일같이 이런 눈발을 견딘단 말이오?"

"그건 아닙니다."

중년 기사가 옅게 웃으며 고개를 저었다.

"지그하르트로 가면 갈수록 날씨가 사나워지지만…."

그의 입을 떼기 무섭게 쏟아지던 눈덩이가 그치고, 회색 구름 뒤에 숨었던 태양이 그 모습을 드러냈다.

"지그하르트 내부의 날씨는 청아하기 그지없습니다. 물론 기온 자체는 더 내려가지만요."

"허…."

왕자는 헛바람을 흘리며 하늘을 올려다보았다. 끝을 모르고 쏟아지던 눈 폭풍이 꿈이라 생각될 정도로 하늘이 맑았다.

"우와!"

"누, 눈이 단번에 그쳤어."

다른 사람들도 깜짝 놀라 입을 떡 벌렸다.

"타르탄 공작. 이 날씨는 대체…."

"마법 같지만, 마법이 아닙니다. 이런 괴이한 자연환경 때문에 지그하르트를 천혜의 요새라고 말하는 겁니다."

타르탄 공작이라 불린 중년 기사가 빙긋 웃으며 전방에 보이는 거대한 성벽을 가리켰다.

"물론 이런 지그하르트도 뚫린 적이 있지만요."

"음…."

왕자는 그게 언제인지 알고 있었기 때문에 차분하게 고개를 끄덕였다.

"저쪽에서도 기다리고 있으니, 일단은 들어가시죠."

타르탄 공작이 지그하르트의 성벽 아래에 서 있는 사람들을 가리켰다.

거인이 드나들어도 될 정도로 거대한 철문 앞에 붉은색 코트를 두른 검사들이 날카로운 눈으로 이쪽을 바라보고 있었다.

"알겠소."

왕자는 고개를 짧게 끄덕이고 지그하르트의 문지기들이 서 있는 철문으로 향했다.

라온은 점심 식사를 마치고 다시 연무장으로 돌아가다가 멈춰 섰다.

'뭐지?'

정문 방향에서 많은 사람의 기척이 느껴졌다. 갑옷과 갑옷이 부딪치는 소리. 평소 지그하르트에선 듣기 힘든 금속음이었다.

잠시 후 외총관 일리운이 모습을 드러냈고, 은빛 갑옷을 두른 기사들이 그 뒤를 따라갔다.

'오웬 왕국….'

은빛 갑옷의 왼쪽에 사자 머리가 그려져 있었다. 오웬 왕국의 문양이었다.

다른 수련생들이나 검사들도 멈춰 서서 오웬 왕국의 기사들이 지나가는 모습을 지켜보았다.

"오웬 왕국의 사절단이네요."

도리안이 옆으로 다가오며 낮은 휘파람을 불었다.

"사절단?"

"며칠 전부터 오웬 왕국의 사절단이 도착한다고 가문 구석구석 청소했었잖아요. 모르셨나요?"

"몰랐어. 그런데 사절단이라고 하기엔 규모가 좀 작은데."

라온이 기사들 뒤에 있는 체구가 작은 아이들을 보며 눈매를 좁혔다.

"아, 저들은 오웬 왕국의 3왕자와 함께 온 수련 기사들이에요. 경험을 늘리기 위해서 함께 왔겠죠."

"아는 것도 많군."

"이미 소문이 돌았으니까요. 다들 아는 표정이잖아요."

"그렇긴 하네."

모르는 사람은 수련에 빠져 있던 자신과 평소엔 그저 멍한 루난뿐인 것 같았다.

라온이 왕국 사절단을 쭉 살펴보았다.

'꽤 강하네.'

같은 육황임을 증명하듯 수련 기사들의 무력은 5 연무장의 수련생들과 비슷할 정도였다.

'강하든 말든 나랑은 상관없지만…음?'

연무장으로 가기 위해 고개를 돌리다가 수련 기사 중 가장 앞에 선 자와 눈을 마주쳤다.

하늘을 담은 듯한 푸른 눈에 굳건한 기세가 담겨 있었다.

'나이답지 않은 무력이군.'

눈을 마주치는 것만으로도 알았다. 저 수련 기사가 저 중에서 가장 강하다는 걸.

'그렇지만.'

그건 10대 수준에서의 평가일 뿐. 자신의 눈에 차기에는 한참 멀었다.

예상대로 푸른 눈의 아이는 자신의 기운을 읽지 못하고 잠시 쳐다보다가 고개를 돌렸다.

'저런 거에 신경 쓸 시간은 없지.'

보법과 검법의 완성도를 높이느라 바쁘다. 왕국 사절단과는 부딪칠 일이 없으니 잠시 본 것으로 족했다.

라온은 머릿속에 보법의 흐름만을 생각하며 연무장으로 걸어갔다.

'뭐야 이건….'

오웬 왕국의 3왕자. 그리어 드 오웬은 태어나서 처음으로 척추가 곤두서는 듯한 전율을 느꼈다.

천천히 고개를 들었다. 눈이 위를 향할수록 숨통이 조여 왔다.

그 모든 것은 저 위에 앉은 남자 때문이다.

북패왕 글렌 지그하르트. 대륙 최강의 검사라는 남자의 눈빛을 받는 것만으로 손발에 힘이 빠졌다.

"오느라 수고했다."

"환대에 감사드립니다."

옆에서 들린 타르탄 공작의 목소리 덕분에 간신히 정신을 차릴 수 있었다.

"선왕의 어린 시절이라 해도 믿을 법하구나. 그가 아끼는 이유를 알겠어."

자신의 얼굴을 본 글렌 지그하르트가 느릿하게 고개를 주억였다.

"가, 감사드립니다."

입안에 침이 말라 말이 제대로 나오지 않았다. 자그마한 기세도 피우지 않았는데 저런 존재감이라니, 왕국 제일검을 마주했을 때도 느끼지 못한 경험이었다.

"저, 전하께서 전해 주신 서신이 있습니다."

3왕자는 품에서 금색의 봉투를 꺼냈다. 휘청이는 다리에 억지로 힘을 줘서 일어섰다.

"끄읍…."

그는 부들부들 떨면서도 단상으로 다가가 글렌에게 편지를 내밀었다.

"흠."

그 모습에 글렌의 눈동자에 작은 이채가 발했지만 금세 사라졌다.

"자네들이 요구했던 대로 수련생들의 훈련을 참관할 수 있도록 조치했네."

글렌이 편지를 옆에 놓으며 느릿하게 입을 뗐다.

"저녁 연회를 준비했으니, 오늘은 편히 쉬고 내일부터 돌아보도록 하라."

"가주님의 배려에 감사드립니다."

"그럼 나중에 보도록 하지."

"예."

3왕자는 뒤로 세 걸음 물러서서 허리를 숙인 후 일어섰다.

"공작은…."

"저는 가주께 드릴 말씀이 있습니다. 먼저 쉬고 계십시오."

타르탄 공작이 옅게 웃으며 눈을 내리감았다.

"알겠소."

3왕자는 짧게 고개를 끄덕이고서 알현실을 떠났다.

"재능이 뛰어난 아이로군. 왕위보다 검좌에 오르는 게 빠르겠어."

잠시간의 침묵 후 글렌이 먼저 입을 열었다.

"역시 한눈에 파악하시는군요. 3왕자께선 차기 왕국 제일검이라 불리고 계십니다."

"확실히 보기 드문 재능이야."

"재능만이 아니라, 의지도 굳건합니다. 로베르트 검술을 견식하기 위해 남쪽에도 가셨었죠."

타르탄 공작은 3왕자가 나간 문을 바라보며 기껍다는 듯 웃었다.

"흐음."

글렌이 입꼬리를 살짝 올렸다.

'재능과 노력 그리고 의지라….'

3왕자의 눈만 봐도 그가 어떤 재능을 가졌고, 어떤 노력을 해 왔는지 보였다.

어린 나이에 많은 경험을 쌓고, 노력해 왔을 것이다. 다만 글렌은 그보다 더한 녀석을 알고 있었다.

라온 지그하르트.

라온이 해 온 노력과 의지를 알고 있으니, 3왕자의 대단함이 그리 눈에 차지 않았다.

"왕자를 자랑하러 오진 않았을 테니, 본론으로 들어가지."

글렌의 손에 들린 편지가 화르륵 소리와 함께 타올랐다.

"보지도 않고 태워 버리시는군요."

편지가 타 버렸음에도 타르탄 공작의 표정은 별반 변화가 없었다.

"그 남자가 중요한 편지를 애송이에게 맡겼을 리 없으니까."

"역시."

타르탄 공작은 3왕자를 자랑할 때와 달리 진중한 기세로 무릎을 꿇고 고개를 숙였다.

"오웬 왕국의 국왕 레크로스 알버른 드 오웬 2세의 말씀을 전합니다."

고개를 들어 올리는 그의 눈빛에 엄숙함이 가득 차올라 있었다.

"다섯 개의 어둠(五魔)이 움직이기 시작했습니다."

투웅!

라온의 오른발이 물살을 가르는 연어처럼 부드럽게 전진한다.

그 뒤를 이어 왼발이 따라붙는다. 하체의 움직임이 수풀을 누비는 사슴처럼 유려했다.

빠르지 않지만 부드럽고, 강하지 않지만 표홀하다.

그가 펼치는 가람보법의 12가지 형은 바람을 탄 나뭇잎처럼 경쾌한 자유로움이 담겨 있었다.

쿵!

라온은 땅을 울리는 진각을 끝으로 가람보법의 수련을 끝냈다.

"후욱…."

들뜬 숨을 뱉어 내며 허리를 펴고 고개를 들었다.

'여전히 보고 있군.'

뒤를 돌아보자, 자신의 보법 훈련을 보고 있던 수련생들이 흠칫 놀라며 고개를 돌렸다.

가람보법을 배운 첫날 이후 수련생들은 교관이 아니라, 자신을 보며 보법을 수련해 왔다.

그건 버렌이나, 루난, 마르타도 예외가 아니었다.

"음!"

"흥."

눈을 마주친 버렌과 마르타는 콧방귀를 뀌며 몸을 돌렸다.

"응."

물론 루난은 뭐 어쩔 거냐는 듯 눈을 피하지 않았다. 오히려 더 가까이 다가와서 보법을 펼쳤다. 가르쳐 달라는 뜻이었다.

"하여튼."

라온은 고개를 젓고서 루난의 보법에서 부족한 부분을 지적해 주었다.

"도련님. 저도 좀 봐 주실 수 있나요?"

도리안이 배 주머니를 살살 긁으며 다가와 보법을 보여 주었다.

"일단 넌 자세가 높다. 조금 더 낮추고…."

그에게 문제점을 말해 줄 때 연무장의 문이 열리고 리메르가 들어왔다.

'웬일이지?'

라온이 리메르의 종종걸음을 보며 콧등을 찡그렸다. 휴식 시간에 찾아온 건 또 처음이었다.

"오늘 오웬 왕국의 사절단이 온 건 전부 알고 있지?"

"알고 있습니다."

버렌이 앞으로 나오며 대답했다. 그 역시 휴식 시간에 찾아온 리메르가 놀라운지 눈을 동그랗게 떴다.

"오늘 저녁에 사절단을 위한 연회를 연다고 한다. 수련 기사들도 있어서 또래인 너희도 참여 가능하다고 하더군."

"오!"

"연회요?"

오웬 왕국의 기사들을 보고, 수련 기사들과 친분을 쌓을 수도 있다는 생각에 수련생들의 표정이 밝아졌다.

"그런데!"

리메르가 쓱 고개를 저었다.

"너희는 아직도 가람보법도 제대로 습득하지 못했잖아. 나라면 창피해서 그런 데 못 가지. 암!"

"윽!"

"그, 그건…."

수련생들은 생각지도 못한 소리에 입술을 깨물었다.

"어? 설마 가려고 한 거야? 수련할 게 많이 남았는데? 검술도, 보법도 완성 못 했는데?"

그가 얼굴을 쭉 내밀고, 수련생들을 놀리듯이 훑어보았다.

"제, 젠장!"

"후우…."

수련생들은 할 말을 찾지 못하고 고개를 축 내렸다.

"여기서 갈 수 있는 사람은 딱 한 명뿐인데."

리메르의 시선이 라온에게 향했다.

"넌 어떻게 할 거지?"

"관심 없습니다."

라온은 고개를 젓고, 수련검을 챙겼다. 가람보법은 거의 완벽해졌지만 검술과 조화시키려면 아직 멀었다.

지금은 연회에 가서 인맥을 쌓을 때가 아니라, 최선을 다해서 수련할 시기였다.

"좋은 자세야."

리메르가 빙긋 웃었다. 그럴 줄 알았다는 표정. 만족이 담긴 웃음이다.

"뭐, 정 가고 싶으면 보내는 줄 텐데, 가고 싶은 사람?"

그는 라온의 어깨에 손을 올린 채로 수련생들을 쭉 둘러보았다.

제일 강한 라온도 수련을 하겠다고 남았는데, 너희들이 가려는 거냐는 듯한 모습이다.

"흥!"

"…없습니다."

마르타와 버렌이 고개를 돌리고 수련을 위해 뒤로 물러섰다.

"……."

루난은 처음부터 리메르의 말을 듣지 않은 채, 보법만 밟고 있었다.

"그럼 계속 수련하도록. 강해지면 연회에 참석할 기회는 수없이 많을 거야! 난 그럼 간다."

리메르는 수련생들을 놀리듯이 손을 휘젓고서 연무장을 떠났다.

"음…."

라온은 그의 뒷모습을 보며 뺨을 긁적였다. 평소 리메르의 성격상 연회 정도는 보내 줄 만한데, 막은 게 조금 이상했다.

'또 무슨 생각을 하는 거지?'

격렬한 폭설 대신 찬란한 조명이 쏟아져 내리는 지그하르트 본관 연회장.

오웬 왕국의 3왕자 그리어 드 오웬은 입맛을 다시며 지정된 자리에 앉았다.

'피곤하군.'

몇 시간째 지그하르트의 인사들과 대화를 하다 보니 머리가 어지러웠다. 역시 이런 자리는 불편하다. 그냥 검이나 휘두르고 싶었다.

이렇게 좋아하지도 않는 분위기와 장소에 온 이유는 국왕의 명령 때문만은 아니었다.

지그하르트의 검.

그리고 그 검을 연마하는 검사들을 보기 위해서였다.

"후우."

3왕자가 테이블에 놓인 음료를 단번에 들이켜고서 인상을 찡그렸다.

'확실히 대단한 무인들이야.'

지그하르트 검사들이 가진 기파는 고고하고, 강렬했다. 오웬 왕국의 기사들에게 조금도 뒤지지 않는 무력에 가슴이 떨 정도.

'하지만.'

정작 보려고 했던 지그하르트의 어린 검사들의 무력은 실망 그 자체였다.

다른 가문이나, 왕국이라면 분명 뛰어난 인재라 불릴 만한 아이들이지만, 육황의 수련생이라기엔 모자람이 보였다.

'로베르트에도 미치지 못하겠어.'

지그하르트에 오기 전에 갔었던 남방의 주인 로베르트 가문의 어린 검사들이 더 뛰어났던 것 같다.

"내일 돌아볼 필요도 없겠군."

글렌이 수련생들의 훈련을 참관할 수 있게 배려해 줬지만, 저 정도면 딱히 찾아갈 이유가 없었다.

"실망스러우신 모양이군요."

"헉!"

뒤에서 들린 가벼운 목소리에 황급히 몸을 돌렸다.

"에, 엘프?"

붉은 머리에 진녹색 눈동자를 가진 엘프가 뒷짐을 진 채로 빙긋 웃고 있었다.

"진짜를 보여 드릴까요?"

제41화

"진짜라니 그게 무슨 말이지?"

3왕자는 마른침을 삼키며 한 걸음 뒤로 물러섰다. 갑자기 나타난 엘프의 정체와 의도를 알 수 없으니, 일단 거리를 두었다.

"그리 겁먹으실 필요 없습니다."

"겁먹지 않았소."

붉은 머리 엘프를 올려다보며 인상을 찌푸렸다.

"질문에 먼저 답하시오. 진짜라는 게 무엇이오."

"그건…."

"잠깐."

엘프가 대답하려 할 때 타르탄 공작이 바닥에서 솟구쳤다. 흡사 조명에 비친 그림자에서 튀어나온 듯했다.

"지그하르트의 광검. 네가 여기엔 무슨 일이지?"

"헉!"

그리어는 타르탄 공작이 뱉은 칭호를 듣고 눈을 부릅떴다.

'지그하르트의 광검이라면!'

이제야 저 엘프가 누구인지 알 수 있었다. 광속의 검을 휘둘렀다는 글렌 지그하르트의 심복 중 하나였다.

'근데 이자가 왜 나를…'

부상 때문에 은퇴했다는 이야기는 들었는데, 왜 자신을 찾아왔는지 모르겠다.

"아아, 그렇게 견제할 필요 없어."

리메르는 싸울 생각이 없다는 듯 손을 휘휘 저었다.

"네놈이 미친 짓을 하는 걸 봤던 게 한두 번이 아닌데 마음을 놓을 수가 있나."

"보시다시피 많이 달라졌거든."

"흠…."

타르탄 공작은 기세를 거두지 않은 채 슬쩍 뒤를 돌아보았다.

"왕자님. 이 미친 엘프가 무슨 말을 했습니까?"

"진짜를 보고 싶냐고 했소."

"진짜? 그게 무슨 말이지?"

"음, 여기서 말하기는 좀 그렇게 됐는데?"

리메르가 팔을 펼치며 주변을 가리켰다. 어느새 연회는 조용해졌고, 모두 이쪽을 바라보고 있었다.

"사실 내가 불청객이 맞긴 하거든."

그는 주변에서 쏟아지는 시선을 웃음으로 흘려 넘기며 몸을 돌렸다.

"오웬의 왕자님."

출구로 향하던 리메르가 멈춰 서서 다시 뒤를 돌았다.

"진짜를 보고 싶다면 내일 훈련 참관을 할 때 5 연무장에 가 보고 싶다고 하세요."

그는 그 말만 남기고 그대로 연회장 밖으로 나갔다.

스스로 불청객이라 말한 리메르가 사라지자, 연회장에 다시 음악 소리가 들리기 시작했다.

하지만 그리어의 머릿속에서 울리는 건 리메르가 말했던 마지막 말뿐이었다.

'5 연무장에 진짜가 있다고?'

"흐흐흥!"

"음."

라온은 리메르의 콧노래를 들으며 인상을 찌푸렸다.

'왜 저러는 거지?'

다른 교관에게 지시를 내린 뒤 드러누워 낮잠을 자고 있어야 할 리메르가 웬일로 두 눈을 번쩍 뜨고 직접 수련을 지시했다. 뭔지 모를 불안감이 들었다.

"저 인간 왜 저래?"

"그러게요."

"뭐 잘못 먹었나?"

"어제 도박장에서 돈이라도 땄나 봅니다."

버렌과 다른 수련생들도 검을 휘두르면서 리메르를 힐끔힐끔 쳐다보았다.

"수석 교관님. 무슨 좋은 일이라도 있으십니까?"

겁이 많은 주제에 호기심도 많은 도리안이 리메르 옆으로 다가갔다.

"손님이 올 거거든."

'손님?'

귀찮은 걸 제일 싫어하는 리메르가 손님을 기다린다니, 더욱 이해가 가질 않았다.

'그냥 수련이나 하자.'

워낙에 특이한 엘프라 행동이나, 생각이 예측이 안 된다. 수련에 집중하는 게 정답이다.

라온은 단전에서 뜨겁게 달아오른 오러를 끌어 올리며 오른발을 뻗었다.

쿵!

대지를 부수는 듯한 진각 소리를 시작으로 가람보법과 연성검법을 동시에 펼쳐 냈다.

물 흐르듯 자연스럽게 뻗어 나가는 보법 사이로 날카로운 검광이 솟구쳤다.

촤아악!

방어적인 보법과 공격적인 검술이 어우러졌지만 둘 다 흐름과 연계를 중요시하기 때문에 부조화는 느껴지지 않았다.

처음부터 하나의 무학인 것처럼 자연스럽게 이어졌다.

이제 익숙해진 수련생들의 시선을 등으로 받으며 검술과 보법을 끝까지 펼쳐 냈다.

"후욱."

검술과 보법을 연달아 펼쳐 낸 라온이 숨을 뱉어 내며 검을 내렸다.

'아직 모자라.'

검술과 보법 그리고 오러의 운용을 동시에 하니, 조금씩 어긋나는 부분이 있었다. 실전에서 제 실력을 보여 주기 위해서는 더 많은 연습이 필요하다.

"다시."

한 번 더 연습하려고 할 때였다. 연무장 정문 쪽에서 다수의 기척이 느껴졌다.

"음?"

"뭐지?"

라온보다 한발 늦게 교관들이 반응하고 그 뒤에 수련생들이 검을 멈췄다.

모두의 시선이 연무장 문을 향하고 있을 때 똑똑 노크 소리가 들려왔다.

"가 봐."

"예."

리메르는 미소를 유지한 채 교관에게 턱짓했다. 중앙에 서 있던 교관이 연무장의 문을 열었다.

"총관부의 게스만입니다."

정복을 입은 깔끔한 인상의 청년이 얼굴을 내밀었고, 그 뒤에 은빛 갑옷을 입은 기사들이 우르르 대기하고 있었다.

"오웬 왕국의 사절단분들이 5 연무장의 훈련을 참관하고 싶다고 하셨습니다. 갑작스러운 건 알지만 가능하겠습니까?"

"들어와요. 손님은 언제나 환영이야."

리메르는 순식간에 문 앞으로 다가가 문을 활짝 열었다.

"가, 감사합니다. 들어오시죠."

게스만이 고개를 숙였다. 이마 위로 흐르는 땀을 닦으며 오웬 왕국의 사절단을 연무장 안으로 이끌었다.

"허."

라온이 수련검을 허리춤에 꽂아 넣으며 헛웃음을 흘렸다.

'손님은 환영?'

리메르는 같은 가문의 검사들에게도 훈련 내용을 보여 주지 않는다. 손님을 환영한다니 개소리도 저런 개소리가 없다.

주변을 돌아보니 다른 수련생들도 놀라서 눈동자를 굴리고 있었다.

"오웬 왕국의 사절단들이 귀한 시간을 내서 이곳에 와 주셨다. 지그하르트 수련생들이 어떤 무학을 익혔는지 보여 주도록."

문 앞에 있던 리메르는 갑자기 단상 위에 나타났다. 바람을 넘어 귀신같은 움직임이었다.

"갑자기 저러면 뭘 어쩌라는 건데."

"으음…."

"뭐, 하던 대로 하면 되겠지."

수련생들은 옆에서 쏟아지는 오웬 왕국 사절단의 시선에 고장 난 인형처럼 삐걱거리기 시작했다.

"정신 차려라! 이럴 때일수록 침착하게 제 실력을 발휘해!"

버렌은 평소와 다르지 않았다. 아니, 오히려 더 나은 움직임을 보이면서 수련생들을 이끌었다.

'제대로 먹혔군.'

지그하르트에 죽고 못 사는 녀석답게 지금 무엇을 보여 줘야 하는지 알고 있었다.

"광대는 사양이야."

마르타는 콧방귀를 끼고서 팔짱을 꼈다. 적을 마주친 듯 강렬한 기세를 피워 내며 오웬 왕국의 사절단을 대놓고 노려보았다. 덤비려면 덤비라는 표정이다.

'이쪽도 변하지 않았네.'

마르타는 자신에게만 유해졌을 뿐 여전히 입이 험했고, 사나운 기세를 내뿜었다.

루난은 처음부터 저쪽에 관심이 없었다. 한 번도 멈추지 않고 지금까지 보법을 밟고 검을 휘둘렀다.

'어떻게 보면 저 녀석이 최강일지도 모르겠어.'

이렇게 난잡한 분위기에서 집중력이 끊기지 않는다는 건 누구도 따라갈 수 없는 재능이었다.

라온이 오웬 왕국의 사절단을 차례로 훑었다. 이전에 눈을 마주친 푸른 눈의 수련 기사가 버렌, 마르타, 루난을 차례로 살피고 있었다.

입이 살짝 벌어진 걸 보니, 세 사람의 무력에 꽤 놀란 것 같았다.

'역시 난 알아보지 못하는군.'

그 셋은 파악했어도 자신의 무력은 눈치채지 못한 것 같았다.

"그럼."

라온이 옅게 웃으며 다리를 어깨너비로 벌리고 수련검을 뽑았다.

'나도 시작해 볼까.'

가람보법이나, 연성검술 모두 형과 자세는 간단하기 그지없다.

보인다고 해도 약해지지 않는 것이 두 무학의 장점이니, 관찰당해도 문제는 없었다.

후웅!

라온은 지켜보고 있는 사람들을 신경 쓰지 않고, 자연스럽게 검과 보법의 흐름에 녹아들었다.

3왕자 그리어 드 오웬은 5 연무장에 오기 전에 두 곳을 들렀다.

첫 번째는 이미 검사의 칭호를 받은 자들이 수련하는 2 연무장이었다.

'대단했지.'

2 연무장의 검사들은 지그하르트라는 위대한 이름에 부끄럽지 않은 무력을 갖췄다.

검세, 기세, 육체, 정신 모두 오웬 왕국의 기사들과 비교해도 전혀 모자라지 않은 강자들이었다.

'다만 수련생들이 있는 6 연무장은 실망스러웠어.'

6 연무장 수련생들의 재능은 확실히 뛰어났지만, 단련 자체가 부족했다.

원래 대련을 청하려고 했지만, 그 결과가 뻔히 보여서 그만두었다.

'그때 생각났지.'

그냥 돌아가려고 할 때, 리메르가 했던 말이 기억났다. 진짜를 보고 싶냐는 그 말이.

그래서 다른 곳으로 안내하려는 총관부의 사무관에게 부탁했다. 5 연무장을 보고 싶다고.

그는 당황한 얼굴이었지만, 부탁을 거절하지 못하고 5 연무장에 데려다주었다.

사실 별 기대는 없었다.

5 연무장이라고 6 연무장과 별다를 게 있겠냐는 생각이었다.

하지만 그건 크나큰 착각이었다.

연무장에 들어온 순간 깨달았다. 여긴 다르다는 걸.

수련생들의 재능과 단련 정도가 6 연무장과는 차원이 달랐다.

'진짜는 바로 이곳이었어.'

리메르의 말대로 이곳이 진짜였다. 5 연무장 수련생들의 무력은 수련 기사에게 조금도 뒤떨어지지 않았다.

특히 청발의 소년과 은발 소녀의 무력은 다른 이들보다 한 단계 위에 있었다.

그리고 이쪽을 노려보는 흑발의 미소녀 역시 압도적인 기세를 가지고 있었다.

저 셋 모두 현재의 자신이나 수련 기사 중 최강이라는 세툰에 필적할 정도의 무력을 가졌다.

"확실히 이쪽이 진짜였군요."

타르탄 공작이 수련생들을 바라보며 눈매를 좁혔다.

"그런 것 같소."

"다만 몇몇을 빼면 재능의 차이는 그리 크지 않습니다. 단련의 차이죠."

"음…."

그리어가 고개를 끄덕였다. 5 연무장은 공기 자체가 달랐다. 수련생들의 피와 땀이 맺혀 있는 열의의 냄새가 났다.

"특히 저 세 명이 엄청나군요."

수련 기사 세툰의 눈이 호승심으로 반짝였다. 그 역시 자신이 파악했던 세 명의 강자를 보고 있었다.

"한번 싸워 보고 싶습니다."

"나 역시 마찬가지다."

3왕자와 세툰은 5 연무장에서 최강이라 생각되는 세 명의 남녀를 보고 입맛을 다셨다.

"어떠십니까? 제 말대로 진짜는 여기 있죠?"

뒤에서 시원한 바람이 담긴 듯한 음성이 들려왔다.

"음?"

뒤를 돌아보니, 리메르가 어제 보여 준 미소를 그대로 지은 채 서 있었다.

"확실히. 그런 말을 한 이유를 알겠소."

그리어가 고개를 끄덕였다.

"몸이 근질근질하신 거 같은데. 우리 애들과 대련 한번 어떻겠습니까."

"이게 목적이었소?"

"육황의 재능들과 안전하게 부딪칠 기회는 흔치 않으니까요. 그쪽에도 도움이 될 겁니다."

리메르는 검에 정신을 집중한 수련생들을 가리켰다.

"음…."

그리어가 고개를 돌려 타르탄 공작을 보았다. 실제 리더는 그였기에 허가가 필요했다.

"괜찮겠죠."

타르탄 공작은 고개를 끄덕였지만, 싸늘한 눈으로 리메르를 노려보았다. 허튼짓을 하면 바로 베겠다는 표정이었다.

"단순히 대련하고 싶을 뿐이야. 그렇지만."

리메르가 양손을 들어 올리며 빙긋 웃었다.

"작은 내기 정도는 괜찮지?"

"내기?"

"그래. 20번의 대련을 진행하고, 승자에게 보상을 주는 거지."

"하, 너희가 이길 수 있다고 생각하는 건가?"

"호, 믿음이 꽤 큰데?"

"물론이다. 저 아이들은 오웬에서도 정예로 키워진 수련 기사들이니까!"

타르탄 공작이 자부심이 어린 눈빛으로 수련 기사들을 바라보았다.

"잘됐네."

리메르가 빙긋 미소를 지었다. 진녹색 안광이 선명하게 빛났다.

"우리 애들을 믿는 건 나도 마찬가지니까."

제42화

"자, 주목!"

리메르가 단상 위로 올라가 손뼉을 쳤다. 수련에 빠져 있던 수련생들이 모두 고개를 들었다.

"저분들 보이지?"

그는 연무장 우측에 서 있는 오웬 왕국의 기사들을 손가락으로 가리켰다.

"오웬 왕국의 손님들이 우리에게 대련을 신청하셨다."

"대, 대련이요?"

"이렇게 갑자기?"

수련생들은 생각지도 못한 대련이라는 단어에 당황하여 입을 떡 벌렸다.

"갑자기? 뭘 갑자기야. 내가 항상 말했잖나. 검사란 자다가 일어나도 바로 검을 휘두를 준비가 되어 있어야 한다고."

리메르는 혀를 차며 너희는 아직 멀었어라고 중얼거렸다.

"으음!"

"그래도 오웬 왕국인데…."

"조금 준비하고 싸우는 게 나, 낫지 않을까요?"

리메르의 조언에도 수련생들의 긴장 어린 표정은 풀리지 않았다.

다만 전혀 다른 생각을 한 수련생도 있었다.

버렌과 마르타는 먹잇감을 노리는 맹수의 눈빛으로 오웬 왕국의 수련 기사들을 하나씩 훑어보았다.

루난은 앞에서 떠들거나 말거나 신경 쓰지 않고 수련만 계속했다.

"호호!"

수련생들의 당황을 즐기던 리메르의 시선이 라온에게 향했다. '넌 어때'라고 묻는 듯한 눈빛이었다.

"흠…."

라온이 쓱 고개를 돌려 오웬 왕국의 수련 기사들을 살폈다.

'대련이라….'

기사라면 모를까 수련 기사 중에 자신의 경지에 도달한 사람은 아무도 없었다.

다만 저 중심에 있는 왕자라면 가람보법과 연성검술의 조화를 연습하기에 나쁘지 않은 상대였다.

천천히 고개를 끄덕이자, 리메르의 입가에 맺힌 미소가 진하게 치솟았다.

"모두 동의했으니, 시작해도 되겠네. 인원은 20명이다. 그리고…."

리메르는 수련생들에게만 들릴 정도로 목소리를 낮췄다.

"내 월급 전부 내기에 걸었으니까. 무조건 이겨라. 지면 진짜 뒤진다."

"어엉?"

"예? 그, 그게 무슨…."

"대련을 준비해라!"

수련생들이 입을 쩍 벌렸다. 따지려고 했지만 리메르가 먼저 몸을 돌리며 교관들에게 지시를 내렸다.

"예!"

교관들은 미리 알고 있었던 것처럼 수련생들을 퍼뜨리고 연무장의 중앙에 대련을 위한 판과 장치를 설치하기 시작했다.

"하."

라온은 그 모습을 보며 픽 웃었다.

'이거였군.'

며칠 동안 리메르가 평소와 다른 행동을 했던 게 모두 이 대련을 위한 것이었다.

그는 오웬 왕국의 사절단이 온다는 이야기를 들었을 때부터 지금의 대련을 준비했을 것이다.

'대단하다니까.'

아직 검사나 기사의 자격을 얻지 못한 아이들이라고 해도 육황끼리의 대련은 쉽게 일어나지 않는다.

저리 물 흐르듯 대련을 진행하다니 리메르는 역시 평범한 인물이 아니었다.

"집합."

라온은 뒤를 돌며 모두를 불러 모았다.

"응."

지금까지 그 누구의 말에도 신경 쓰지 않았던 루난이 검을 멈추고 가장 먼저 다가왔다.

"쯧."

"……."

버렌과 마르타. 수련생들도 루난의 옆에 섰다. 라온을 중심으로 5 연무장의 수련생 모두가 원을 그리고 모였다.

"들었듯이 대련은 이미 결정됐다. 20명을 뽑아야 하니, 지원할 사람은 거수하도록."

"나는 무조건 나간다."

"마찬가지. 다 날려 버려서라도 나갈 거야."

버렌과 마르타가 동시에 손을 들어 올렸다.

"라온도 할 거야?"

"그래."

"그럼 나도 할게."

루난은 고개를 끄덕이고 손을 들었다. 그 뒤로 수련생 10명 정도가 손을 들어 올렸다.

"……."

"으음…."

다만 다른 수련생들은 섣부르게 손을 들어 올리지 못하고 눈치를 보고 있었다.

'겁을 먹은 건가.'

오웬 왕국의 수련 기사들은 정식 작위를 받지 않은 상태에서도 갑옷을 입고 있었다.

자신의 실력에 완연한 자신이 없는 상태에서 당당하게 서 있는 수련 기사들의 위압감에 몸과 마음이 굳은 것 같았다.

"쯧."

귀찮지만 수석의 자리에 있으니, 수련생들을 움직이는 것도 자신의 역할이었다.

"저들이 당당해 보이냐?"

라온은 대련을 준비하는 오웬 왕국 수련 기사들을 가리켰다.

"그게 좀 그렇잖아."

"위험해 보이기도 하고요."

수련생들은 슬금슬금 눈치를 보며 고개를 끄덕였다.

"수련 기사들의 손을 자세히 봐라."

"응?"

수련생들의 시선이 라온의 손가락을 따라 수련 기사들의 손으로 향했다.

"음?"

"사, 살짝 떨리는 거 같은데?"

"같은데가 아니라, 떨리고 있어…"

"다른 녀석들도 마찬가지다."

수련생들은 다른 수련 기사들의 손을 보고 눈을 부릅떴다.

"저들이 멋들어진 갑옷을 입고 있는 건 맞지만, 대련 전의 떨림과 긴장을 숨기지 못하는 수련생일 뿐이다."

"아…."

"즉, 너희와 비슷한 나이에, 비슷한 생각을 하는 아이라는 거지."

라온이 몸을 돌리고 수련생들을 바라보았다.

"겁먹을 필요 없다. 너희는 다른 육황이나, 오마에 절대 밀리지 않는 훈련을 해 왔어. 배운 대로 싸우면 꼴사납게 지는 일은 없을 거다."

"으음!"

"하, 하긴 우리만큼 수련한 사람이 어디 있겠어."

"훈련하며 흘린 피와 땀은 누구에게도 안 밀리지."

라온이 진중한 목소리로 전하는 인정에 수련생들의 눈동자에 생기와 투지가 타올랐다.

"다시 묻겠다. 대련에 나가고 싶은 사람은 거수해라."

훅하는 바람 소리와 함께 수련생 모두가 손을 들어 올렸다.

라온은 고개를 끄덕이고 버렌과 루난, 마르타를 포함한 20명의 수련생을 뽑았다.

뽑힌 수련생도, 뽑히지 않은 수련생도 이전과는 전혀 다른 기세로 오웬 왕국을 마주했다.

'귀찮군.'

어린아이들을 챙겨 주는 건 생각보다 귀찮은 일이다.

다만 수련생들과 시간, 공간을 공유하다 보니, 약간이나마 정이 들었나 보다. 아예 싫은 기분은 아니었다.

"그럼 대련 순서를 정하겠다. 첫 번째는 마르타. 할 수 있겠지?"

"조지고 올게."

마르타가 큼지막하게 고개를 끄덕였다. 선봉은 수련생들의 사기를 끌어 올릴 수 있는 위치였기 때문에 5 연무장에서 두 번째로 강한 마르타가 가는 게 맞았다.

"그 뒤로….”

수련생들의 대련 순서를 하나하나 정했다. 루난이 18번째, 버렌이 19번째 그리고 마지막이 자신이었다.

"준비가 끝났으면 가운데로 모여 주십시오."

"가자."

라온은 리메르의 얄미운 목소리를 들으며 연무장의 중앙으로 걸어갔다.

마르타는 대련장 위에 올라온 수련 기사를 보고 턱을 모로 틀었다. 잘 닦인 은빛 갑옷, 큼지막한 덩치는 완연한 기사를 생각나게 했다.

하지만 두렵지 않았다. 자신을 힘으로 짓눌러 버린 그 망할 놈에 비하면 조금도 커 보이지 않았다.

"타르스요."

덩치 큰 수련 기사가 검집에 손을 올리며 고개를 꾸벅였다.

"마르타 지그하르트."

마르타는 이름을 밝히고서 발을 어깨의 절반 너비로 벌렸다.

"성장하지 않은 육체가 무섭도록 단련되어 있군. 좋은 승부를 부탁하겠소."

타르스라 이름을 밝힌 수련 기사는 마르타의 단아한 외모와 작은 체구에도 방심하지 않고 그녀의 기운을 파악했다. 괜히 수련 기사 중 선봉으로 나온 게 아니었다.

"좋은 승부? 어차피 얻어터질 텐데, 똥폼 잡지 말고 덤벼."

마르타는 코웃음을 치며 손가락을 까딱였다.

"흠."

타르스가 콧김을 내뿜으며 검을 뽑았다. 일반적인 기사의 검보다 두꺼운 대검이 그 모습을 드러냈다.

"보기보다 입이 험하군. 검술도 그 정도 되기를 바라겠소."

"주절주절 말 많네. 안 오면 내가 간다!"

마르타가 땅을 박참과 동시에 검을 뽑았다. 새하얀 칼날이 달아오른 열기를 갈랐다.

"멍청한!"

타르스가 차가운 눈빛을 빛내며 대검을 그대로 내리쳤다. 둔탁한 대검의 날에서 강렬한 풍압이 치솟았다.

화아아악!

묵직한 바람이 마르타의 육체를 짓누르려는 순간 그녀의 눈동자가 번쩍였다.

쿠웅!

마르타는 진각을 밟으며 검을 올려 쳤다. 폭포를 오르는 연어처럼 풍압을 가르고 대검과 맞부딪쳤다.

쩌어어엉!

쇳덩이가 터지는 듯한 굉음이 울리고 타르스의 대검이 튕겨 나가 땅에 꽂혔다.

"허억!"

타르스가 깜짝 놀라 뒤로 몸을 뺐지만, 마르타는 그 틈을 놓치지 않았다. 바로 따라붙어서 검면으로 타르스의 복부를 후려쳤다.

"끄르륵!"

배를 얻어맞은 타르스는 거품을 뿜어내며 뒤로 넘어갔다.

"힘으로 싸우는 놈이 일격에 모든 걸 담지 않다니 한심하네."

마르타는 차가운 미소를 지으며 검을 집어넣고, 몸을 돌렸다.

"마르타 승리!"

리메르는 흡족한 웃음을 그리며 마르타 쪽의 손을 들어 올렸다.

"흐음….'

라온은 마르타의 뒷모습을 보며 손가락으로 툭툭 두드렸다.

'변했지만, 변하지 않았군.'

자신에게 패한 이후 마르타가 검술에 부드러움을 담으리라 생각했지만 아니었다.

그녀는 부드러움을 추가하는 게 아니라, 힘과 속도를 더 올려서 위력을 강화했다. 어처구니없을 정도의 단순함이다.

'꺾이지 않는 의지인가.'

마르타의 타협하지 않는 성격은 분명 그녀를 더 높은 곳으로 이끌 것이다.

'꽤 재밌는데?'

-재미? 어린 개미들의 싸움을 보고 있는 게 재밌나? 본왕이 볼 때는 지루하기만 하다.

'개미들도 항상 어린 것만은 아니니까.'

-한심하군. 본왕이 마계에 있을 때 어린 마족들을 불러다가 대련을 시켰을 때도 이런 허접함은 보이지 않… 컥!

라온은 꽃팔찌를 건드려서 라스의 입을 다물게 한 후 다음 대련을 기다렸다.

'난 재밌으니까. 조용히 좀 해.'

마르타가 최고의 시작을 선보였지만, 오웬 왕국의 수련 기사들은 만만치 않았다.

정예만 온 것인지 5 연무장의 수련생들과 승리와 패배를 번갈아 하며 접전을 벌였다.

그렇게 17번의 대련이 진행되며 5 연무장의 수련생들은 8승 9패의 결과를 만들었고, 18번째 루난의 차례가 되었다.

"루난 네 차례야."

"응."

루난은 고개를 끄덕이고서 대련장으로 올라갔다.

대련장 위에는 루난과 비슷한 키의 여성 기사가 허리에 손을 올리고 있었다.

"에델리아."

"루난 슬리온."

루난과 에델리아는 각자 검사와 기사의 예의를 차리고서 마주 섰다.

"……."

루난은 검조차 뽑지 않고, 평소처럼 멍한 눈으로 에델리아를 보았다.

"그 맹한 눈 왠지 마음에 안 드네."

에델리아가 콧등을 찡그리고서 루난을 향해 돌진했다. 창처럼 세운 검 끝에 붉은 화염이 치솟았다.

후우욱!

화염의 오러. 에델리아가 작은 체구로도 후반에 나온 이유를 보여 주는 한 수였다.

"불은 싫어."

루난은 거의 티가 나지 않을 정도로 입을 내밀며 검을 뽑았다.

화아아!

은빛 칼날보다 더 새하얀 서리가 허공을 뒤덮었다.

찌이잉!

화염의 검과 냉기의 검이 맞부딪치며 새하얀 수증기가 치솟았다.

루난은 가람보법을 밟아 냉기와 연기 사이로 몸을 숨겼다.

"냉기 따위 지워 버리면 그만이야!"

에델리아는 검신 위에 차오른 불꽃을 횃불처럼 휘둘러 냉기와 연기를 동시에 지워 버렸다.

"거기!"

그녀는 냉기 사이의 일렁임을 놓치지 않고 검을 내질렀다.

"어?"

에델리아가 눈을 부릅떴다. 검 끝에는 아무것도 걸리지 않았고, 검에 꿰뚫린 허공은 텅 비어 있었다.

"윽!"

그녀는 목 부근에서 느껴지는 서늘함에 마른침을 삼키고 고개를 돌렸다.

치이잉.

루난이 시퍼런 눈빛을 발하며 에델리아의 목에 검을 겨누고 있었다.

"…졌어."

에델리아는 입술을 깨물고 검을 떨궜다.

루난은 그녀의 목에 대고 있던 검을 치워 검집에 넣었다.

"좋은 싸움… 어?"

에델리아가 손을 내밀었지만 루난은 뒤도 돌아보지 않고 내려가서 라온의 앞에 섰다.

"봤어?"

"보법이 익숙해졌네. 잘했어."

"응."

루난은 고개를 꾸벅이고서 라온의 옆에 푹 주저앉았다.

라온은 루난의 차가운 기세를 느끼며 옅게 웃었다.

'내 보법을 실전에서 사용하다니.'

이번에 루난이 사용한 보법은 혼자 수련할 때 연습했던 가람보법의 은신형이었다.

약간의 조언만 해 줬을 뿐인데, 루난은 그것만으로 색다른 응용 보법을 만들어 냈다.

제대로 가르쳐 주지 않는데도 저리 잘 따라오는 걸 보니, 괜히 뿌듯했다.

"양쪽 9승 9패라. 이거 재밌게 돌아가네요. 그럼 19번째 대련을 시작하겠습니다."

리메르는 흥미로운지 히죽히죽 웃으며 버렌과 수련 기사를 불렀다.

"흐음…."

라온이 입맛을 다셨다.

'꽤 강하네.'

버렌과 마주 선 수련 기사의 자세는 안정되어 있고, 눈빛에 정광이 흐른다. 3왕자를 제외한다면 지금까지 본 수련 기사 중 가장 강했다.

두 사람의 무력은 비슷했다. 순간의 실수로 결과가 정해질 수준. 저쪽에서도 비밀 병기라고 할 법한 수련 기사를 내보낸 것 같았다.

"수련 기사 세툰 카젤이라고 합니다."

"수련생 버렌 지그하르트입니다."

수련 기사와 버렌은 서로에게 정중한 인사를 한 뒤 검집에 손을 올렸다.

"19번째 대련을 시작한다!"

리메르의 말이 끝나기 무섭게 대련장에서 두 사람이 동시에 사라졌다.

콰앙!

보법으로 땅을 박차고 나선 버렌과 세툰이 중앙에서 검을 맞부딪쳤다.

'알고 있군.'

두 사람도 아는 것이다. 서로의 힘이 호각이며 방심하는 순간 바로 끝난다는 것을.

쩡! 쩌정!

버렌의 검은 빠르면서 정확했고, 세툰의 검은 무겁고 강했다.

두 사람은 상대를 짓누르기 위해 스스로가 가진 장점을 최대한으로 발휘하여 검을 내리쳤다.

그야말로 접전. 수련생만이 아니라, 오웬의 기사들마저 대련에 빠져들었다.

피이익!

버렌의 어깨에서 피가 튀고, 세툰의 흉갑이 쩍 갈라졌다.

검사와 기사는 피가 흐르고, 살이 뜯어져도 검을 놓치지 않았다.

생사대적이라도 만난 것처럼 상대의 약점을 향해 검을 내질렀다.

트드득!

세툰의 묵직한 검격에 뒤로 밀려난 버렌이 이를 악물었다. 검을 세우고, 오러를 전력으로 끌어 올렸다.

"홉!"

세툰도 버렌의 기운을 느끼고 단전의 오러를 모조리 운용했다.

"흐아압!"

버렌이 바람에 몸을 실어 나아갔고, 세툰은 두 다리를 땅에 박은 채 검을 내리쳤다.

"콰아앙!"

대련장이 뭉개지는 듯한 소리와 함께 회색 연기가 치솟았다.

잔돌이 갈라지는 소리가 들려오고, 두 사람의 움직임이 멈췄다.

"후우웅!"

리메르는 콧노래를 부르며 손을 뻗었다. 녹색 바람이 불어와 대련장의 연기를 밀어냈다.

버렌과 세툰은 주먹을 뻗으면 닿을 거리에서 멈춰 섰고, 두 사람의 검은 반으로 갈라져 땅에 박혀 있었다.

"어?"

"저, 저렇게 되면…."

"비긴 거잖아."

수련생들의 말대로 두 사람은 더 이상 싸울 수 있는 상태가 아니었다. 체력과 오러를 모조리 사용해 사지를 덜덜 떨고 있었다.

"19번째 대련은 무승부!"

리메르의 선언을 들으며 버렌이 억지로 몸을 세워 대련장을 내려왔다.

"젠장…."

그는 이를 악문 채로 인상을 구겼다.

"잘했다. 저 수련 기사가 오웬 쪽에서 가장 강했어."

"그게 무슨 소용이냐. 지그하르트의 이름을 걸고 나갔다면 무조건 이겼어야 했어!"

버렌은 말아 쥔 주먹으로 땅을 내리쳤다. 힘이 없어서 피부가 찢겨 나갔다.

"흐음."

라온은 버렌과 싸웠던 세툰을 보았다. 그 역시 분했는지 점잖았던 표정이 나무껍질처럼 구겨져 있었다.

'명예라….'

전생이고, 현생이고 살기 위해 바빴기 때문인지 아직도 명예가 무엇인지 잘 모르겠다.

"그럼 승패를 결정할 마지막 대련을 시작하겠습니다!"

리메르의 경쾌한 음성을 들으며 일어섰다.

"걱정하지 마."

라온은 입술을 구기는 버렌을 돌아보았다.

"내가 이길 테니까."

"……."

버렌은 아무 말도 하지 않았다. 그 나름대로 믿는다는 표현 같았다.

라온은 몸을 돌려 대련장으로 올라갔다. 명예 따윈 모르겠지만, 모두가 한마음이 되었으니 이겨 줄 생각이다. 아니, 이기고 싶었다.

"지그하르트의 직계인가?"

대련장에서 기다리고 있던 3왕자가 검병을 두드리며 고개를 틀었다.

"아닙니다. 방계입니다."

"쯧, 버리는 말과 싸우게 되다니."

방계라고 하자 3왕자의 이마가 구겨졌다. 그는 여전히 자신의 무력을 알아보지 못한 상태였다.

"제안이 있소."

3왕자는 라온을 쳐다보지도 않고 리메르에게 고개를 돌렸다.

"어떤 제안이십니까?"

"저쪽의 둘."

그가 대련장을 지켜보는 루난과 마르타를 가리켰다.

"제대로 힘을 쓴 거 같지도 않은데 내가 이자를 꺾으면 재대련을 하는 게 어떻겠소?"

"흐음…."

리메르가 떨리는 턱을 긁적였다. 표정을 보니 나오려는 웃음을 참고 있는 게 분명했다.

"뭐, 그렇게 하죠. 이.기.신.다.면요."

"그럼 저들에게 몸을 풀라고 하시오. 금방 끝날 테니까."

3왕자가 만족스러운 웃음을 지으며 몸을 돌렸다.

"그러게. 빨리 끝나겠네."

라온의 눈동자에 서늘한 한기가 번뜩였다.

내가 이기겠지만.

제43화

리메르는 대련장 위에서 마주 선 라온과 3왕자를 보고 히죽 웃었다. 두 사람의 대련이 기대되어 콧노래가 절로 나왔다.

'물론 보상도.'

대련 이후에 오웬에게 얻을 내기 보상의 기대는 덤이었다.

그는 라온이 진다고는 조금도 생각하지 않고 있었다.

"즐거워 보이는군."

타르탄 공작이 표정 없이 다가와 옆에 섰다.

"즐겁지. 어린 재능들이 전력으로 부딪치는 걸 보는 게 즐겁지 않을 리 있나."

"미친 검귀가 많이도 변했군."

"너 같은 망나니도 때깔 좋은 공작이 되었는데, 나라고 그대로겠냐."

리메르가 타르탄 공작을 보며 피식 웃었다.

"어제 왕자님께 다가온 것도 전부 이 대련을 위해서였겠지?"

"물론."

"대체 무슨 생각이냐. 너답지 않게 왜 그런 거추장스러운 짓을 하는 거지?"

타르탄 공작이 몸을 돌리며 강렬한 압박을 보내왔다. 허튼수작을 부리면 당장에 검을 내리칠 기세였다.

"저 녀석들이 성장할 기회잖냐. 오마라면 모를까. 다른 육황의 아이들과 싸울 일은 그리 많지 않으니까."

리메르는 타르탄을 돌아보지 않으며 대답했다. 가벼운 목소리였지만 그 안에는 진중함이 가득했다.

"…진심이냐?"

"그래."

"농담인 줄 알았는데 정말 변했군."

타르탄은 쩝 입맛을 다시며 대련장으로 고개를 돌렸다.

"오늘 대련에 나선 수련 기사들은 전부 오웬에서 밀어주는 아이들이다. 그들과 비슷한 수준이라니, 꽤 수준이 높군."

"당연하지. 누가 키웠는데."

"흥, 잘난 척은. 그런데 저 아이…."

그가 대련장에서 손목과 발목을 돌리며 몸을 푸는 라온을 가리켰다.

"아니, 저 괴물은 뭐냐. 존재감이 흐릿해서 나도 놓칠 뻔했다. 검술과 보법의 연계가 수련생 수준이 아니야."

"역시 뱁새눈은 아니네."

리메르가 낄낄 웃으며 반대편에서 여유를 부리는 3왕자를 가리켰다.

"그런데 알고 있으면서 왜 경고를 하지 않은 거지? 3왕자는 라온이 버리는 말이라고 생각하고 있는 것 같다만."

"저분은 오웬 왕국의 미래가 되실 분이지만 아직 패배를 모르신다. 안전한 곳에 시딩하는 게 좋다고 생각했을 뿐이다."

타르탄이 라온의 무력을 파악하고도 3왕자에게 언질을 주지 않은 이유가 바로 여기 있었다.

그는 3왕자에게 패배를 알려 주어 그가 한층 더 높이 올라가길 바랐다.

"다만 3왕자님은 강하다. 저 천재 검사라도 쉽게 꺾지는 못할 거다."

"글쎄…."

리메르는 그 어느 때보다도 자신감에 찬 미소를 지으며 고개를 저었다.

"내 생각은 좀 많이 달라."

"고집은 변하지 않았군."

"그럼 내기 하나만 더 할까?"

"또?"

타르탄이 인상을 찌푸렸다.

"내기 한번 더럽게 좋아하는군."

"그럼 간단한 술 내기로."

"좋다. 그런데 어떤 내기를 하겠다는…."

리메르가 손가락 다섯 개를 들어 올렸다.

"라온이 너희들의 희망을 다섯 합 안에 끝낼 거야."

"개소리! 저 녀석이 강하다는 건 인정하지만 다섯 합은 무리다!"

타르탄이 눈을 부라리며 주먹을 쥐었다.

"그럼 내기하자고. 콜?"

"좋다! 얼마든지 받아 주마."

"역시 화끈하네."

리메르가 키득 웃으며 손을 비볐다.

'오랜만에 공짜 술 좀 먹겠는데.'

"흠."

오웬 왕국의 3왕자 그리어 드 오웬은 바로 앞에 있는 라온이 아니라, 대련장 아래에 있는 루난과 마르타를 보며 입맛을 다셨다.

'싸울 맛 나겠어.'

처음 이곳에 왔을 때부터 저 둘 그리고 세툰과 호각의 승부를 보였던 청발의 남자에게만 관심이 갔다.

반면 마주 선 방계에겐 조그마한 관심도 없었다. 얼굴은 기깔나게 잘생겼지만, 그뿐이다. 느껴지는 무력이 너무 평범했다.

'최대한 빨리 끝내야겠어.'

앞에 있는 방계에겐 오러를 사용하는 것도 아까웠다. 육체의 힘만으로 가볍게 꺾은 뒤 다음 대련에서 전력을 발휘하기로 마음먹었다.

"준비가 끝났으면 대련을 시작하겠습니다."

리메르가 앞으로 다가와 손을 들어 올렸다.

"마지막 대련. 시작!"

"흐읍!"

그가 손을 내리자마자 그리어가 검을 뽑았다.

터엉!

땅을 박차고 라온의 정면으로 돌진했다. 검을 내리쳐 단번에 끝내려는 생각이었다.

하지만.

'어?'

눈앞에 있던 라온이 찰나의 순간 사라졌다.

'어, 어디에… 흡!'

라온을 찾기 위해 고개를 돌리는 순간 우측에서 살벌한 바람 소리가 들려왔다.

'검!'

그리어는 검에서 이는 바람을 느끼고 급히 고개를 숙였다.

후웅!

라온의 수련검이 머리칼을 스치는 오싹함에 소름이 돋아 올랐다.

"치잇!"

그리어가 몸을 회전시키며 오른쪽을 향해 검을 휘둘렀다.

후웅!

라온의 위치를 계산한 정확한 검격. 하지만 이번에도 라온은 그 자리에 없었다.

스스윽.

놈은 뱀이 땅을 기는 듯한 소리와 함께 좌측으로 이동했다. 그야말로 눈 깜짝할 사이였다.

'뭐, 저런!'

그리어가 이를 악물었다. 재빠르게 왕국 보법을 밟아 라온의 뒤를 쫓았다.

"흐아압!"

물러서는 라온을 향해 검을 내리쳤다. 강대한 기운이 담긴 검이 대지를 향해 쏟아졌다.

'끝났어!'

피할 공간을 막아선 뒤 내리친 공격이다. 도망칠 공간은 없었다.

"어?"

다 끝났다고 생각한 순간 라온과 눈을 마주쳤다. 조금의 동요도 없이 정지된 눈을 본 순간 등골 사이로 소름이 돋아 올랐다.

터엉!

라온의 몸이 갈대처럼 휘며 앞으로 나아가고, 검이 반월을 그리며 회전했다.

그의 검과 함께 세상이 돌아갔다.

뭔지 모를 상황에 입만 벌리고 있을 때 등에서 강렬한 충격이 느껴졌다.

"커헉!"

자신도 모르게 신음이 터져 나왔다.

"이, 이게 무슨…."

지끈거리는 머리를 들어 올렸다. 라온이 자신보다 한참 위에 서 있었다.

그리어는 그제야 본인이 대련장 밖에 떨어졌다는 것을 깨달았다.

"끄으윽… 아!"

3왕자는 등에서 느껴지는 통증을 참으며 고개를 들어 올리다가 굳어 버렸다.

위에서 아래를 내려다보는 라온의 붉은 눈. 그걸 본 순간 이 땅의 절대자 글렌 지그하르트가 떠올랐다.

'저, 저놈이야.'

3왕자는 마른침을 삼키며 손을 떨었다.

'진짜는 저놈이었어!'

"이것 참."

리메르가 웃음을 참듯이 입을 가리며 타르탄을 보았다.

"어쩌나? 다섯 합도 아니고, 두 합 만에 대련이 끝나 버렸네."

"……"

타르탄은 대답하지 않았다. 쓰러진 3왕자가 아니라, 라온을 보고 입을 떡 벌렸다. 그만이 아니다. 이 연무장에 있는 모두가 경악한 눈으로 라온을 바라보고 있었다.

"허…."

타르탄은 한참 뒤에서야 헛바람을 뱉으며 허리를 폈다.

"저건 뭐냐. 무슨 보법을 저렇게 부드럽게 밟는 거지? 검술 역시 완벽한 타이밍에 들어갔어. 내가 본 게 전부가 아니었다니."

타르탄의 시선은 여전히 라온에게 고정되어 있었다. 그가 보여 준 보법과 검술은 수련생의 그것을 이미 벗어나 있었다.

강력한 무력이 아니라, 그 순간에 맞는 적절한 움직임으로 3왕자를 꺾었다는 게 더 경악스러웠다.

라온이라는 아이는 가진 실력 이상의 것을 발휘할 수 있는 특별한 재능을 가지고 있는 것 같았다.

"그래서 내가 말했잖아. 라온이 이길 거라고."

"그건 나도 알고 있었다. 3왕자께서 제 능력도 발휘하지 못하고 저렇게 쉽게 질지는 몰랐지만…."

"술집 예약해 놓을 테니까. 저녁에 보자고, 나 비싼 술만 먹는 거 알지?"

"쯧!"

"자, 잠깐!"

타르탄이 혀를 차고 고개를 돌리려 할 때 3왕자가 버둥거리며 일어섰다.

"아, 아직이다. 아직 끝나지 않았어."

그는 패배를 인정하지 못하고 다시 대련장으로 올라갔다.

"와, 왕자님!"

"호오."

타르탄은 당황한 눈빛으로 3왕자에게 다가갔고, 리메르는 턱을 긁적이며 흥미로워하는 미소를 지었다.

"이러시면 안…."

"공작. 난 아직 제 능력을 발휘하지 못했소!"

3왕자는 말리려던 타르탄을 제치고 앞으로 나왔다.

"본래의 힘을 처음부터 썼다면…."

"아, 시벌! 존나게 찌질하네!"

마르타가 대련장에 발을 걸치며 입술을 비틀어 올렸다.

"왕자라는 놈이 승패도 인정 못 하고 왜 그렇게 비벼대. 꼭 어떤 놈을 보는 것처럼."

그녀는 고개를 돌려 가만히 있던 버렌을 내려다보았다.

"윽…."

버렌은 했던 일이 있었기에 입술을 깨물고 인상을 구겼다.

"넌…."

"어이, 왕자 나리. 내가 지금 최대한 좋은 말만 해 주고 있거든. 쌍욕 박기 전에 짐 싸서 꺼져."

마르타는 뒤에서 버렌이 노려보건 말건 신경 쓰지 않고 3왕자를 조롱했다.

"말을 함부로 놀리지 마라. 이분이 누구신 줄 알고…."

"그쪽이 오웬의 왕위 계승자면 나도 지그하르트의 직계야. 꿇릴 게 없거든."

마르타는 타르탄 공작 앞에서도 물러서지 않았다.

"그만!"

리메르가 대련장 위로 올라가 손을 펼쳐서 두 사람의 얼굴을 가렸다.

"대련이 끝나긴 했지만, 당사자들이 어떤지는 이야기되지 않았으니, 물어보자고. 라온."

"예."

계속 가만히 있던 라온이 고개를 끄덕였다.

"어떻게 할래? 네가 당사자니까 직접 결정해."

라온은 천천히 몸을 돌리며 턱을 틀었다.

"교관님이 이번 대련에 내기가 있다고 하셨죠. 승부는 났고 더 싸울 이유가 없다고 생각합니다."

"끄윽…."

3왕자가 말아 쥔 주먹을 바르르 떨었다.

"왕자님. 그만하고 가시…."

"패한 건 인정한다!"

말리는 타르탄 공작의 손을 뿌리치고 3왕자가 앞으로 나왔다.

"난 네 역량을 제대로 파악하지 못하고 싸우기 전부터 무시했다. 민망하고 부끄러워 고개를 들 수가 없어. 하지만 이대로 떠난다면 평생 후회하게 될 것만 같다. 한 번만 다시 싸워 다오!"

3왕자가 검을 내려놓고 고개를 직각으로 숙였다.

"와, 왕자님!"

타르탄 공작이 다가가 일으키려 했지만, 왕자는 꼼짝도 하지 않았다.

"음…."

라온은 3왕자의 푸른 눈을 통해 그의 진심을 느꼈다.

'고개를 숙이다니.'

오웬 왕국의 3왕자. 그것도 타르탄 공작의 호위를 받는 왕자라면 지지 세력이 단단하다는 뜻이었다. 그런 그가 이렇게 고개를 숙이고 대놓고 사과를 할 줄은 몰랐다.

"야. 3왕자고 자시고. 추한 짓 그만하고 꺼…."

"마르타."

"칫."

라온의 부름에 마르타가 혀를 차고 뒤로 물러났다.

"음….."

타르탄 공작은 그 모습을 보고 침음성을 삼켰다.

'그저 무력만이 아니라니…'

자신에게도 덤비려 들었던 저 직계 여아를 말 한마디로 물러서게 했다. 저 라온이라는 아이를 잘못 보고 있던 건 3왕자만이 아니었다.

"좋습니다."

라온이 고개를 끄덕이고서 대련장 뒤로 물러섰다.

"다만 이게 마지막입니다."

"무, 물론이오!"

3왕자는 더 이상 말을 놓지 않았다. 무인으로서 존중하겠다는 뜻 같았다.

"준비된다면 말씀해 주십시오."

리메르는 그럴 줄 알았다는 듯 웃으며 대련장 위로 올라왔다.

"으음…."

3왕자는 갑옷 안에서 사자 모양의 목걸이를 꺼내 지긋이 바라보았다. 이내 무언가를 결정한 듯 이를 악물고 목걸이를 그대로 뜯어 버렸다.

우우우웅!

그의 중심에서 막강한 풍압이 치솟으며 그의 기세가 거의 두 배 가까이 부풀었다. 단순히 오러만이 아니라, 단련된 육체의 기운마저 느껴졌다.

"저런 기운을 숨기고 있었다고?"

"허!"

버렌과 마르타는 3왕자에게서 뿜어진 막강한 기세에 눈썹을 찡그렸다.

"3, 3왕자님! 그건…."

"힘을 숨기고 있을 때가 아니오. 저자와 전력을 다해서 싸우고 싶소."

3왕자는 이 사이로 바람을 흘리며 검을 들어 올렸다. 방심 따위 없이 처음부터 전력을 다한다는 의지를 표정으로 보여 주었다.

-상대가 힘을 숨기는 것도 모르다니, 멍청한 놈이로다.

'그래도 이길 수 있어.'

-오러의 양이 너보다 훨씬 많고, 육체의 완성도도 저쪽이 위인데 이길 수 있다고?

'그럼 내기라도 할까?'

라온이 턱을 까딱였다.

-하! 물론이다! 얼마든지 받아 주마.

라스가 코웃음을 침과 동시에 내기 메시지가 올라왔다.

<분노>가 내기를 제안합니다.

조건 : 오웬 왕국의 3왕자 그리어 드 오웬에게 승리.
성공 시 : 모든 능력치 +4
실패 시 : <분노>의 감정 10포인트 생성.

'받아들인다.'

메시지가 뜨자마자 내기를 받아들였다.

'호구가 또 왔군.'

지그하르트 도박장의 호구가 리메르라면 라온의 호구는 라스였다.

나오려는 미소를 참고 검을 뽑았다. 처음부터 3왕자가 힘을 숨기고 있다는 건 알고 있었다.

　승리의 의지를 세우고, 숨겨 둔 힘을 개방한 3왕자와 싸우면 수련에 도움이 될 거 같아서 두 번째 도전을 받아들인 건데, 예상과 달리 호구 한 마리가 붙었다.

　"그럼 가겠소."

　3왕자가 끌어 올린 힘을 다리에 집중하여 진각을 밟았다. 대련장 한 축을 무너뜨리며 맹수처럼 돌진해 왔다.

　"이번엔 싸울 맛 좀 나겠군."

　얻을 게 있으니까.

　라온이 앞으로 나아가며 휘돌린 검을 내리쳤다.

　콰아아아앙!

　하늘처럼 푸른 오러에 휩싸인 3왕자의 검과 붉은 불꽃을 두른 라온의 검이 격돌했다.

제44화

끼이이잉!

라온과 3왕자의 기운이 정면에서 부딪치며 서로의 검이 비명을 내질렀다.

찌지지잉!

발목에서부터 올라온 힘이 라온의 전완근에 담겼다. 바위를 업은 듯한 묵직함이 검면에서 폭발했다.

"끄읍!"

검을 쥔 3왕자의 양손이 사시나무처럼 떨려 왔다.

'이런 미친!'

한 번의 패배를 통해 라온이 강하다는 건 알았지만, 이렇게 정면에서도 압도할 무력을 가졌을 줄은 몰랐다.

"크어어어!"

3왕자는 이를 악문 채 기합을 내질렀다. 여기서 밀리면 죽는다는 각오로 끝까지 검을 내질렀다.

콰아아앙!

수련검과 수련검이 비껴 나가며 라온이 좌측으로 3왕자가 우측으로 밀려났다.

"윽!"

3왕자가 왼발을 축으로 몸을 돌려 자세를 잡았다. 빠르고 정립된 움직임. 어떤 공격이라도 받아 낼 기세였다.

하지만 상대는 그의 예측을 벗어났다.

투웅!

라온은 가람보법을 밟아 자세를 다잡으며 이동을 함께했다. 미끄러지듯 움직여 3왕자의 뒤쪽에서 모습을 드러냈다.

"크윽!"

3왕자도 제 실력을 발휘했기에 이전보다 반응 속도가 빨라졌다. 뒤로 물러서며 검을 내질렀다.

치이잉!

라온은 검면을 틀어 손목을 노린 3왕자의 검을 밀어냈다.

"아직이야!"

3왕자의 검이 살아 있는 뱀처럼 휘어지며 손목이 아닌 가슴을 향해 쏘아졌다. 그의 눈동자에 승리에 대한 갈망이 담겼다.

캬앙!

라온의 눈은 흔들리지 않았다. 수련검에 역회전을 걸어 3왕자의 검에 담긴 회전을 풀어 버렸다.

"크흡!"

3왕자가 신음을 흘리며 뒤로 밀려났다. 믿을 수 없다는 표정으로 턱을 떨었다.

"어, 어떻게…."

"한번 경험해 봤거든."

라온이 3왕자의 뒤에 보이는 버렌을 흘깃 보았다. 녀석과 싸울 때처럼 검에 담겨 있는 회전을 지워 버렸을 뿐이었다.

"괴물인지, 천재인지…."

3왕자가 입술을 깨물며 자세를 낮췄다. 검을 양손으로 잡고 사선으로 틀었다. 계속 보았던 자세지만, 이전과는 다른 기세가 풍겨 나왔다.

'페레스 검술.'

오웬 왕국의 미래만이 익힌다는 세 가지 왕국 검술 중 하나, 페레스 검술이었다. 수백 년 전 대륙제일검사 페레스가 남긴 검술로 하늘의 흐름을 담아 공격과 방어가 동시에 이루어지는 상승의 무학이었다.

"하압!"

3왕자가 단단한 기합을 내지르며 발을 굴렀다. 질풍처럼 달려와 검을 올려 친다.

터엉!

라온은 3왕자의 검에 맞서지 않고 가람보법을 운용했다. 바람에 휘날리는 나뭇가지처럼 검을 스쳐 지나갔다.

3왕자가 올라간 검을 내리치며 따라붙었다. 오러의 운용이 정심해 속도가 빠르면서도 균형이 무너지지 않았다.

캬앙!

라온은 연성검법으로 3왕자의 검을 튕겨 내면서 뒤로 물러섰다.

"이젠 놓치지 않는다!"

3왕자는 추적을 늦추지 않으며 더 완성도 높은 페레스 검술을 펼쳐 냈다. 하늘을 담았다는 뜻대로 검날에 웅장하면서도 현묘한 기운이 어려 있었다.

'나쁘지 않군.'

라온은 이마 위로 스쳐 지나가는 3왕자의 검을 느끼며 픽 웃었다.

'아까와는 달라.'

이전에 싸웠을 때와는 무력도 의지도 달라졌다.

'역시 명문 왕국인가….'

괜히 육황의 한 축인 오웬 왕국에서 인정을 받는 자가 아니었다. 저 어린 나이에 싸움에서 무엇이 중요한지를 알고 있었다.

언젠가 오웬 왕국과 싸울 가능성도 있다. 그날을 위해서 왕국의 상급 검술을 눈에 익혀 둘 생각이었는데 제대로 공부가 되고 있었다.

거기다 3왕자는 싸우면서 계속 생각을 하고 움직임을 조절한다. 재밌는 상대였다.

쩌엉!

라온이 목을 노리고 휘어진 3왕자의 검을 격하게 쳐 냈다. 날카로운 검격. 하지만 파악은 이미 끝났다.

불의 고리를 운용하면서 싸웠기 때문에 그의 검술을 파악하기 어렵지 않았다. 3왕자가 펼친 검술은 모두 자신의 머릿속에 차곡차곡 쌓였다.

쩡! 쩌저정!

라온은 더 이상 보법을 밟지 않았다. 다리로 대지를 누르며 3왕자의 검술을 모조리 받아 냈다.

"허…."

"미친!"

3왕자의 눈이 튀어나올 것처럼 커지고, 타르탄 공작이 입을 떡 벌렸다.

"후욱…."

3왕자가 긴 숨을 뱉어 내며 한 발 물러섰다. 어깨를 펴며 검을 다잡았다.

"아직이오. 마지막 한 수가 남았어."

그 말과 함께 검을 들어 올렸다. 하늘을 받치는 상단의 자세. 그대로 땅을 박찼다.

'비기인가.'

라온이 눈매를 좁혔다. 상급 검술에는 그 이름값을 할 비기들이 있었다. 아무래도 3왕자는 페레스 검술의 비기를 사용하려는 것 같았다.

후우웅!

3왕자의 전신에서 퍼진 기류가 몸을 압박해 왔다. 상대의 회피를 막고, 정면에서 검을 내리치는 돌진형 검술이었다.

'받아 주지.'

라온이 검을 좌측으로 젖혔다. 검술 구경은 할 만큼 했으니 끝낼 시간이다.

만화공 일화.

회축.

검 끝에서 피어난 새빨간 불꽃이 톱니처럼 회전하며 대련장의 열기를 갈랐다.

"하아압!"

3왕자는 라온의 검에서 솟구친 불꽃을 보고도 물러나지 않았다. 본인의 오러와 검을 믿는 것이다.

치이이잉!

가늘게 치솟은 불꽃이 3왕자의 오러를 가른다.

"허!"

갈라지는 푸른 오러 사이로 3왕자의 쩍 벌어진 눈이 드러났다. 하지만 그는 괜히 오웬 왕국의 3왕자가 아니었다.

마지막 오러를 끌어 올려 갈라진 오러를 메꿨다.

"소용없어."

라온이 단호한 목소리와 함께 수련검을 끝까지 베어 냈다.

"아직이다! 내 검은… 어?"

3왕자가 턱을 떨며 내리치던 검을 멈춰 세웠다.

아니, 멈춰 세울 수밖에 없었다. 그의 검은 이미 부러졌으니까.

라온의 회축은 3왕자의 오러만이 아니라, 그의 수련검까지 베어 버렸다.

"허…."

3왕자가 털썩 주저앉았다. 멍한 눈으로 부러진 검을 바라본다.

"히, 힘과 속도는 내가 유리했는데…."

"보법을 밟고 물러난다고 하여 무조건 힘이 밀려서는 아닙니다. 기회를 잡기 위해서 일부러 물러나기도 하죠."

"…확실히 느꼈소."

3왕자가 한숨을 쉬며 일어섰다. 그는 부러진 검을 챙기고, 갑옷과 머리를 정돈한 뒤 다시 라온의 앞에 섰다.

"고맙소. 두 번째 대련을 받아 준 덕분에 많은 것을 느꼈소. 세상이 넓다는 말은 진실이었군."

그 말과 함께 고개를 숙였다. 왕자라고 생각될 정도로 정중한 몸짓이었다.

"저도 많이 배웠습니다."

라온도 3왕자를 향해 고개를 숙였다.

"처음에 무시해서 미안하오. 이 못난 놈이 보는 눈이 없었다고 생각해 주시오."

"괜찮습니다."

"몇 살이오?"

"14살입니다."

"하, 나보다 어린 검사에게 검으로도, 인성으로도 졌구려."

3왕자는 허탈하게 웃었다. 그의 원래 성격이 드러나는 얼굴이었다.

"당신이라면 괜찮을 것 같소."

그는 갑옷 안쪽에 손을 넣어 푸른빛으로 반짝이는 사자가 그려진 패를 꺼냈다. 뒤에는 그리어라는 이름이 새겨져 있었다.

"받아 주시오."

"이건…."

"오웬의 3왕자. 그리어 드 오웬이 그 어떠한 부탁이라도 들어주겠다는 증거요."

"네?"

라온이 눈을 부릅떴다. 3왕자가 넘겨준 건 왕자를 상징하는 패로 그의 말대로 어떠한 부탁이라도 들어줄 수 있는 물건이었다.

"이걸 왜 제게…."

"패했지만 정신은 오히려 시원해졌소. 이런 적은 처음이야. 뭔가를 깨달은 듯한 기분이오."

3왕자는 그 대가에 비하면 저 패는 싼 거라고 중얼거렸다.

"음…."

라온은 떨떠름한 표정으로 패를 받아들였다.

"당신과는 훗날 다시 만나겠지. 그때도 지금처럼 내 위에 있어 주길 바라오. 따라잡는 재미가 있을 것 같소."

3왕자는 구김 없이 웃었다. 대련장에서 내려와 리메르의 앞에 섰다.

"리네브 교관. 우리가 패했소. 내기는 이야기한 대로 이루어질 거요."

"알겠습니다."

리메르는 여전한 미소를 지으며 고개를 끄덕였다.

"타르탄 공작."

"예."

"돌아갑시다. 당장에 해야 할 일이 생각났소."

"예!"

3왕자와 타르탄 공작은 수련 기사들을 이끌고 연무장을 빠져나갔다.

"흥! 끝까지 잰 척하네. 짜증 나게!"

마르타는 마음에 들지 않는다는 듯 콧방귀를 뀌며 무너진 대련장을 걸어찼다.

"있어 보이는 척이라…"

라온은 사라지는 3왕자의 등을 보며 고개를 저었다. 3왕자의 눈에 어지러움은 없었다.

'아닐 거야.'

그는 변했고, 변할 것이다. 버렌과 마르타가 그랬듯이.

'그리고….'

라온이 손에 들린 패를 보며 입맛을 다셨다. 그저 수련을 위해 대련을 받아들였을 뿐이다. 이런 물건을 받을 줄은 생각지 못했다.

'신기하네.'

대가도 없이 암살만 하던 전생을 겪어서 그런지 이런 갑작스러운 대가에 적응이 되지 않았다.

무슨 의도로, 왜 줬는지 모르겠다. 다만 나쁜 의미가 아니라는 건 알 수 있었다.

'이번 삶도 생각한 대로 돌아가지는 않는군.'

❖❖❖❖❖

3왕자는 그 길로 알현실을 찾아갔다. 예정보다 빠르게 돌아가겠다고 전했을 때 알현실 문이 열리고 수석 집사 로엔이 걸어 나왔다.

"가주님께서 들어오라 하십니다."

"…알겠소."

3왕자는 침을 꼴깍 삼키고서 로엔을 따라 알현실로 들어갔다.

"흡…."

처음 보았을 때와 조금도 달라지지 않은 듯한 글렌의 눈을 마주한 순간 숨이 턱 막혀 왔다.

"눈빛이 변했군."

한쪽 무릎을 꿇으려 할 때 글렌의 목소리가 나지막하게 울렸다. 이미 모든 것을 알고 있는 것 같았다.

"부끄럽지만 전 스스로를 최고라 생각했습니다. 오웬 왕국만이 아니라, 다른 육황의 재능들과 부딪쳐도 꺾을 수 있다고 여겼습니다."

3왕자는 가라앉은 눈빛을 세우며 말을 이었다.

"그건 이곳 지그하르트에서도 마찬가지였습니다. 연무장을 돌아보았지만, 마음에 차는 수련생은 보이지 않았습니다. 그건 5 연무장에 갔을 때도 마찬가지. 세 명의 강자가 있었지만 이길 수 있다고 생각했습니다. 하지만…."

3왕자가 라온에게 얻어맞았던 오른 손목을 문질렀다.

"그곳에는 제가 파악조차 못 한 강자가 있었습니다. 라온 지그하르트. 저보다 어린 수련생의 무력을 무시했다가 일방적으로 패했습니다. 억지로 우겨서 치렀던 두 번째 대련 역시 패했습니다."

"흐음."

글렌의 반응에 3왕자가 살짝 고개를 들었다. 갑자기 알현실의 분위기가 살짝 부드러워진 듯한 기분이었다.

뭐랄까? 더 해 보라는 것처럼. 어서 말해 보라는 것처럼.

"음, 전 육황 중 세 곳을 돌아보았고, 대련도 해 보았지만 라온 같은 수련생은 보지 못했습니다. 무력, 인성, 정신 모든 것이 이미 완성된 무인을 보는 듯했습니다. 그런 아이에게 패했기 때문인지 기분이 나쁘긴커녕 오히려 깨우친 기분이었습니다."

3왕자가 말을 이어 갈수록 알현실 분위기가 봄처럼 따스해졌다.

"저보다 어리지만 배울 점이 많은 검사였습니다."

"그런가?"

"예. 그래서 지금 당장 돌아가려는 겁니다. 그 아이를 보고 깨달은 점을 당장 체화시키고 싶습니다."

"그렇다면 알겠다. 현왕에게 편지는 잘 받아 보았다고 전해 주도록."

"감사합니다."

3왕자는 글렌에게 예를 갖춘 인사를 건넨 뒤 알현실을 벗어났다.

"…흡."

둘이 남은 알현실에서 웃음을 참는 듯한 소리가 들려왔다. 로엔이 글렌을 보며 입을 막고 있었다.

"왜 웃는 게냐."

"가주님이 미소를 짓고 계신 모습을 보니, 자연스레 웃음이 나왔습니다."

"미소?"

글렌이 손을 가져다가 입매를 만져 보고서 인상을 찌푸렸다.

"오웬 왕국의 3왕자가 라온 도련님의 이름을 말했을 때부터 미소를 짓고 계셨습니다. 손자가 타국의 왕자에게 칭찬을 들으니 기분이 좋으셨던 모양입니다."

"…착각이다."

글렌은 괜한 헛기침을 하며 왼 주먹으로 턱을 괴었다.

"흐흡."

"웃지 마라."

"옙!"

로엔이 더 크게 웃음을 흘렸지만, 글렌의 말에 아예 입을 다물어 버렸다.

"요즘 리메르랑 붙어 다니더니, 그놈의 병이 옮았군."

글렌은 한숨을 내쉬고서 눈을 감아 버렸고, 로엔의 입가에 걸린 미소는 떠날 줄 몰랐다.

"3왕자님. 떠날 준비를 마쳤습니다."

3왕자가 가주전을 나왔을 때 타르탄 공작이 다가왔다.

"수고하셨소. 인사는 드렸으니, 바로 돌아가도 될 것 같소."

"알겠습니다. 모두 열을 맞춰라."

"예!"

타르탄 공작의 말에 기사와 수련 기사들이 그의 뒤로 붙었다.

"가자."

"음…."

3왕자가 가장 앞에서 걸어갔고, 타르탄 공작은 그 옆에 붙어 입맛을 다셨다.

"무슨 할 말 있소?"

"그 라온이라는 수련생과 대련을 할 때 말입니다. 감춰 둔 힘을 개방하고, 페레스 검술까지 사용했던 건 조금 과했던 게 아닐까 싶습니다. 힘은 적당히 숨기는 게…."

"나도 알고 있소. 확실히 과했지."

"예. 페레스 검술은 왕국의 최상급 검술. 공개해서 좋을 게 없습니다. 거기다 신패를 내놓으시다니 너무 과한…."

"그건 아니오."

타르탄 공작의 말이 3왕자의 손에 의해 막혔다.

"라온 지그하르트는 내게 호의를 베풀었소. 이쪽이 무시로 시작했지만, 예의로 대해 주었지."

"음…."

"나도 그에게 예의를 차렸을 뿐이오. 거기다 그 친구 역시 비기라고 할 법한 검술을 보였잖소."

"…그건 그렇습니다."

"그리고 신패를 준 건 투자요."

"투자라고 하신다면?"

타르탄 공작이 고개를 갸웃거렸다.

"그 어린 나이에 그런 무력과 인성, 정신력이면 방계라고 해도 대륙 전체에 이름을 날릴 거물이 될 거요. 그런 이와 친분을 만들어 둔다면 훗날 내게 도움이 될 가능성도 있지 않겠소."

"그렇군요. 그 순간에 거기까지 보시다니, 대단하십니다."

"가슴과 혀에 칼을 달고 사는 왕국에서 자랐는데, 그 정도 계산도 못 하면 죽어야지."

3왕자는 픽 웃고서 먼저 앞으로 나아갔다.

"흠…."

타르탄 공작이 턱을 긁적였다. 조금 전 3왕자의 옆에 있을 때와 달리 표정엔 냉정함만이 가득했다.

'확실히 달라지셨군.'

이곳에 오기 전 3왕자의 기질에 어린 자만심은 아예 사라졌다. 지금 그의 눈빛에서 새어 나오는 건 발전을 위한 열의였다.

"정말 술이라도 사야겠는데?"

타르탄 공작은 옆에 보이는 5 연무장을 보며 픽 웃었다.

"나중에 만난다면 말이야. 그리고…."

그는 연무장 내부에 있을 라온을 생각하며 눈빛을 가라앉혔다.

'궁금하군. 다음에 다시 만났을 때 그가 어떤 괴물이 되어 있을지도.'

제45화

오웬 왕국의 사절단이 떠난 이후에도 수련생들은 움직이지 않았다. 넋이 나간 듯 멍하니 서서 라온의 뒷모습만 지켜보았다.

매일매일 라온을 보고 있었기 때문에 그가 강한 건 알고 있었지만, 항상 물처럼 부드럽게만 움직여서 저렇게 빠르게 움직이고, 강한 검격을 쏟아 낼 줄은 누구도 생각지 못했다.

"어, 어어…."

"저렇게 강했다고?"

"어, 어째 점점 차이가 벌어지는…."

수련생들이 정신을 차리지 못할 때 단상 위에서 시원한 손뼉 소리가 들려왔다.

"모두 수고했다."

리메르가 단상 위에 걸터앉은 채로 씩 웃었다.

"갑작스러운 대련에도 최선을 다해 줘서 고맙다."

"아닙니다!"

"오웬 왕국의 수련 기사와 대련할 기회를 만들어 주셔서 감사합니다!"

수련생들은 오히려 대련하게 해 줘서 고맙다고 고개를 숙였다.

"그럼 다행이고."

리메르는 씩 웃으며 허공에서 발장구를 쳤다. 평소보다 기분이 좋아 보였다.

"뭐, 다 끝났으니까. 몇 가지 말해 줘야지. 일단 오늘 너희와 붙었던 오웬의 수련 기사들 있지? 걔들 단순한 수련 기사가 아니다."

"네?"

"그럼 어떤…."

그가 잠시 말을 멈추자, 수련생들이 침을 꼴깍 삼켰다.

"그 녀석들 오웬 왕국이 각 잡고 키우는 정예들이야. 그대로 성장한다면 근위기사나, 은기사가 될 인재들이지."

"헉!"

"근위기사와 은기사!"

"어쩐지 너무 강했어…."

수련생들의 입이 쩍 벌어졌다.

정예 중의 정예만이 들어갈 수 있는 곳이 바로 오웬 왕국의 근위기사단과 은기사단이다.

근위기사는 왕성에서 국왕을 지키는 방패. 은기사는 왕국을 위협하는 적을 베는 칼.

두 기사단은 오웬 왕국의 최정예라고 해도 과언이 아니었다.

수련생들은 그런 곳에 들어갈 것이 확실시되는 수련 기사들과 비슷하게 싸웠다는 것에 놀라움을 감추지 못했다.

"그런 아이들과 비슷하게 싸웠다는 건 충분히 칭찬받을 일이다. 모두 자기 자신에게 박수!"

"이야야야!"

"와아아아!"

"우리가 이겼다!"

수련생들은 양손을 들어 올리며 환호를 터트렸다.

"흐흠!"

"수석 교관님."

리메르가 기분 좋게 환호성을 즐기고 있을 때 중앙에서 손 하나가 올라왔다. 버렌이 비틀거리면서 일어서 있었다.

"그들과 다시 싸워 볼 수 있습니까?"

버렌의 표정은 바로 앞에 적이 있는 것처럼 심하게 구겨져 있었다.

"누가 보면 진 줄 알겠네."

"이기지 못했으면 진 것과 다를 바가 없습니다."

"개인적으로는 마음에 드는 자세야."

리메르가 빙긋 웃으며 고개를 끄덕거렸다.

"너와 붙었던 수련 기사는 미래의 근위기사 단장이라고 했었다. 네가 계속 발전해 나가면 만나기 싫어도 만나게 되겠지. 물론 그때는 수련 기사가 아니라, 기사일 테지. 그러면…."

"전 검사가 되어야겠군요."

버렌의 녹색 눈동자에서 아지랑이가 피어났다.

"잘 알고 있네."

"하나만 더."

"뭐지?"

"저와 붙은 수련 기사가 미래의 근위기사 단장이라면 3왕자는 뭡니까? 왕족 수준의 검술이 아니었습니다."

버렌의 질문은 타당했다. 아무리 15살이라고 해도 3왕자의 무력은 기이할 정도로 강했다.

"3왕자는 미래의 왕국제일검이라고 하더군."

"헉!"

"와…."

리메르의 답변과 동시에 연무장에 침묵이 찾아왔다. 수련생들은 부릅뜬 눈으로 라온을 돌아보았다.

훗날 왕국제일검이 될 거라 칭해지는 자를 가볍게 꺾어 버린 라온은 대체 무슨 괴물이냐는 표정이었다.

"오늘 훈련은 여기까지. 평소보다 체력을 많이 썼으니, 돌아가서 쉬도록."

리메르는 다시 손뼉을 치고 단상에서 사라졌다. 하지만 수련생들의 눈동자에는 라온에 대한 놀라움이 그대로 남아 있었다.

라온은 경악이 어린 수련생들의 눈빛을 뒤로하고 가장 먼저 연무장을 떠났다.

평소라면 돌아가라고 해도 남아서 훈련을 하겠지만, 지금은 먼저 해야 할 일이 있어서 빠르게 숙소로 향했다.

방에 들어가자마자 바닥에 앉아서 꽃팔찌를 툭툭 두드렸다.

화아아아!

팔찌에서 푸른색 냉기가 꽃봉오리처럼 피어났다. 다만 냉기는 분노에 찬 듯 바르르 떨었다.

-빌어먹을! 어떻게 그런 힘을 가지고 너한테 질 수가 있는 거냐! 왕족이라 믿었건만 멍청하고 하등하도다!

라스가 방 전체를 서늘한 냉기로 채우며 이를 갈았다.

-본왕이 그놈이었다면 너는 지금 얼음덩어리가 되어 갈기갈기 찢어졌을 거다. 가진 힘도 이용 못 하는 주제에 왕자? 한심하기 짝이 없어!

라스는 본인이 마계의 왕이다 보니 왕자에게 친근감을 느꼈던 것 같다. 내기에 진 게 굉장히 분했는지 분노와 수다가 동시에 터졌다.

-본왕이 마계에 있을 당시 더 적은 마나로도 큰 적을 손쉽게 제압했다. 나중에 군주 대 군주 대결에서는….

"아, 네. 거기까지."

라온이 팔찌를 치자, 라스의 말이 끊겼다.

'저건 무조건 끊어야 해.'

'본왕이 마계에 있을 때'라는 말이 나오면 일단 끊고 봐야 한다. 저걸 들어 줬다간 내일 아침에나 보상을 받을 거다.

"떠드는 건 나중에 하시고 내기 보상이나 주시지?"

-이건 사기다. 그놈이 가진 힘도 이용 못 할 줄 몰랐다.

사실 3왕자는 잘 싸웠다. 만화공이 오러의 양과 상관없는 무지막지한 위력을 발휘했을 뿐.

"그래서 안 수려고? 마계의 군주나 되셔서?"

-본왕이 거짓말을 밥 먹듯이 하는 인간인 줄 아느냐. 말한 건 지킨다. 그게 사기라도!

> <분노>와의 내기에서 승리하셨습니다.
> 승리 보상이 지급됩니다.
> 모든 능력치가 4포인트 상승합니다.

능력치가 올랐다는 메시지가 떠오름과 동시에 감전된 듯 전신이 잘게 떨렸다.

"후우우우."

육체와 정신이 단번에 성장하는 이 희열은 매번 겪어도 익숙해지지 않을 만큼 황홀했다. 이 보상을 위해서라면 어떤 임무라도 할 수 있었다.

꾸욱.

주먹을 꽉 쥐어 보았다. 능력치 4포인트가 한 번에 오르니, 악력과 근육의 탄력에서도 확연한 차이가 느껴졌다.

```
<상태창>
이름 : 라온 지그하르트.        칭호 : 최초의 승리
상태 : 혹한의 저주(여섯 가닥)
특성 : 분노, 불의 고리(4성), 수속성 저항력(4성),
설화의 감각(2성), 만화공(2성), 혹한의 냉기(2성),
화속성 저항력(2성).
근력 : 47      민첩성 : 47
체력 : 48    기력 : 36    감각 : 58
```

 이번 보상만이 아니라, 계속 수련한 덕분에 능력치가 많이 상승해 있었다. 높아진 수치 때문에 상태창만 봐도 뿌듯함이 밀려왔다.

 -쯧.

 라스는 보이지도 않는 상태창을 쭉 살피며 짧게 혀를 찼다. 굉장히 마음에 들지 않은 눈빛이다.

 -좋냐?

 '좋아.'

 라온이 고민도 없이 즉답했다.

 -그리 좋아할 필요 없다. 네가 아무리 강해진다고 해도 결국 본왕의 빙의체에 불과하니까. 본왕이 이루지 못한 일은 이 세상에 존재하지 않는다.

 녀석은 얼마 남지 않았다고 중얼거리며 냉기를 뿜어냈다.

 "아, 그래."

 피부 위로 서리가 내릴 정도로 온도가 내려갔지만, 수속성 저항력 때문에 차갑

지도 않았다.

"열심히 해 봐."

가볍게 어깨를 털어 라스를 밀어내고 일어섰다.

-본왕을 무시하지 마라. 100년이 걸려서라도 네놈의 육체를 차지할 터이니.

'네.'

-끄아아악!

라온은 라스의 냉기가 화산처럼 폭발하기 시작했을 때 문을 열고 밖으로 나왔다.

무시라고?

무시를 할 리가 있겠는가.

라스는 적이다. 그것도 가장 위험한 적.

매일 불의 고리를 연성하고, 육체와 정신을 단련하는 이유가 놈에게 몸을 빼앗기지 않기 위해서다.

여유 있는 척하지만, 방심은 추호도 하지 않았다.

허무한 죽음은 한 번이면 충분하다. 살아남기 위해서 그리고 복수하기 위해서 더 강해져야 한다.

라온은 숙소를 나와 모두가 떠난 연무장으로 돌아가 밤새 검을 휘둘렀다.

라온이 오웬 왕국의 3왕자와 대련을 한 지 세 달이 지났다.

차기 왕국제일검이라는 3왕자를 가볍게 꺾었지만, 라온은 승리 따위는 이미 지난 일이라는 듯 수련에만 몰두했다.

수련생들은 요즘 라온에게 수련 귀신이니, 수련 천재니 하는 별명까지 붙였다. 물론 뒤에서만 부르지만.

"이제 검이 제대로 보이지도 않네."

"저 인간 더 강해진 거 같지 않냐? 뭔가 검술도 보법도 더 자연스러워졌어."

"더 강해진 거 같은 게 아니라, 강해졌겠지."

"질린다. 질려."

방계 수련생들은 홀린 듯이 수련에 몰두하는 라온을 보며 혀를 내둘렀다.

"조금은 따라잡았다고 생각했는데 턱도 없겠어."

"그러게. 이쪽도 신발 밑창이 해지도록 수련했는데…."

수련생들은 오웬 왕국과의 대련이 아니라, 라온이 마르타를 꺾었을 때부터 감격해서 수련 시간을 많이 늘렸다.

열심히 수련했으니, 라온과의 실력 차이가 조금은 줄어들었다고 생각했지만 오산이었다.

실력 차이는 조금도 줄어들지 않았고, 오히려 압도적으로 벌어졌다.

"이거는 그니까…."

"재능 차이지."

"그래. 가지고 태어난 재능이 달라. 노력해도 안 되면 어쩔 수 없…."

"고작 신발 하나 해졌다고 최선을 다해서 노력했다고 생각하는 거냐?"

"응?"

각진 목소리에 수련생들이 뒤를 돌았다.

"헉!"

"어어…."

"버, 버렌 님!"

버렌이 팔짱을 낀 채로 입매를 비틀고 있었다.

"재능이라는 멋진 단어 하나로 상대를 높이면 참 편하지. 최선을 다해도 안 된다고 나 자신을 합리화시킬 수 있거든. 그런데 말이야."

그는 수련생들을 스쳐 지나가며 말을 이었다.

"그건 신발 한 개가 아니라 열 개 정도는 뜯어 먹고 나서 해도 늦지 않아."

그 말은 수련생이 아니라, 과거의 자신에게. 라온이 얼마나 노력했는지를 모르고 그를 질투했던 과거의 자신에게 하는 말이었다.

"마, 맞습니다."

"죄송…."

"내게 죄송할 건 없다. 너희들의 인생이니까."

버렌은 수련생들의 뒤에 있던 수련검을 챙겨서 연무장 중앙으로 향했다.

"버렌 도련님. 조금 부드러워지신 거 같지 않냐?"

"예전이라면 아예 무시했을 텐데…."

"야. 온다. 입 다 물어!"

"흡!"

수련생들은 좌측에서 걸어오는 마르타를 보고 입을 다물었다.

턱.

마르타는 수련검을 꺼낸 뒤 어깨에 걸쳤다. 어깨에 닿을 듯한 단발머리를 찰랑이며 연무장으로 가다가 멈춰 섰다.

"저놈이 부드러워졌다고?"

그녀는 수련생들에게 노골적으로 한심한 눈빛을 보냈다.

"폭발하기 직전의 화산인데 부드러워졌다니, 너희들 눈깔은 썩은 오크만도 못하네."

마르타는 비웃음을 흘리고서 검을 휘돌리며 연무장으로 걸어갔다.

라온과 루난은 쉬지도 않고 몸을 움직였고, 버렌과 마르타는 그 둘에 지지 않겠다는 듯 강력한 기세를 일으키며 검을 내리쳤다.

"어우, 숨 막혀."

수련생들은 고개를 절레절레 저으며 한숨을 내쉬었다.

5 연무장엔 괴물이 산다. 그것도 4마리나….

"그래. 그렇지만."

수련생 중 한 명이 본인의 수련화를 내려다보다가 고개를 들었다.

"실력을 늘리기엔 여기만 한 곳이 없지 않냐."

"음, 그건 그렇지."

"맞아."

다른 수련생들이 고개를 끄덕였다. 5 연무장에 온 뒤로 실력이 느는 속도가 훨씬 빨라진 건 확실했다.

"우리도 가자."

수련생들은 짧은 휴식을 끝내고 수련검을 쥔 채 연무장으로 들어갔다.

"좋구만."

리메르는 그들의 뒤편에 있는 나무에 걸터앉아 빙긋 미소를 짓고 있었다.

"기둥들이 잘 버텨 주니, 알아서들 따라가잖아."

연무장 중앙에서 검을 휘두르는 라온, 버렌, 루난, 마르타를 차례로 보았다. 색이 다른 네 아이가 전력으로 달려가니, 뒤에 있는 아이들이 그 길을 자연스럽게 따라갔다.

저 넷은 교관 이상으로 아이들의 실력 발전에 큰 역할을 해 주었다.

"흐음."

리메르는 나무에 걸터앉은 채 손가락으로 붉은 머리를 빙글 돌리다가 고개를 끄덕였다.

"이제 실전을 시켜 봐도 되겠어."

환생한 암살자는
검술 천재

제46화

　라온이 전방으로 쇄도해 검을 내리그었다. 붉게 타오른 칼날이 저녁 공기를 사정없이 찢어발겼다.

　찌지직!

　대기를 가르고도 남은 오러의 잔향이 짐승의 발톱처럼 연무장을 긁어냈다.

　연성검술과 가람보법의 마지막 초식을 합친 돌진형 검술이었다.

　'나쁘지 않네.'

　라온이 검을 휘돌리며 고개를 끄덕였다. 위력이 좋고, 속도가 빨라 보고도 막기 힘든 검술이었다.

　'물론 그게 전부가 아니지만.'

　이 초식은 등 뒤에 숨겨 둔 칼처럼 언제, 어느 때라도 펼칠 수 있는 기습형이다.

　아직 암살자의 기질이 남아 있는지, 기습을 염두에 두는 건 어쩔 수 없나 보다.

흥흥.

뒤에서 들린 콧소리에 고개를 돌렸다. 루난이 맹한 눈으로 자신의 검을 보고 있었다.

다만 그 맹한 눈동자의 아랫부분이 살짝 반짝인다. 기대감이 어린 표정. 검술을 알려 달라는 것 같았다.

"흡!"

루난은 따라 하려는 듯 땅을 박차고 허공에 검을 내질렀다.

속도도, 위력도, 기습의 묘리도 없이 자세뿐이다. 다만 워낙에 능력과 재능이 뛰어난 녀석이다 보니 웬만해선 막기 힘들 초식이 되었다.

"맞아?"

루난은 몇 번 더 검을 휘두른 뒤 고개를 살짝 꺾고 이게 맞냐고 물어왔다.

"그렇게 하지 말고 일단 다리부터…."

저대로라면 대련하다가 사람을 죽일지도 몰라서 자세만 살짝 봐주었다.

후우웅!

루난의 자세를 어느 정도 잡아 줬을 때 연무장 담장 위로 시원한 바람이 불었다. 리메르였다.

그는 정시에 도착하면 문을 걷어차며 들어오고, 늦으면 담벼락을 넘어온다.

즉, 지금은 훈련 종료 시간이 조금 지나갔다는 뜻이다.

"음!"

리메르는 단상 위에 걸터앉아 수련생들을 내려다보았다.

"교관님. 10분 늦으셨습니다."

"오늘 훈련 수고했다."

그는 버렌의 지적을 못 들은 척하며 고개를 돌렸다.

"10분이면 검을 만 번 휘두를 수 있는 시간입니다."

"에이, 그건 아니지! 슥!"

버렌의 어이없는 말에 대답한 리메르가 인상을 찡그렸다. 당했다는 표정이었다.

"커흠, 어쨌든 오늘 전해 줄 소식은 두 가지. 첫 번째는 6 연무장에 관한 이야기다."

"6 연무장이요?"

"거길 갑자기 왜?"

"여기서 떨어진 녀석들이 간 곳이잖아요."

수련생들은 떨어진 녀석들이 간 연무장을 왜 말하냐며 고개를 흔들었다.

"오웬 왕국 사절단이 6 연무장을 무시하고 5 연무장에만 대련을 신청해서 자존심이 상한 것 같더군. 우리를 따라잡기 위해서 피나도록 수련한다고 한다."

리메르는 6 연무장의 수련생들이 대견하다며 씩 웃었다.

"부상 때문에 낙오되었던 직계와 방계도 새로 들어갔고, 힘든 수련만 골라서 진행 중이라고 하니, 방심해선 안 된다. 그 아이들에게 따라잡히지 않도록 매 순간에 최선을 다해라."

"예."

"에에…."

"뭐, 따라잡힐 수 있어야 말이지."

수련생들이 입을 삐죽하게 내밀었다. 이미 한참 차이가 나는데, 뭐 하러 대비하냐는 듯한 반응이었다.

"훗."

리메르는 그럴 줄 알았다는 듯 고개를 끄덕이고 두 번째 소식을 전했다.

"다음 주에 아주 특별한 훈련을 할 생각이다."

"어, 어떤 겁니까?"

벌써 겁을 집어먹은 도리안이 어깨를 달달 떨었다.

"특별한 훈련이라."

"뭐지? 뭘 할 게 남았나?"

리메르가 워낙에 별난 일을 벌인 적이 많았기 때문에 도리안뿐만이 아니라, 수련생 모두가 불안해했다.

"그거야 비밀이지."

"아…."

"교관님. 어떤 훈련인지 미리 말씀을 해 주셔야 그에 따른 대비를 하지 않겠습니까."

버렌이 손을 들어 올리며 정론을 말했지만 리메르에겐 당연히 통하지 않았다.

"알려 주면 재미없잖냐. 열심히 수련하면 뭐가 되었든 해낼 수 있어."

"음…."

맞는 말이긴 해서 버렌이 입을 삐죽이며 손을 내렸다.

"그래도 힌트를 하나 주자면…."

리메르가 손가락을 펴며 웃었다. 평소처럼 가볍거나 경쾌한 웃음이 아닌, 진한 투지가 비치는 미소였다.

"실전이다."

"실전이요?"

"갑자기?"

대련이 아니라, 실전이라고 말하니 수련생들의 눈이 휘둥그레졌다.

"갑자기가 아니라, 이제 할 때도 됐지. 준비한다고 했으니 확실하게 말해 주마."

리메르의 입매를 맴돌았던 능글맞음이 흩어지기 시작했다. 진지함 그 이상의 섬뜩함이 미소에 어렸다.

"이번에는 피를 볼 각오를 하는 게 좋을 거야."

❈❈❈❈❈

리메르는 훈련을 끝낸 뒤 가문을 나와 서쪽 외곽 유흥 거리로 향했다.

유흥 거리는 검사들과 사용인들이 휴식을 위해 찾는 곳으로 다양한 상점과 식당, 주점이 있는 곳이었다.

그는 콧노래를 흥얼거리며 거리를 걷다가 동쪽 끝 목련이라는 이름의 주점으로 들어갔다.

단아한 이름과 달리 주점은 낡았고, 너저분했다. 자리는 만석에 사람들이 떠드는 소리에 귀청이 떨어질 지경이었다.

리메르는 그 난잡한 분위기를 즐기듯 고개를 끄덕이면서 우측에 홀로 앉아 있는 중년인에게 다가갔다.

"빨리 왔네."

그가 중년인의 앞자리에 앉으며 씩 웃었다.

"마법사들은 남는 게 시간이니까요."

검은색 로브를 입은 채로 책을 읽던 중년인이 고개를 까딱였다.

"오랜만에 뵙는군요. 리메르 님."

"술친구. 잘 지냈어?"

"저야 뭐 잘 놀고, 먹고 있습니다."

"부탑주가 되더니 아주 여유롭네?"

"허허, 여유가 넘치는 건 리메르 님 아니십니까. 월급 도둑이라는 말이 누구 때문에 생겨났는데."

중년인이 책을 덮으며 픽 웃었다.

"요즘엔 좀 바쁘다 보니, 너랑 술만 마시던 시절이 그립다."

"수련생들에게 시간을 많이 쓰신다고 들었습니다. 정성을 다해서 돌보신다고."

"그 정도는 아니고."

깊은 친분이 있는지 두 사람의 대화는 벨벳처럼 매끄러웠다.

"베르빈. 넌 요즘 뭐 해?"

"리메르 님이 술자리에 나오시질 않으니, 책 읽는 낙으로 살고 있죠."

베르빈이라고 불린 남자가 손에 든 책을 흔들었다.

"마탑에서 할 일이라고는 연구와 책 읽는 것뿐이니까요."

"하긴."

리메르가 베르빈의 손에 들린 마법서를 보며 고개를 끄덕였다.

"그래서 오늘은 무슨 일로 부르셨습니까? 표정을 보니 단순히 술이나 마시자는 건 아닌 것 같고."

"술이 좀 당기기도 했고, 부탁이 있어서."

"부탁이요?"

"우리 애들 실력이 꽤 올라와서 몬스터와 실전을 시켜 보려고."

"음, 그거라면 정식 요청하셔도 될 텐데요."

베르빈이 고개를 갸웃거렸다. 수련생들에게 몬스터와 대전을 시켜 주는 건 정시 커리큘럼 중 하나다. 이렇게 찾아와 부탁할 필요 없었다.

"거기에 몇 가지 추가를 해 보고 싶어."

"추가라고 하신다면?"

"우리 애들이 좀 강해서 그냥 몬스터는 별로 도움이 안 돼."

"아, 오웬 왕국의 수련 기사들을 때려눕혔다고 들었습니다."

"뭐, 그렇지."

리메르가 콧대를 들어 올리며 히죽거렸다. 오랜 친구에게 제자들의 칭찬을 들으니, 술에 취한 것처럼 기분이 좋아졌다.

"수련생들과 대련을 할 몬스터들을 강화시키고 싶어. 소드 비기너 상급 수준으로."

"가능합니다. 몇 년 전에 입탑한 녀석의 전문 분야가 몬스터 소환과 운용이거든요. 지렁이를 용처럼 만들 수도 있습니다."

"그, 그게 된다고?"

"농담인데요."

"아, 넌 진짜…."

"지렁이를 용처럼 만들 수는 없지만, 오크를 비기너 상급으로 만드는 정도는 얼마든지 가능합니다. 물론 다수는 안 되고, 한 번에 한 마리씩만."

베르빈이 그리 어렵지 않은 일이라고 중얼거렸다.

"고마워 그리고 하나만 더."

"뭐죠?"

"몬스터가 인간처럼 보이도록 환상 마법을 걸 수도 있지?"

"그것도 쉬운 일이죠. 아직 익스퍼트도 되지 않은 아이들이니까. 환상 마법이 걸린 아티팩트 하나만 있으면 가능합니다."

"잘됐네. 그럼 그것도 그렇게 해 줘."

리메르가 손가락을 튕기고, 테이블 위에 놓인 맥주를 단번에 들이켰다.

"그런데 강화와 환상을 동시에 사용하면 수련생들이 이겨 내기 힘든 시련 아닐까요?"

베르빈이 술잔을 매만지며 눈매를 좁혔다.

"육체 능력이 강화된 오크와 싸우는 것만으로도 힘에 부칠 텐데, 놈들이 인간의 모습으로 보인다면 검을 제대로 휘두르지 못할 겁니다."

"캬아아! 이 맛에 살지!"

리메르는 테이블에 맥주잔을 쾅 내려놓으며 탄성을 흘렸다.

"뭐라고 했어?"

"수련생들이 이기기 힘들 거라고 했습니다. 몬스터 강화야 그렇다 치겠지만, 인간의 모습으로 보이는 몬스터를 죽이는 건 어린아이들에게 어려운 일이니까요."

"괜찮아. 우리 애들은 어린아이가 아니라, 검사니까. 그리고…."

리메르가 씩 웃었다. 진녹색 눈동자에 기대감과 즐거움이 어우러졌다.

"그 녀석들 강해. 몸도 마음도."

마법등이 5 연무장에 내려앉은 어둠을 걷어 냈다.

대부분의 수련생이 본가로 돌아갔지만, 아직 남아서 검을 휘두르는 아이들도 있었다.

루난 슬리온도 그중 하나였다. 연무장에 남아 라온이 보여 주었던 찌르기를 연습했다.

파앙!

루난이 자세를 낮추고 검을 내질렀다. 빠르고, 강맹한 검격이 허공을 꿰뚫었지만, 이 느낌이 아니었다.

'잘 안 돼.'

라온의 찌르기는 강하다기보다는 부드럽고 여유로웠다. 너무 자연스러워 찌르기가 온다는 것도 모를 정도로.

몇 번을 해 봐도 어떻게 하면 그렇게 되는지 잘 모르겠다.

실내 수련장 쪽을 바라보았다. 라온은 지금 근력 단련을 하는 중이다. 방해하고 싶지 않았다.

'몇 번 더 해 보자.'

루난은 새롭게 자세를 잡고 허공으로 검을 찔렀다. 자세를 바꿔 보았지만, 검세는 그리 달라지지 않았다.

'다시.'

칼날이 공기를 꿰뚫는 소리가 살짝 변했다. 속도와 위력은 조금 줄었지만, 검 끝에 여유로움이 묻어났다.

'조금 됐어.'

루난이 크게 고개를 끄덕이고 검을 고쳐 잡았다. 계속해서 같은 자세를 반복하며 검을 내질렀다.

그녀는 동쪽에서 떠오른 달이 손가락 두 마디 위로 올라가고 나서야 손을 멈췄다.

"후우."

루난이 고개를 크게 끄덕였다.

'조금은 됐어.'

라온을 따라잡으려면 멀었지만, 연성검술의 마지막 초식은 확실히 변했다. 위력과 속도가 줄어들었지만, 연계와 부드러움은 훨씬 나아졌다.

"음."

루난이 다시 실내 단련장을 보았다. 불은 여전히 켜져 있었고, 라온과 버렌, 마르타가 기합을 지르는 소리가 들려왔다.

어떻게 할까 잠시 고민할 때 엄마의 말이 생각났다.

-구슬 아이스크림 사 놓을 테니까. 주말에 빨리 오렴.

'가야지.'

루난이 바로 수련검을 집어넣었다. 모자란 부분은 다음 주에 물어보기로 하고 연무장을 나왔다.

시녀들이 기다리고 있는 곳으로 빨리 돌아가기 위해서 연무장 외곽으로 달려가려 할 때였다. 어둑한 골목에서 한 남자의 그림자가 비쳤다.

"루난."

무시하고 가려고 할 때 그림자가 한 발 걸어 나오며 그녀의 이름을 불렀다.

"아…."

루난이 우뚝 멈췄다. 항상 맹했던 그녀의 눈동자가 파도를 맞은 듯 흔들렸다.

남자가 모습을 드러냈다. 짧게 자른 은발과 진한 보라색 눈동자. 루난과 비슷한 외모의 미청년이었다.

"오…빠?"

"오랜만이구나."

루난이 입술을 떨며 한 발 물러섰고, 남자는 부드러운 미소를 지으며 세 걸음 다가왔다.

시리아 슬리온.

루난의 오빠이자, 슬리온 가문의 역대급 천재라 불리며 대륙십이성에 이름을 올려놓은 남자였다.

"아…."

다만 오랜만에 시리아를 본 루난의 얼굴은 창백하게 질려 있었다. 오빠가 아니라, 강대한 적을 마주한 것처럼.

"루난. 내가 그런 얼굴 하지 말라고 했지?"

시리아가 빙긋 웃었다. 미소는 여유롭고, 말투는 부드럽다.

하지만 그의 표정을 자세히 본 사람은 무언가 섬뜩함을 느끼게 될 거다. 입매와 달리 눈은 조금도 웃지 않고 있었으니까.

"으…."

루난이 이빨을 딱딱 부딪치고 고개를 숙였다. 흔들리는 감정을 억지로 가라앉혔는지 떨리던 그녀의 보라색 눈동자가 어둑하게 가라앉았다.

"그래. 그래야지."

시리아가 미소를 유지한 채 다가와 루난의 머리를 쓰다듬었다.

"리메르의 훈련이 괜찮나 보네. 생각보다 강해졌어."

그가 허리를 숙여서 루난과 눈을 마주쳤다.

그 순간 시리아의 얼굴에서 가면이 떨어져 나갔다. 표정은 썩은 나무처럼 굳어졌고, 눈동자에서는 색이 사라졌다. 감정이 마모된 괴물을 보는 것 같았다.

"그렇다고 전장에 나간다든가, 목숨을 건 대련을 하는 건 아니겠지?"

목소리도 변한다. 생명을 말려 죽이는 사막의 삭풍처럼 지독하리만큼 건조한 음성이다.

"아아…."

루난의 어깨가 덜덜 떨렸다. 손을 부여잡고 뒷걸음질 쳤다.

"흠, 조금 풀렸나? 다시 각인시켜 줘야겠는데."

시리아가 코트의 안주머니에 손을 넣었다. 그의 손에 눈이 동그란 다람쥐가 한 마리 잡혀 나왔다.

"네가 옛날에 키우던 다람쥐 이름이 루비였었지?"

"오, 오빠?"

루난이 뒷걸음질을 멈췄다. 다람쥐를 잡으려고 손을 뻗었다.

"이제 기억날 거야. 루비가 어떻게 죽었는지. 네가 왜 피를 무서워하게 됐는지."

"자, 잠깐!"

시리아는 멈춰 버린 눈으로 웃으며 오른손에 힘을 주었다. 퍼엉 소리와 함께 다람쥐가 잡혀 있던 그의 손에는 한 줌 핏물만 남았다.

"아아아악!"

루난이 비명을 지르며 주저앉았지만, 시리아가 설치한 기막 때문에 누구도 그 소리를 듣지 못했다.

"루난."

시리아가 주저앉은 루난에게 다가갔다. 그녀의 귓가에 입을 대고 생기 없는 목소리를 속삭였다.

"넌 내 거다. 정해진 날이 올 때까지. 위험한 일도, 어려운 일도 하지 마."

"아…."

"내가 원할 때까지는 그저 숨만…."

콰앙!

시리아가 루난에게 세뇌의 말을 새기려고 할 때 골목에서 굉음이 울렸다.

바닥이 뭉개지며 솟구친 모래 먼지를 가르고 금발의 소년이 모습을 드러냈다. 그가 붉은 눈동자로 시리아를 틀어 보았다.

"너 뭐냐."

제47화

라온은 실내 단련장에서 근력과 민첩성 훈련을 끝낸 뒤 실외 훈련장으로 나왔다.

'없네.'

밖에서 검을 내지르는 소리가 계속 들려서 루난이 있는 줄 알았는데, 보이지 않았다. 웬일로 먼저 집에 간 것 같다.

'있을 땐 귀찮은데, 없으니까 조금 아쉽군.'

루난은 항상 훈련이 끝날 때까지 기다렸다가 고개를 꾸벅이는 인사를 하고 돌아간다.

평소에는 별 느낌 없었는데, 그 인사를 못 받으니 살짝 아쉬운 마음이 들었다.

'그게 아쉽다니, 세뇌라도 당한 건가.'

라온은 피식 웃으며 연무장을 나왔다. 안에 아직 버렌과 마르타가 있으니, 평소처럼 마무리할 필요가 없었다.

-한심한 놈.

'뭐?'

-지금 그런 생각을 할 때가 아닐 텐데?

'무슨 말이지?'

-…….

라스는 더 이상 말을 하지 않았다. 입을 다물고 서쪽만 보고 있었다.

'뭐지?'

라온이 라스가 보는 쪽으로 고개를 돌렸다. 무언가가 느껴지지는 않지만, 기분이 미묘했다.

'혹시 모르니까.'

불의 고리를 회전시키며 만화공의 오러를 끌어 올렸다. 설화의 감각까지 발동시켜 기감을 넓게 퍼뜨렸다.

티익!

그리 멀지 않은 거리, 기감에 무언가가 잡혔다. 하지만 아무것도 느껴지지 않았다.

그 뜻은.

'누군가가 기막을 썼다는 거지.'

알 수 없는 누군가가 오러를 이용해서 소리와 기척을 차단했다는 의미다.

'가야겠지.'

평소라면 그러거나 말거나 신경 쓰지 않았겠지만 라스의 반응 때문에 가 봐야 할 것 같았다.

언제라도 발을 뺄 수 있도록 그림자보법을 사용해서 완벽하게 기척을 죽이고 기막이 설치된 곳으로 달렸다.

가문의 경계 검사들도 보이지 않는 어둑한 골목 안에 두 사람이 서 있었다.

그중 한 명은 루난이었고, 반대편에는 키가 큰 남자가 있었다.

'쟤가 왜 저기에 있지? 그리고 저 표정은….'

집에 돌아간 줄 알았던 루난이 두 손을 꼭 잡고 있었다. 평소와 비슷한 표정이지만, 눈동자가 겁에 질려 있는 것 같았다.

반대편의 남자를 보았다.

루난과 같은 은발에 보라색 눈동자를 가진 미남자가 등에 대검을 매고 있었다.

'시리아 슬리온.'

전생에서도 들었던 이름이다.

슬리온 가문의 천재이자, 차기 대륙십천이 될 거라 예상되는 열두 명의 괴물. 대륙십이성에 이름을 올린 남자.

'그런데 왜 겁을 먹고 있지?'

루난은 오빠를 보았음에도 웃거나, 반가워하지 않고 맹수를 만난 토끼처럼 겁을 먹고 있었다.

시리온이 루난에게 뭐라 말하는데 잘 들리지 않았다. 그는 갑자기 품에서 귀여운 다람쥐 한 마리를 꺼내서 루난에게 내밀었다.

그리고는, 루난이 손을 내밀 때 다람쥐를 터트려 버렸다.

아아아악!

기막 때문에 소리가 들리지 않았지만, 루난이 비명을 지른다는 건 알 수 있었다.

시리온은 소름이 돋을 정도로 건조한 표정으로 루난에게 다가가 귓속말을 하기 시작했다.

'막아야 해.'

뭔지는 잘 모르지만, 저 말이 계속되면 안 된다는 예감이 들었다.

라온이 만화공의 오러를 가득 담아 진각을 밟았다.

콰앙!

바닥이 뭉개지며 굉음이 터졌다. 시리아가 루난에게 떨어지며 인상을 찌푸리는 게 보였다.

"너 뭐냐?"

라온은 그 틈을 놓치지 않고 루난의 앞에 섰다. 고개를 비딱하게 틀며 시리아를 노려보았다.

"뭔데 루난을 괴롭히고 있지?"

누구인지 모르는 척해야 해.

시리아와 루난이 가족이라는 걸 아는 상태라면 끼어들 수가 없다. 남의 가족이니까.

하지만 모른 척한다면 끼어들 여지가 생긴다.

"남의 이름을 물으려면 먼저 본인의 이름을 밝히는 게 순서 아닌가?"

시리아가 여유롭게 웃었다.

"이런 골목에서 기막을 설치한 놈이 할 말은 아니지. 도둑놈이냐?"

"음…."

라온의 조롱에 시리아가 인상을 찌푸렸다. 그런데 뭐랄까. 연기를 하는 것 같았다. 진짜 당황하거나 화난 게 아니라, 화난 연기를 하는 느낌.

'이런 놈이 어떤 인간인지 알지.'

전생의 자신을 죽였던 데루스 로베르트. 시리아에게서 그놈과 같은 악취가 풍겼다.

"아, 그렇게 생각할 수도 있겠네. 하지만 난 도둑도, 남도 아니고 그 아이의 오빠거든."

시리아가 라온의 뒤에 있는 루난을 가리켰다.

"……."

라온은 시리아의 시선을 막고, 루난을 슬쩍 보았다. 멍한 표정이지만 평소의 멍함이 아니라, 심한 충격을 받은 표정이었다. 작은 어깨가 안쓰러울 정도로 떨렸다.

"겁을 집어먹은 것 같은데요? 정말 오빠가 맞습니까?"

"아, 오랜만에 봐서 장난을 좀 쳤더니 저러더라고."

"다람쥐를 손에 쥐고 터트리는 게 장난입니까?"

"아, 이거 진짜 아니야. 장난감일 뿐이야."

시리아가 손을 휘돌리자, 그의 손과 바닥에 깔린 핏물들이 재가 되어 흩날렸다. 오러로 핏물과 살덩이를 모조리 녹여 버린 것이다.

"내가 진짜 다람쥐를 죽일 리가 있겠어?"

그의 전신에서 섬뜩한 기세가 피어난다. 죽음의 악취. 데루스에게 죽기 전에 느꼈던 그 향과 비슷했다.

-건방지도다. 인간 따위가 감히 본왕의 빙의체에 협박을 해?

라온은 답을 하지 않고, 기세를 끌어 올렸다. 라스의 말대로 저건 협박이다. 네놈도 이렇게 죽일 수 있으니 물러나라는 경고.

하지만 이 자리에 그냥 온 건 아니었다.

"라온! 너 이 자식 가문의 기물을 부순 거냐!"

연무장에 있던 버렌이 튀어나왔고, 경계를 서는 검사들도 이쪽으로 달려오고 있었다. 멀리서 수련을 방해했다는 마르타의 욕설도 들려왔다.

"라온. 라온 지그하르트였구나. 어쩐지."

시리아의 눈동자가 먹물을 바른 구슬처럼 껌껌해졌다. 감정이 마모된 듯한 눈빛에 머리털이 쭈뼛 섰다.

"근데 정말 오해야. 복귀하자마자 장기 임무를 받아서 동생에게 간식을 주려고 왔을 뿐이니까."

그는 품에서 직사각형 상자를 꺼내 바닥에 내려놓았다. 형태와 무늬는 조금 달랐지만, 구슬 아이스크림 상자였다.

"루난."

시리아의 눈동자가 또 한 번 변했다. 사랑스러운 동생을 바라보는 오빠의 눈빛이다.

"아주 좋은 친구를 뒀네. 앞으로도 친하게 지내도록 해."

"으응."

"오빠가 장난이 심해서 미안해. 건강하게 지내. 다음에 보자."

그는 손을 흔들고 그대로 사라졌다. 흡사 바람으로 화한 것처럼.

"설마 저 남자 대륙십이성 시리아 슬리온이야?"

버렌이 시리아가 있던 곳을 보고 헉 소리를 뱉었다.

"분위기가 다르네. 괜히 십이성이 아니야."

"그래. 다르더군."

라온이 고개를 끄덕였다. 천재이자, 영웅이라 불리는 그가 저런 미친놈일 줄은 몰랐다.

"루난."

뒤를 돌아 루난을 보았다. 평소와 같은 표정이지만, 눈동자가 흔들린다. 아직도 겁을 먹은 것 같았다.

"가자. 바래다줄게."

시리아가 임무를 받았다고 했으니, 가문에는 없을 거다.

"…응."

루난은 느릿하게 고개를 끄덕이고 일어섰다.

"무슨 일이 있는 거냐?"

버렌이 구슬 아이스크림 상자를 들고 다가왔다.

"별일 없었어."

라온은 상자를 대신 받고 고개를 저었다.

"그러냐."

버렌은 더 이상 묻지 않았다.

"혹시 도움이 필요하면 말해라. 같은 수련생으로서 할 수 있는 일은 도와주지."

그는 그렇게 말하고 먼저 골목을 떠났다.

'진짜 많이 컸네.'

버렌은 보는 사람이 뿌듯해질 정도로 달라졌다.

-그래도 본왕은 저놈의 눈깔이 여전히 마음에 들지 않는….

'고맙다.'

-뭐?

'네 덕분에 루난을 구할 수 있었어. 정말 구한 건지는 모르겠지만.'

-커험! 저 아이는 본왕의 아이스크림 소녀가 아니더냐. 문제가 생기면 아이스크림을 못 먹을 것 같아서 말해 줬을 뿐이다.

'그니까 그게 고맙다고.'

-그럼 저 아이스크림 좀 달라고 하면….

'그 말만 아니어도, 널 다시 볼 뻔했는데.'

라온이 손바닥으로 라스를 쳐 냈다. 정말 상황 파악을 못 하는 군주 놈이다.

"가자."

"응."

루난을 슬리온 가문의 사람들이 있는 곳으로 데리고 갔다.

라온은 루난의 옆에서 걸으며 아무 말도 하지 않았다.

남의 가족. 더군다나 정확한 상황도 모르는데 어설픈 위로를 해 봐야 도움이 되지 않다는 건 잘 알고 있었다.

루난의 걸음이 느려지면 느려진 대로, 멈추면 멈추는 대로 그저 조용히, 발을 맞춰서 그녀의 옆을 걸었다.

얼마 지나지 않아 슬리온 가문의 마차와 시녀들이 보였다.

라온은 루난이 마차에 탈 때까지 지켜보다가 손에 든 아이스크림 상자를 넘겨주었다.

"고마워."

루난은 예전에 들뜬 음성으로 했던 단어를 침울한 목소리로 말한 뒤 떠났다.

루난이 가문의 저택에 도착하자, 로칸 슬리온이 마중을 나왔다.

"루난! 훈련하느라 수고했다."

"응."

고개를 끄덕이며 마차에서 내렸다.

"네 오빠는 봤니? 직접 선물을 주고 간다고 했었는데."

"…응."

루난은 심호흡을 한 뒤 손에 든 아이스크림 상자를 보여 주었다. 평소처럼 멍해 보이는 눈빛이었다.

"네가 가장 좋아하는 아이스크림이네. 그 녀석 임무와 수련으로 바쁜 와중에도 꼭 너는 생각하더라."

로칸이 내 선물은 없다고 중얼거리며 껄껄 웃었다.

루난이 어금니를 지그시 깨물었다. 모든 사실을 밝힐까 하는 생각이 들었지만 그렇게 되면 지금까지 지켜 온 것들이 무너질 것 같았다.

"…나 쉴게."

할 말을 목구멍에 가두고, 천천히 저택의 계단을 올랐다.

"그래. 피곤할 텐데, 푹 쉬어라."

"응."

로칸은 어서 들어가라는 듯 손짓했다. 루난은 고개를 끄덕이고 2층으로 올라갔다.

"하아."

방에 들어간 루난이 깊은숨을 내쉬며 바닥에 주저앉았다. 입술을 꾹 깨물며 아이스크림 상자의 뚜껑을 열었다.

가장 좋아하는 아이스크림이었지만, 손이 가지 않았다. 오빠의 얼굴만 생각났다.

'또 왔어. 그대로야.'

시리아 슬리온이 처음부터 저런 건 아니었다.

두 번째 임무에서 혼자 살아서 돌아온 이후 사람이 바뀐 것처럼 저렇게 변해 버렸다. 그것도 내게만.

다른 사람들에게는 여전히 예의 바르고, 친절한 천재 검사였지만, 자신에게만큼은 어디에서 왔는지 알 수 없는 집착의 괴물이 되었다.

'루비…'

그가 말했던 루비는 어렸을 때 근처 나무에 살던 빨간 눈동자의 다람쥐다.

친해지게 되어 루비라는 이름을 지어 주고, 매일 함께 놀았었는데, 어느 날 루비가 손등을 할퀴었다.

임신 중이라 스트레스 때문에 아주 작은 상처를 입혔을 뿐인데, 시리아는 그걸 보고 루비와 근처에 있던 다람쥐들을 모조리 잡아 눈앞에서 터트려 버렸다.

그리고 말했다.

넌 내 거라고. 다치면 안 된다고. 숨만 쉬고 살아가라고.

이걸 아버지나, 어머니에게 말하면 가문도 박살 낼 거라고. 너만 살리고 모조리 불태워 죽이겠다고 협박했다.

그날 이후 루난은 입을 다물었다.

혹시라도 다른 누군가가 피해를 입을 수도 있어서 사람도, 동물도 가까이하지 않고, 말수도 극단적으로 줄였다.

그렇게 홀로 살다가 똑같은 외톨이를. 아니, 나보다도 더 외롭고 괴로울 것 같은 소년을 만났다.

라온.

처음엔 빨리 성장하는 방법과 좋지 않은 체질과 체력으로 어떻게 버티는지가 궁금했을 뿐이다.

그냥 호기심. 그의 성장이 조금 궁금해서 다가갔을 뿐이었다.

그리고 알게 되었다.

라온이 어떤 사람인지. 얼마나 노력하고, 얼마나 힘든 시간을 버텼는지를.

노력으로 다른 사람의 시선까지 바꾸는 그 아이의 모습에 나도 바뀔 수 있다고 생각했고, 변하기 시작했다.

라온과 5 연무장의 수련생들 덕분에 시리아에 대한 두려움이 잊혀지고 있었는데, 오늘로 그 공포가 되살아났다.

루난은 상자 안에 담긴 아이스크림이 전부 녹을 때까지 그저 지켜만 보았다.

"나만."

무릎 사이로 고개를 숙인 채 물기 있는 목소리로 중얼거렸다.

"나만 참으면 돼. 괜찮아."

아무래도 다시는 아이스크림을 먹지 못할 것 같다.

라온이 루난을 데려다준 뒤 숙소로 돌아갈 때 라스가 팔찌에서 불쑥 튀어나왔다.

-그놈 정말 인간이었냐?

'뭐?'

-아이스크림 소녀의 오빠라는 놈 말이다.

'아, 이상한 놈이긴 하지.'

라온이 고개를 끄덕였다. 시리아는 분명 친근하고 부드러운 분위기의 남자였지만, 어둠을 마주한 듯한 섬뜩함도 함께 가지고 있었다.

특히 협박할 때 그의 눈빛은 말라 버린 풀처럼 생기가 빠져 있었다. 보기만 해도 등골이 오싹할 정도.

다만 연기 하나는 잘했다. 만약 다람쥐를 터트리고, 루난을 협박하는 모습을 보지 못했다면 자신조차 속아 넘어갔을 거다.

'데루스 같은 미친놈이야.'

시리아는 인간의 감정을 느끼지 못하는 것 같았다. 자신처럼 교육에 의해서가 아니라, 어딘가 망가진 인간 같았다.

'그래도 장기 임무라고 했으니, 한동안은 안 오겠지.'

-그놈이 아이스크림 소녀의 오빠인 이상 문제는 계속 생길 거다.

'그건 그렇지.'

시리아가 가문에 몇 년 후에 온다고 해도 루난과 가족이니 계속 만나게 될 수밖에 없다.

아니, 계속 보고 있을지도 모른다. 그의 건조한 눈빛에 담긴 건 분명 집착이었으니까.

-몸을 넘겨라. 그놈만 죽이고 돌려주마.

'어?'

-본왕은 은혜는 2배로 원수는 10배로 갚는다. 그 아이가 구슬 아이스크림이라는 신세계를 보여 주었으니, 그 정도는 해 줄 수 있다.

'웃기고 있네.'

라온이 피식 웃으며 손을 휘휘 저었다.

-진심이다!

'진심이라고 해도 그건 안 돼.'

-왜지?

'놈은 루난에게 트라우마를 남겼어. 네가 죽여도 그건 풀리지 않아. 오히려 더 옥죄일 수도 있고. 이런 경우는 스스로 일어서야 해. 그리고….'

라온이 손가락으로 바닥을 톡톡 두드렸다.

'놈을 죽이는 건 나도 할 수 있어.'

루난은 전생과 현생의 삶을 통틀어 처음으로 자신을 배려해 준 타인이다.

큰 도움을 받았으니, 시리아를 죽여 주는 정도는 해 줄 수 있다.

-네가 제대로 미쳤구나. 그놈은 네가 100명이 있어도 이길 수 없다. 이미 경지에 오른 놈이다.

라스가 개소리하지 말라며 인상을 찌그러뜨렸다.

'확실히 강하긴 해.'

-그걸 알고 있으면서 무슨 헛소리냐.

'그렇다고 목에 칼이 안 들어가는 건 아니니까.'

라온이 검집을 두드리며 서늘한 기운을 피워 냈다.

"사람을 죽이는 방법은 한 가지가 아니야."

제48화

 지그하르트는 검사 위주의 가문이지만, 여러 필요성에 의해서 독립적인 마탑을 운용하고 있었다.

 마탑 마법사들의 대우는 상당히 좋은 편이었지만, 주체가 되지 못하기 때문에 검사들에게 무시를 당하는 경우가 잦았다.

 마탑에 속한 5서클 마법사 제이크 역시 그런 점을 아쉬워했다.

 급여, 자유 시간, 연구비 모두 상급의 직장이지만, 검사들에게 무시를 받거나, 이 집단의 주요 라인이 아니라는 게 답답했다.

 그런 그는 처음으로 지그하르트의 주역 중 주역인 카룬 지그하르트가 기거하는 중무전에 초대되었다.

 꿀꺽.

 제이크가 마른침을 삼키며 고개를 들었다. 카룬 지그하르트가 가공할 위압감을 뿜어내며 자신을 굽어보고 있었다. 저절로 목이 떨려 왔다.

'날 대체 왜 부른 거지?'

카룬과 자신의 지위는 하늘과 땅 차이였고, 자그마한 관계도 없었다. 그가 왜 자신을 호출했는지 이해가 가질 않았다.

"다음 주에 5 연무장의 실전 훈련 지원을 나간다고 하던데."

"아, 예! 그렇습니다."

제이크가 떨리는 목으로 고개를 숙였다. 부탑주 베르빈의 지시로 5 연무장에 실전 훈련 지원을 나가기로 되어 있었다.

"한 가지 부탁하고 싶은 게 있어서 자네를 불렀네."

"부탁….'

카룬은 지그하르트의 실세 중 한 명이다. 그의 부탁을 들어준다면 장래에 큰 도움이 될 게 분명했다.

"마, 말씀하십시오."

제이크가 말을 살짝 더듬으며 고개를 숙였다.

"이번 실전 훈련. 아이들을 상대로 오크를 소환한다지?"

"그렇습니다."

"그 오크 말이야. 강화시킬 수 있나?"

"그건 이미 5 연무장의 수석 교관에게 부탁받았습니다. 수련생들의 무력이 뛰어나서 일반 오크로는 훈련이 되지 않는다더군요."

"아, 그 정도가 아니야. 아예 이기지 못할 정도로 강화시킬 수 있냐는 말일세."

'이기지 못할 정도로?'

제이크가 마른침을 삼켰다.

'노리는 아이가 있는 건가?'

카룬은 5 연무장의 아이 중 하나를 죽이거나, 다치게 할 생각인 것 같았다.

"가능합니다! 노리는 수련생이 누구인지 말씀해 주시면…."

"노린다? 자네 말이 이상하군."

카룬의 차가운 목소리가 넓고 높은 중무전을 아릿하게 울렸다.

"아, 죄, 죄송합니다. 가끔 제 마력이 어긋나서 주의가 필요한데, 어떤 수련생에게 신경을 쓰면 좋겠습니까?"

"음, 라온일세."

자신의 말이 마음에 들었는지 카룬이 느릿하게 고개를 끄덕였다.

"라온 지그하르트…."

제이크가 눈을 빛냈다. 라온은 카룬의 아들인 버렌을 꺾은 적이 있다. 이제야 카룬의 의도가 이해되었다.

'라온을 노리고 있었어.'

그는 얼마 전 오웬 왕국 3왕자를 꺾어 수련생 중 제일이라는 평가를 받고 있다. 카룬이 노리는 사람은 라온 지그하르트가 확실했다.

"아무리 훈련이라고 해도 실전 연습을 하다 보면 부상을 입는 경우는 흔한 편이지. 아주 가끔은 영구적인 부상이 있을 수도 있고."

"맞습니다. 저도 몇 번 보았습니다."

"그래서 내가 괜찮은 몬스터 하나를 구해 놓았네."

카룬이 손가락을 튕기자, 우측에 있던 집사가 2m가 넘는 오크 한 마리를 앞으로 끌고 왔다.

꿀꺽.

제이크가 마른침을 삼켰다. 수많은 오크를 다뤄 보았기에 알 수 있다. 앞의 오크는 평범해 보이지만 비범의 격에 오른 놈이다.

"돌란 산맥에서 데리고 온 오크일세."

"돌란 산맥…."

돌란 산맥은 강한 몬스터들이 우글거리는 험지다. 그곳에서 살아온 오크라면 일반적인 오크와 강함의 격이 달랐다.

"그 아이에게 험한 일이 생기지 않도록 이 오크를 내보내서 잘 챙겨 주길 바라겠네."

카룬이 입꼬리를 말아 올렸다. 챙겨 주라 말하지만, 저 오크를 이용해서 영구적인 부상을 입히라는 말이었다.

"아, 혹시라도 오크가 문제를 일으킨다면 뒷말이 나오지 않도록 바로 처리하게. 이번 일을 잘 끝낸다면 훗날 자네를 마탑의 부탑주로 추천하도록 하지."

"가, 감사합니다!"

"그럼 가 보도록."

"예! 무조건 따르겠습니다."

제이크는 코가 땅에 닿을 정도로 고개를 꾸벅였다. 세이빙 몬스터 마법으로 돌란 산맥의 오크를 저장한 뒤 카룬의 방을 떠났다.

"오는 길에 본 사람은 없겠지?"

카룬이 오크를 데리고 왔던 집사에게 고개를 돌렸다.

"안쪽으로 돌아왔으니, 저 마법사가 이곳에 온 걸 아는 사람은 아무도 없습니다."

"눈치가 빠른 놈이야. 이번 일을 잘 처리하면 밀어주도록 해."

"부탑주까지 올려 줍니까?"

"그럴 리가 있나. 놈이 아쉬워서 간이고 쓸개고 빼 주려 할 정도로만."

"알겠습니다."

집사가 빙그레 웃었다. 고개를 조아리고서 문밖으로 나섰다.

"라온 지그하르트…."

카룬이 라온의 이름을 나직하게 중얼거렸다.

놈은 자신의 아들인 버렌을 이기고, 마르타를 꺾고, 오웬의 미래라는 3왕자마저 무릎 꿇렸다.

중무전주이자, 전마대주인 자신의 입장에서 대단한 일은 아니지만, 그놈의 움직임이 거슬리기 시작했다.

가장 중요한 건 가주인 아버지의 시선이 조금씩 라온에게 향한다는 것이다.

가주가 되는 데 위협이 되지는 않겠지만, 거슬리는 건 빨리 치워 버리는 게 정답이다.

'더 크기 전에 처리해 버리는 게 좋겠지.'

그게 지금까지 이곳에서 성장해 온 방식이고, 이 차가운 대지에서 배웠던 방법이었다.

라온은 연무장에서 야간 훈련을 끝낸 뒤 별관으로 돌아왔다. 늦은 시간이라 조용히 복도를 지나갈 때 실비아의 방문이 벌컥 열렸다.

"라온!"

문이 벽을 침과 동시에 눈에 새빨간 불을 켠 실비아가 튀어나왔다.

"윽!"

"엄마를 보고 윽? 으으으윽?"

"아니, 그게…."

"오늘 엄마랑 정원 산책하기로 약속했어? 안 했어?"

"아!"

라온이 입을 떡 벌렸다.

'까먹었다.'

어제 있었던 일 때문에 수련에 정신이 팔려 완전히 까먹고 있었다.

"까먹었구만! 까먹었어!"

"그게 아니라."

"아니기는! 3일 동안 네가 깨어 있는 얼굴을 보는 게 이번이 처음이야!"

실비아가 성큼성큼 다가와 손을 들었다.

"어, 엄마?"

라온이 인상을 찡그리며 물러섰다.

"내가 왜 산책 약속을 하자고 했게?"

"응?"

"훈련도 좋지만, 쉬는 것도 중요해. 휴식은 훈련의 일환이거든."

실비아가 부드럽게 웃으며 라온의 머리를 쓰다듬기 시작했다.

"연무장에서 매일 같이 단련하고 있으니까. 이곳에 와서는 좀 쉬어. 반나절만이라도."

"아, 응."

라온이 고개를 푹 숙였다.

'이 사람 앞에만 서면 어쩔 줄을 모르겠어.'

실비아도, 헬렌도, 시녀들도 싫은 게 아니다.

정말 싫었다면 진즉에 도망갔겠지.

태어났을 때부터 만난 저들에게 애정이 점점 커지는 게 무서워서 억지로 거리를 두는 중이었다.

"다친 곳은 없지?"

"올 때마다 그 말을 하네."

"아들의 목표가 검사인데 당연히 물어봐야지!"

그녀는 대답을 듣기도 전에 얼굴과 몸 이곳저곳을 살폈다. 괜찮다고 대답해도 무시하고 확인이 끝난 뒤에야 놓아주었다.

"다친 곳 없다고 했잖아. 난 그럼 들어…."

"아직이야."

실비아는 고개를 젓고서 라온을 꼭 끌어안았다.

"땀 냄새 나는데."

훈련 후 씻지 않고 바로 왔기 때문에 상태가 말이 아니었지만, 실비아는 떨어지지 않았다.

"전혀 안 나니까 걱정하지 마세요."

"음…."

"오랜만에 아들 안아 보니까 좋네. 얼마나 컸는지도 알 수 있고."

실비아는 한참 동안 자신을 안고 있다가 놓아주었다. 그녀의 눈빛은 기껍다는 듯 별처럼 반짝였다.

"밥은 먹었어?"

"당연히 먹고 왔지."

"훈련하느라 수고했어. 가서 쉬렴."

실비아는 오랜만에 아들을 안아 봐서 꿀잠을 자겠다고 중얼거리며 방으로 들어갔다.

라온이 고개를 절레절레 젓고 방으로 돌아가려 할 때 복도 끝에 서 있던 헬렌과 눈이 마주쳤다.

"도련님. 물 받아 놓을 테니, 씻고 쉬세요."

그녀는 빙그레 웃고서 옆으로 귀신처럼 사라졌다. 멀어지는 발걸음 소리에 웃음이 흘렀다.

"하아…."

이곳에만 오면 제 능력도, 감정도 통제가 되질 않았다. 그렇다고 싫지도 않으니 애매하다고밖에 할 말이 없었다.

라온은 훈련을 했던 것보다 더한 피로를 느끼며 방으로 들어갔다.

"아, 피곤해…."

의자에 앉아 잠시 쉬고 있을 때 노크 소리가 들리고 잠시 후 문이 열렸다.

"도련님. 목욕물을 받아 놓았습니다."

헬렌이라고 생각했지만, 주디엘의 머리가 쑥 들어왔다.

"알겠어."

"잠시 드릴 말씀이 있습니다."

고개를 끄덕이고 일어서려 할 때 주디엘이 문을 닫고 방으로 들어왔다.

"중무전에 관한 일입니다."

"중무전?"

중무전은 카룬 지그하르트의 성이자, 주디엘을 이곳에 보낸 곳이었다.

"말해."

라온이 다시 자리에 앉으며 붉은 눈을 빛냈다.

"예."

주디엘이 라온의 앞에 무릎을 꿇고 고개를 숙였다. 왕과 신하의 모습을 보는 듯했다.

"중무전에서 라온 도련님이 별관에 돌아온다면 일거수일투족을 모조리 파악해서 보고하라는 지시가 내려왔습니다."

"무언가 술수를 부리고 있다는 뜻이겠군."

"그런 것 같습니다."

"…실전인가."

라온은 오늘 리메르가 말해 주었던 단어를 읊었다.

"실전이라면…."

"리메르 교관이 다음 주에 실전 훈련을 한다고 했었다. 아무래도 그 훈련에 손을 쓰려는 것 같군."

"아!"

주디엘이 번쩍 고개를 들어 올렸다.

"그러고 보니 수련생들의 실전이라 하면 몬스터와 결투를 하는 경우가 있다고 합니다."

"나도 들었어."

오늘 훈련을 끝낼 때 도리안이 몬스터와 결투를 할 것 같다고 비명을 지른 게 기억났다.

"그럼 몬스터에 손을 쓰거나 몬스터를 다룰 마법사에게 손을 쓰거나 혹은…."

라온이 눈을 내리감으며 말을 이었다.

"그 둘 다일 수도 있겠군."

다음 주 월요일.

제이크는 원래 약속된 시간보다 한 시간 빨리 5 연무장으로 향했다.

'잘해야 해.'

이 망할 대지에서 성공하기 위해서는 줄을 잘 타야 한다.

지금까지는 썩어 문드러진 줄도 떨어지지 않았었는데, 이번에 내려온 건 단단한 줄 정도가 아니라, 하늘 끝까지 올라갈 수 있는 사다리였다.

미래를 위해서 어떻게 해서든 라온에게 큰 부상을 입혀야 한다. 그래야 카룬 지그하르트의 눈에 들 수 있다.

'뒷일은 생각할 필요도 없어.'

라온 지그하르트의 뒷배경은 없다시피하고, 카룬은 차기 가주가 될지도 모르는 남자다. 누구를 위해 움직여야 할지는 이미 정해져 있었다.

"후…."

제이크는 숨을 고르고서 5 연무장의 문을 열었다. 얇은 모래 먼지 뒤로 검을 수련하는 수련생들이 보였다.

아직 훈련 시작 시간이 되지 않았기 때문에 연무장 외곽으로 걸어가 수련생들을 지켜보았다.

'저 아이가 버렌, 옆이 마르타인가.'

제이크는 이전에 들었던 인상착의를 통해 건드려서는 안 되는 주요 수련생들을 파악했다.

'저쪽이 슬리온 가의 막내 루난 그리고….'

마지막으로 그의 시선이 연무장 우측에서 검을 내리치는 금발의 아이에게 향했다.

'저 녀석이 라온인가? 잘생기긴 기가 막히게 잘생겼군.'

발을 휘돌리고 검을 내지르는 모습이 한 폭의 그림과도 같았다.

'미안하지만 나도 어쩔 수가 없다. 죽이지는 않으마.'

제이크는 입술을 깨문 채로 라온에게 아주 자그마한 살의를 일으켰다. 자신도 모르게 일어난 미약한 기세. 감각이 좋은 검사나, 야생동물조차 느낄 수 없을 정도로 얕았다.

하지만.

한 명은 반응했다.

검에 온 정신을 집중하던 라온의 두 눈동자가 제이크를 향했다.

"으헉!"

제이크가 기겁하며 벽에 등을 부딪치고 주저앉았다. 라온의 붉은 눈을 본 순간 심장이 꽉 조여들었다.

"끄윽…."

발가벗은 채 맹수 앞에 선 듯 손가락 하나 움직일 수가 없었다.

'저, 저놈 뭐야….'

제49화

'무, 무슨 어린놈의 눈깔이…'

제이크가 이빨을 딱딱 부딪쳤다. 몸을 일으키고 싶었지만, 손가락 하나 움직여지지 않았다. 어쩔 줄 몰라 할 때 경박한 발소리가 들려왔다.

"마탑에서 오셨죠? 이야, 일찍 오셨네요."

발걸음만큼이나 가벼운 목소리에 굳어 있던 고개가 움직였다. 붉은 머리 엘프가 웃고 있었다.

"리, 리메르 수석 교관?"

"맞습니다. 이쪽으로 오시죠. 훈련 전에 드릴 말씀이 있거든요."

리메르가 팔을 툭툭 치며 수석 교관실을 가리켰다.

"으음, 알겠습니다."

대답하며 다시 라온이 있던 곳으로 고개를 돌렸다. 그는 별 관심 없다는 듯 다시 검을 휘두르고 있었다.

"후…."

제이크는 가쁜 숨을 뱉어 내고서 몸을 일으켰다. 조금만 더 늦었다가 바지에 오줌을 지릴 뻔했다.

"몸이 안 좋으신가요?"

"아, 아닙니다. 가시죠."

"넵!"

가볍게 고개를 끄덕이는 리메르를 따라 수석 교관실로 들어갔다. 방은 그의 깔끔한 얼굴과 달리 지저분해 앉을 곳도 없었다.

"앉으세요."

"앉을 자리가 없습니다만…."

"아, 그렇긴 하네."

리메르는 가볍게 웃고서 흔들의자에서 일어섰다.

"뭐, 오래 걸리는 건 아니니까. 이대로 하죠. 수련생들이 상대할 오크에게 강화 마법을 걸어 주셔야 하는 건 알고 계시죠?"

"물론입니다."

"제 가르침이 워낙에 탁월해서 수련생들의 무력이 나이대를 뛰어넘었습니다. 평범한 오크로는 훈련조차 되지 않을 거예요."

"어…."

갑작스럽게 튀어나온 자랑에 머리가 멍해졌다.

"제가 아이들의 무력 수위를 알려 드릴 테니, 그 정도에 따라 몬스터에게 강화 마법을 걸어 주세요. 가능하시죠?"

"그리 어렵지 않은 일입니다. 제 주전공이 몬스터 소환과 운용이니까요."

"하긴 베르빈 부탑주님도 마법사님 칭찬을 하시더라구요."

"아…."

리메르가 부탑주에 대한 이야기를 꺼내자 제이크의 표정이 아리송하게 비틀렸다.

"하나만 더 몬스터를 인간으로 보이게 하는 환상 마법은…."

"아, 그건 이걸로 해결할 수 있습니다."

제이크가 오른손을 들어 올려 중지에 낀 반지를 보여 주었다.

"부탑주께서 내어 주신 환상 계열 아티팩트입니다. 이 반지를 이용한다면 수련생들에게 환상을 거는 것도 간단합니다."

"오, 딱이네요."

리메르는 마음에 들었다는 듯 휘파람을 불었다.

"그럼 부탁드리겠습니다. 잘되면 나중에 부탑주님과 함께 술 한 잔 사죠."

그는 그 말을 하고서 교관실을 나가 버렸다.

'일이 편해지겠어.'

리메르는 몬스터에 관한 일을 모두 자신에게 맡겼다. 이대로라면 그 오크를 소환해서 라온에게 치명적인 상처를 입히는 일도, 핑계를 대며 도망치는 일도 그리 어렵지 않을 것 같다.

"그놈…."

제이크가 조금 전에 보았던 라온을 떠올렸다. 처음엔 알지도 못하는 아이에게 부상을 입혀야 한다는 생각에 약간 미안했지만, 이젠 아니다.

자신에게 망신을 준 그 망할 꼬마에게 더 심한 부상을 새겨 줄 것이다.

빠득.

제이크는 어금니를 꾹 깨물고서 교관실을 나섰다.

※※※※※

라온은 리메르를 따라 교관실로 향하는 중년 마법사를 보고 눈빛을 가라앉혔다. 찰나의 순간에 불과했지만, 저 마법사에게서 살의가 느껴졌다. 죽인다기보다는 건드린다는 기세. 자신이 아니었다면 그 누구도 감지하지 못했을 거다.

-그 나이에 원한도 많군. 대체 무얼 하고 살았던 거냐. 본왕이 마계에 있을 때는 모든 마족이 본왕을 경배하기만….

'시끄러.'

라온은 비웃음을 흘리는 라스를 발로 밀어냈다.

'저놈인가 보네.'

주디엘이 말해 주었던, 카룬이 준비한 술수가 바로 저 마법사인 것 같았다.

-본인의 기세조차 제대로 숨기지 못하다니, 새끼 고양이만도 못한 놈이다.

'새끼 고양이는 귀엽기라도 하지. 저런 놈은 쓸 곳도 없어.'

라온은 교관실을 보며 머리를 쓸어 올렸다.

'몬스터를 강화시키겠지.'

저 마법사는 카룬의 지시를 받아 자신과 상대할 몬스터를 특별할 정도로 강화시킬 게 분명했다.

'나를 죽이거나 혹은 심각한 부상을 입히려 들 테고.'

너무 한심한 계획이라 웃음만 나온다. 멍청한 아버지에 비해 과분한 아들이었다.

'한심해.'

혀를 차며 고개를 돌리다가 연무장에 들어오던 루닌과 눈을 마주쳤다. 이틀 만에 본 루닌의 눈빛은 평소와 같았다. 왜인지 모르게 가슴이 쓰렸다.

"아빠가 오늘 훈련은 몬스터와의 전투라고 했어."

그녀는 그때의 일은 생각하고 싶지 않은지 바로 오늘 훈련에 대해 말했다.

"그래?"

"응."

루닌이 크게 고개를 끄덕였다. 억지로 평상시를 연기하는 게 분명했지만, 본인이 그 일을 잊으려 하는 것 같아서 뭐라 할 말이 없었다.

그녀는 훈련 준비를 하겠다며 휴게실로 들어갔다.

-한마디도 안 하는 거냐?

'뭐라고 해야 할지 모르겠어. 그리고 가족의 일이니까.'

나 자신의 감정도 잘 모르는데 상대 가족에 관한 조언을 어떻게 하겠는가.

다만 시리아가 루닌에게 무슨 수를 썼는지는 알고 있다. 기회만 주어진다면 해결할 수 있다.

"도, 도련님. 그거 아십니까?"

씁쓸하게 입맛을 다시고 있을 때 도리안이 불안한 듯 배를 만지며 다가왔다.

"뭘?"

"오늘 실전 훈련. 다, 단순히 몬스터와 싸우는 게 아닙니다."

"그럼?"

"몬스터를 죽여야 한다고 합니다! 진짜 피를 봐야 한다구요! 어, 어떻게 하죠?"

그는 손톱을 딱딱 깨물며 눈동자를 두르륵 굴렸다.

"피를 본다라…."

"예에! 숨통을 끊는 게 훈련 목표래요! 진짜 미쳤어요!"

"잘됐네."

"에에엑!"

라온은 비명을 지르는 도리안을 뒤로하고 루난이 들어간 휴게실을 보았다.

저주를 한번 풀어 볼까.

"자, 주목!"

교관실에 들어갔던 리메르가 어느새 단상 위에 올라와 있었다. 그는 시원하게 손뼉을 쳐 모두의 시선을 모았다.

"오늘 실전 훈련을 할 테니, 마음의 준비를 하라고 했었지?"

"예!"

수련생들이 연무장 중앙으로 모이며 대답했다. 기대감이 꽉 차오른 표정들이었다.

"이제 내 말에 신뢰가 좀 생긴 모양이네. 눈빛이 반짝반짝해."

리메르의 농담에 수련생들이 킥킥 웃었다. 많은 시간을 함께 보내면서 이젠 수련생들도 리메르의 진심을 어느 정도는 알게 된 것 같았다.

"힌트 그리고 몇몇 교관이 정보를 퍼트린 덕분에 대부분 알고 있겠지만 설명은 해야겠지. 오늘 훈련은 몬스터와의 실전 전투다."

조금 전까지만 해도 장난기가 어려 있던 그의 목소리가 낮게 가라앉았다. 연무장의 분위기 자체가 무거워졌다.

"몬스터의 도끼엔 자비가 없다. 너희끼리 혹은 수련 기사와 대련할 때와 달리 절대 멈추지 않아. 방심하지도, 긴장하지도 마라. 평소와 같이 차분한 마음으로 전투에 임하도록."

"예!"

수련생들이 주먹을 말아 쥐며 연무장이 떠나가라 소리쳤다.

"이분이 오늘 우리 수련을 도와주실 마탑의 마법사 제이크 님이다. 인사드려라."

"잘 부탁드립니다!"

"저, 저도 잘 부탁드립니다."

제이크가 마주 고개를 숙이고 빠르게 눈을 돌려 라온을 찾았다.

'지금은 괜찮은데?'

아까 심장을 조였던 그 기이한 눈빛은 보이지 않았다. 길에서 만나면 그냥 지나칠 정도로 평범한 눈이었다.

'하지만…'

아까의 그 기세가 착각일 리가 없다. 카룬이 노리고 있는 걸 보면 분명 저 아이에게는 특별한 무언가가 있다.

"그럼 마법사님. 부탁드리겠습니다."

"예."

제이크는 손을 흔드는 리메르에게 고개를 끄덕인 뒤 단상 앞으로 나갔다.

"서먼 몬스터."

제이크가 영창을 외운 뒤 지팡이로 땅을 찍자, 연무장 바닥에 마법진이 그려졌다. 원을 그리며 생성된 푸른 문자 위로 녹색의 빛이 솟구쳤다.

우우웅!

천천히 빛이 사라지고, 거대한 인영 하나가 나타났다.

2m가 넘는 신장, 부풀어 오른 근육, 입 밖으로 튀어나온 뻐드렁니와 녹색 피부까지. 가장 흔하면서도, 가장 위험한 몬스터 오크였다.

"크르르륵!"

"흡!"

"으억!"

오크가 손에 든 도끼를 들어 올리며 이를 갈았다. 갑작스럽게 치솟은 야생의 살기와 노린내에 수련생들이 마른침을 꼴깍 삼켰다.

"지금은 제 통제하에 있으니, 걱정하실 필요 없습니다."

제이크가 손가락을 빙글 돌리자, 오크가 그 방향대로 몸을 돌렸다.

"오늘 여러분들이 상대할 몬스터가 바로 이 오크입니다."

"역시 오크였어!"

"드디어 실전인가…."

"후우."

수련생들은 긴장과 흥분이 반반씩 섞인 얼굴로 제이크를 올려보았다.

"교관님이 말씀하셨듯이 오크라고 방심을 해선 안 됩니다. 제가 멈출 수 없는 순간이 있기에 항상 집중력을 유지해 주세요. 그리고…."

제이크가 오른손에 착용한 반지로 오크를 가리켰다.

우웅.

오크를 휘감고 있던 마법진이 덩굴처럼 꼬이며 찬란한 오색 빛을 뿜어내자, 오크의 모습이 변하기 시작했다.

튀어나온 뻐드렁니가 쑥 들어가고, 녹색 피부가 허옇게 타올랐다. 몇 초 지나기도 전에 오크는 갈색 머리칼에 도끼를 든 평범한 중년 남자가 되어 있었다.

"사, 사람?"

"뭐야 이거!"

"왜 갑자기 사람이…."

"여러분들은 그냥 오크가 아니라, 마법으로 인간의 모습이 된 오크를 상대하셔야 합니다."

제이크는 사람처럼 보이게 된 오크의 도끼를 움직여 수련생들을 겨누었다.

"허억!"

"으윽!"

"저, 저건 그냥 사람이잖아!"

수련생들은 갑작스러운 변화에 깜짝 놀라 넋이 나간 얼굴로 사람이 된 오크를 바라보았다.

"내가 하나만 더 말하지."

리메르가 제이크의 앞으로 나오며 손가락을 들어 올렸다.

"오늘 전투는 그저 오크를 꺾거나, 무력화시키는 게 다가 아니다. 저놈의 목을 베어야 끝난다."

그는 올린 손가락으로 인간의 모습을 한 오크를 가리켰다.

"아…."

"그, 그런…."

수련생들은 당황하여 서로 눈치만 보고 나서지 못했다.

"마법사에게 잡힌 오크는 대부분 사람을 죽였던 놈들이다. 자비를 베풀 필요 없으니, 전력을 다해 싸워 이겨라."

리메르는 평소와 달리 무거운 음성을 흘리며 뒤로 물러섰다.

'도리안의 정보가 정확했네.'

라온이 고개를 끄덕였다.

'괜찮은 훈련이야.'

대부분의 검사는 사람과의 첫 실전에서 검을 끝까지 내리치지 못한다.

실제로 뛰어난 무력을 갖추고도 첫 실전을 넘지 못해 죽는 비운의 천재들도 많았다.

오늘 전투는 그런 허무한 죽음에 대비하기 위해서 단순히 몬스터를 상대하는 것으로 끝나는 게 아니라, 훗날 사람과의 실전까지 대비하기 위한 이중 훈련이었다.

'그리고…'

라온이 옆에 붙어 있는 루난을 보았다. 목을 베어야 한다는 말에 그녀의 입술이 떨리고 있었다.

'이 녀석의 저주를 풀기에 딱 좋아.'

리메르는 몰랐겠지만, 이 훈련 덕분에 루난의 뇌리에 심어진 시리아의 세뇌를 풀 수 있을 것 같았다.

-저 버러지 마법사는 신경도 쓰지 않는 거냐?

'당연히.'

라온이 고개를 끄덕였다. 끽해 봐야 어디서 구해 온 조금 사나운 오크를 강화시켜서 덤빌 게 뻔하다. 긴장할 필요도 없었다.

지금 중요한 건 루난의 머리에 박힌 피의 공포를 제거하는 거다.

"그럼 바로 시작하겠습니다. 첫 번째로 싸울 분은….."

"제가 하겠습니다."

제이크가 말을 끝내기도 전에 버렌이 손을 들어 올렸다.

"아시죠? 중무전주의 아들입니다. 오크의 육체 능력을 많이 강화시켜 주세요."

"알겠습니다."

제이크가 리메르의 말을 들으며 입맛을 다셨다. 이번 일을 준 사람의 아들인데 모를 리가 없었다.

"룹 어질리티, 룹 스트렝스."

민첩성과 근력 강화 주문을 외우자, 오크의 주변으로 푸른빛이 노닐었다. 놈의 노란 눈빛이 더 흉악한 기세를 띠었다.

"가라."

제이크가 손가락을 앞으로 뻗자, 중년인의 외모를 한 오크가 묵직한 걸음 소리와 함께 앞으로 걸어갔다.

꾸우욱.

버렌은 주먹을 몇 번 쥐었다가 편 후 이전에 보급받은 진검을 뽑았다. 제이크를 보며 준비됐다고 고개를 끄덕였다.

"그럼 시작하겠습니다."

제이크가 손가락을 튕기자, 오크의 몸 주변을 휘감고 있던 문자들이 사라졌다.

"끄어어어!"

오크가 괴성을 터뜨리며 땅을 박찼다. 짐승처럼 내달려 버렌의 머리를 향해 도끼를 내리쳤다.

"다 보인다."

버렌이 오러를 운용하며 검을 들어 올렸다.

쩌어엉!

녹슨 도끼와 잘 닦인 검이 맞부딪치며 뻘건 불똥이 튀어 올랐다.

"크흡!"

버렌이 눈을 치켜떴다. 검을 쥔 손이 삐걱거리듯 흔들렸다.

'이 무게는 뭐….'

오크를 본 적도 상대한 적도 없었지만, 지금의 자신이라면 가볍게 벨 수 있다고 생각했다.

하지만 오크의 도끼에 담긴 무게는 쉽게 감당할 수준이 아니었다. 이전에 싸웠던 오웬 왕국의 수련 기사에 비해 조금도 모자라지 않았다.

"흐아압!"

버렌이 손목을 강하게 돌려 오크의 도끼를 튕겨 냈다.

"크르륵!"

오크는 두 발자국 밀려났지만, 더 빠른 속도로 다시 돌진해 왔다. 샛노랗게 달아오른 눈. 버렌을 찢어 죽이겠다는 기세로 가득했다.

뒤에 있는 수련생들이 그 살기에 깜짝 놀랐지만, 버렌은 위축되지 않았다.

"감히!"

오히려 분노를 일으키며 검을 내리그었다.

쩡! 쩌저정!

오크가 생사대적을 만난 것처럼 도끼를 내리그었을 때 버렌의 검이 놈의 빈틈을 파고들었다.

피익!

오크의 어깨와 허벅지에서 빨간 핏물이 치솟았다.

"크아아아!"

하지만 더 격한 괴성을 내지르며 달려든다. 이젠 숫제 짐승을 보는 듯한 기분이었다.

"끝내 주마!"

버렌이 오크의 아래로 짓쳐 들어 검을 올려 쳤다.

치이잉!

도끼를 밀어내며 오크의 목을 베려던 찰나 버렌의 검이 우측으로 틀어졌다. 오크의 목이 아닌 팔뚝이 반 가까이 찢어졌다.

"으음…."

끝낼 수 있음에도 끝내지 못한 버렌이 입술을 깨물었다.

"크어어!"

오크는 어깨와 팔꿈치가 크게 찢어졌어도 황소처럼 밀고 들어왔다. 힘은 빠졌지만 기세는 줄지 않았다.

촤아악!

버렌은 보법을 밟아 느려진 오크의 뒤로 짓쳐 들었다. 검을 횡으로 그어 오크의 목을 노리려는 찰나 그의 검이 다시 한번 우뚝 멈췄다.

"젠장!"

버렌이 욕을 내뱉으며 물러섰다. 검 끝이 겁에 질린 듯 떨렸다.

"버렌."

단상 위에 누워 전투를 지켜보고 있던 리메르가 몸을 일으켰다.

"널 죽이려는 게 인간이 아니라, 몬스터라는 걸 알면서도 못 베겠지?"

이런 일이 일어날 줄 알았다는 듯 그의 목소리는 평온했다.

"네가 선해서 그렇다. 저 몬스터가 인간으로 보이다 보니 검이 제대로 움직이지 않았겠지. 다만…."

리메르가 이를 가는 오크를 가리키며 말을 이었다.

"아까 말했듯이 저 오크는 이미 인간의 피를 맛본 놈이다. 마법사들이 데리고 있는 대부분의 몬스터는 인간을 죽여 본 놈들이지."

"맞습니다."

제이크가 그 말이 맞다는 듯 고개를 끄덕였다.

"지금은 죽이지 못해도 괜찮다. 이건 연습일 뿐이니까. 하지만 전장에 나가서 손이 멈춰 버린다면 네가 죽이지 못한 검사나, 몬스터가 네 동료를 죽이게 될 거다."

"윽…."

버렌은 오크의 도끼를 튕겨 내며 리메르의 담담한 조언을 귀담아들었다.

"그리고 네 목표를 잡으려면 여기서 멈출 수 없잖아?"

그 말에 버렌의 고개가 라온을 향했다. 붉은 눈과 마주친 그의 검 위로 처음보다 짙어진 오러가 치솟았다.

"크아아아!"

"어딜!"

오크의 도끼가 수직으로 떨어질 때 버렌이 굽혔던 무릎을 펴며 공간을 꿰뚫었다.

"흐아압!"

기합과 함께 그의 검이 반원을 그렸다.

촤악!

하늘에 붉은 선이 그어지며 오크의 머리가 떨어지고, 놈의 몸이 무너졌다. 생이 끊어지자, 인간처럼 보이던 놈의 외형이 원래의 오크로 돌아왔다.

"허억! 허억!"

버렌은 검을 땅에 박은 채 숨을 몰아쉬었다. 다만 그는 눈을 피하지 않았다. 본인이 만들어 낸 시체를 끝까지 쳐다보았다.

"잘했다."

리메르가 빙긋 웃었고, 버렌은 그를 잠시 쳐다보다가 고개를 돌렸다. 두 사람이 눈을 마주치고 처음으로 인상을 쓰지 않은 순간이었다.

"……."

버렌은 마지막으로 라온을 힐끔 쳐다보고서 자리로 돌아갔다.

딱!

제이크가 손가락을 튕기자, 오크의 시체가 사라졌다. 다만 연무장 바닥을 적신 핏물은 그대로 남아 있었다.

"자, 그럼 다음은…."

"나!"

마르타가 자신감이 넘치는 손짓과 함께 일어섰다. 오크를 향해 다가가는 발걸음에도 머뭇거림이 없었다.

"흠…."

라온은 마르타의 당당한 등에서 시선을 돌려 루난을 보았다.

"으…."

마르타와 정반대로 루난은 바닥에 흥건한 피를 보며 입술을 떨고 있었다. 얼굴이 백지장처럼 창백했다.

라온의 눈빛이 깊게 가라앉았다. 루난은 예전부터 피를 보는 일을 극도로 자제해 왔다.

수련생과 대련을 할 때도, 수련 기사와 대련을 할 때도 상처를 입히지 않고 틈을 노려 제압만 했었다.

그때는 별생각 안 했는데, 지금 보니 그녀는 피가 무서워서 그런 전투방식을 택했던 것 같다.

'역시 피였어.'

시리아 슬리온은 루난에게 피를 보여 주며 공포를 새겼다. 다람쥐를 터트려 죽였던 건 그 트라우마를 되살리기 위해서였을 거다.

라온의 붉은 눈 위로 서늘한 한기가 가라앉았다.

'시리아 슬리온.'

네가 루난에게 건 저주는 내가 풀겠다.

제50화

"저 건방진 녀석은 다른 수련생보다 더 강하게 부탁합니다."

리메르가 당당하게 나선 마르타를 가리켰다.

"알겠습니다."

제이크가 고개를 끄덕이고 오크를 소환했다. 버렌과 싸웠던 오크보다 크고 흉폭해 보이는 오크였다.

"룹 스트렝스, 룹 어질리티…."

제이크는 버렌 때보다 조금 더 많은 마력을 사용해서 몬스터의 근력과 민첩성을 올리고 통제를 풀었다.

"크아아아아!"

오크가 포효를 터트리고 황소처럼 달려들었다.

"괴물 따위가!"

마르타가 어금니를 꽉 깨물며 땅을 박찼다. 달려드는 오크를 향해 검을 내리쳤다.

"크오오오!"

오크 역시 지지 않는 속도로 대검을 휘둘렀다.

쾅!

검과 검이 폭발을 일으키듯 부딪쳤지만 오크와 마르타는 밀려나지도 물러서지도 않았다.

땅에 다리를 박아 놓은 듯 근접 거리에서 서로의 목을 향해 검을 휘둘렀다.

쾅! 콰아앙!

바위가 깨져 나가는 듯한 굉음과 함께 검과 검이 수없이 부딪쳤다.

"크아아아아!"

마르타는 타이탄의 오러를 끝까지 끌어 올리며 허리를 틀었다.

"크르륵!"

오크가 내리친 대검을 어깨의 강철로 튕겨 내며 검을 그었다.

쩌억!

단호한 일격. 마르타의 검은 단숨에 틈을 파고들어 오크의 목을 통째로 베어 버렸다.

"후욱."

그녀는 바닥에 가라앉은 오크의 시체를 노려보다가 허리를 펴며 숨을 내뱉었다.

"저런 거 하나 잡는 데 하루를 다 쓰네. 어디 가서 나랑 같은 출신이라고 말하고 다니지 마. 수준 떨어지니까."

"큭."

마르타가 들어가면서 흘린 말에 버렌이 입을 꾹 다물었다. 눈앞에서 힘으로 오크를 뚫어 버리고, 단숨에 숨통을 끊는 모습을 보았으니, 할 말이 없었다.

"마르타."

라온이 뒤쪽으로 걸어가는 마르타를 불렀다.

"훈련이 끝나면 어깨를 치료하러 가라. 후유증이 남을 수도 있다."

"……."

마르타는 입술을 삐죽이며, 고개를 돌려 버렸다. 수석으로서 충고는 했으니, 이후는 본인이 알아서 할 일이다. 고개를 돌렸다.

딱!

제이크의 손짓에 오크의 시체가 사라졌지만, 뻘건 핏물이 바닥에 새겨지고, 노린내가 연무장으로 퍼져 나갔다.

"으…."

루난의 떨림이 점점 심해진다. 분홍빛 입술이 파랗게 질려 갔다.

-뭐 저주를 푼다면서 왜 가만히 있는 거지?

'때가 아니니까.'

깊은 상처를 아물게 하기 위해서는 곪을 대로 곪아 썩게 놔둬야 한다. 그래야 깨끗하게 상처를 지울 수 있다.

라온은 3번째로 오크를 소환하는 제이크를 보며 손가락을 툭툭 두드렸다.

아직 부푼 물집을 터트릴 때가 아니었다.

수련생과 몬스터와의 목숨을 건 혈투는 계속되었다.

버렌과 마르타가 포문을 잘 열어 준 덕분에 수련생들은 긴장하여 떨지언정 겁을 먹고 도망치지는 않았다.

오래 걸리기는 했어도 결국 수련생 모두가 머리나 심장 혹은 혈투를 벌여서라도 오크의 숨통을 끊어 놓았다.

라온은 해가 떨어지기 시작하는 연무장을 보았다. 도리안이 비명을 지르며 보법을 밟고 있었다.

"크아아아!"

오크가 괴성을 지르며 따라갔지만, 도리안의 발이 워낙에 빨라 잡지 못했다.

"흐압!"

도리안이 무섭다고 외치며 검을 내질렀다. 오크의 목이 아닌 허리가 뭉텅 베여 나갔다.

"히익!"

"우어억!"

상처를 입은 오크보다 도리안이 더 놀라 펄쩍 뛰고 도망쳤다. 약이 오른 오크가 괴성을 지르며 달려든다.

"저게 뭐냐?"

"어, 언제 끝나?"

"벌써 30분째야. 30분째."

"체력이랑 발 하나는 좋네."

"이제 라온이랑 루난만 남았잖아. 둘은 더 빨리 끝내겠지."

수련생들은 한숨을 내쉬며 도리안과 오크의 추격전을 지켜보았다.

라온은 도리안의 발을 보며 입맛을 다셨다.

'배짱만 조금 더 있다면….'

도리안은 발도 빠르고, 검도 날카로웠지만, 겁이 너무 많았다. 저 겁쟁이 기길만 줄인다면 마르타, 루난, 버렌 바로 뒤에 이름을 올릴 수 있을 거다.

바스슥.

모래가 바스러지는 소리에 고개를 돌렸다. 루난이 손톱에 피가 나도록 바닥의 모래를 움켜쥐고 있었다.

"으으…."

얼굴은 새파랗게 질렸고, 입술은 하도 씹어서 상처투성이에, 손발이 지진이라도 난 듯 흔들리고 있었다.

무서운 정도가 아니라, 공포에 질린 인간의 전형적인 모습이다.

단상 위에 있는 리메르가 눈매를 좁히고 루난을 본다. 돌려보내야 하는지 고민하는 중일 거다.

'그래서는 안 되지.'

지금이 고이고 고인 물집을 터트릴 가장 좋은 순간이었으니까.

라온이 일어서서 루난의 옆으로 다가갔다. 그녀의 떨림이 조금이지만 잦아들었다.

"무섭지?"

"……."

루난은 이쪽으로 고개를 돌리지도 않고, 대답하지도 않았다.

"처음 검을 든 수련생도, 수백 번 전장에 섰던 노련한 검사도 피는 무서울 수밖에 없어."

조금이지만 루난의 턱이 돌아갔다.

"나도 마찬가지야. 지금 싸우고 있는 도리안도. 싸웠던 사람들도 모두 무서워하고 있지."

"정…말?"

루난에게서 말라비틀어진 목소리가 흘러나왔다.

"그래. 하지만 더 무서운 게 뭔지 알아?"

그녀가 모른다는 듯 천천히 고개를 저었다.

"겁에 질려 아무것도 하지 못하는 거."

라온의 눈빛이 섬뜩하게 번들거렸다. 라온 지그하르트가 아니라, 암살자 라온의 기질이 스멀스멀 흘러나왔다.

"무서워서, 겁을 먹어서 그 자리에 그대로 서 있기만 한다면 변하는 건 없어. 어떤 일도 해결되지 않아."

사실 두렵다.

지금의 안락한 삶에 만족하여 데루스 로베르트에 대한 복수심이 식을까 봐 겁이 난다.

또한 두렵다.

나의 복수가, 나의 행동이 실비아와 별관의 시녀들에게 좋지 않은 결과로 돌아올까 봐 무섭다.

무섭고, 두렵지만 둘 다 포기할 생각은 없다.

무슨 수를 써서라도 데루스에게 복수를 하고, 실비아와 시녀들이 행복하게 살 수 있는 방법을 찾을 것이다.

라온은 다시 다짐하며 루난에게 고개를 돌렸다.

"네게도 그런 게 있겠지."

왼손 엄지손가락을 이빨로 씹어 상처를 냈다.

툭.

엄지손가락에 맺힌 빨간 핏방울이 바닥에 떨어지자, 루난이 뒤로 물러나며 이빨을 떨었다.

"아아…."

"도망가지 마. 지금이 아니라면 극복할 수 없어."

"라, 라온. 라온!"

"피는 무섭지. 하지만."

라온은 눕다시피 물러선 루난에게 다가가 손을 잡았다. 손가락에서 흘러나온 핏물이 그녀의 하얀 손등을 빨갛게 물들였다.

"또 아무것도 아니야. 피는 네게 어떠한 해도 입히지 않아."

"어?"

루난은 손등에 흘러내리는 핏방울을 보고 눈을 크게 떴다. 피가 아프지도, 슬프지도, 무섭지도 않다는 걸 알고 당황한 표정이었다.

"네 오빠가 네게 무엇을 했는지 정확히는 몰라. 하지만 네가 무서워하면 할수록 그 남자의 그림자는 네게 깊게 드리울 거야."

"아…."

루난의 손 떨림이 확실하게 줄어들기 시작했다.

"무섭다고 도망만 쳐서는 평생 끌려다닐 수밖에 없어. 루난 슬리온. 너를. 그리고 네 가족을 지킬 수 있는 건 너뿐이야."

라온은 진심으로 조언했다. 루난의 모습은 전생의 데루스에게 끌려다니던 자신의 모습 같았으니까.

"으아아아! 죽겠네!"

간신히 오크의 심장을 가르고 돌아온 도리안이 풀썩 주저앉았다.

"진짜 겨우 이겼어요. 죽을 뻔했습니다. 크흑!"

녀석이 소매로 눈물을 훔치며 중얼거렸다.

"너 다람쥐 있나?"

라온이 일어서며 도리안을 보았다.

"다람쥐요? 저라고 다 있는 게 아닙니다. 어? 있네."

도리안은 이게 왜 있어? 라고 중얼거리며 배 주머니에서 나무로 만든 다람쥐 조각을 꺼냈다. 빨간 눈이 인상적인 귀여운 다람쥐였다.

"받아."

도리안에게 받은 다람쥐 조각을 루난에게 건네주었다. 그녀는 떨리는 손으로 다람쥐를 받았다.

"조언은 여기까지. 마지막은 검으로 말해 줄게."

라온은 그 말을 끝으로 연무장으로 걸어갔다.

-네놈답지 않게 나서는군.

라스는 주제도 모른다고 중얼거리며 코웃음을 쳤다.

'그렇게 생각할 수도 있지.'

라온이 고개를 끄덕였다. 라스의 말대로 답지 않게 나서 버렸다.

물론 그녀가 처음으로 자신을 배려해 준 타인이라는 것도 있지만, 그게 전부가 아니다.

내 전생이 생각나니까.

데루스 로베르트에게 세뇌를 당했던 전생의 모습이 지금의 루난과 겹쳐 보이다 보니, 나도 모르게 손이 가고, 말이 나왔다.

'그래도 이게 마지막이야.'

말로 하는 설명은 끝났다. 이젠 검이다. 이걸로 그녀가 피의 세뇌에서 벗어나지 못한다면 거기까지다.

-멍청하긴. 네놈이나 걱정해라. 다른 버러지들처럼 제대로 손을 뻗지 못할 게 뻔히 보이니까.

'음?'

라스의 말을 듣자, 좋은 생각 하나가 떠올랐다.

'그럼 내기 하나 할까?'

-내기?

'그래. 네가 아주 유리한 걸로.'

-무엇이냐.

'내가 오크를 한 번에 베지 못하면 네 분노를 받을게. 딱 일검으로.'

-일검? 진심이냐?

'물론.'

-책에서 본 조언 좀 했다고, 살생이 우습게 보이는 모양이군.

라스가 키득 웃으며 팔찌를 진동시켰다.

-좋다. 단 일검이다. 두 번의 휘두름은 네 패배다.

녀석이 웃음이 그치자 내기 메시지가 떠올랐다.

> <분노>가 세 번째 내기를 제안합니다.
>
> 조건 : 일검으로 강화된 오크의 목을 베기.
> 성공 시 : 모든 능력치 +2, 랜덤 특성.
> 실패 시 : <분노>의 감정 10포인트 생성.

'받아들인다.'

자신의 전생이 암살자라는 걸 모르는 라스라면 이 내기를 받아들일 거라 예상했다.

'호구가 또 왔네.'

라온이 라스에게 보이지 않는 미소를 지으며 연무장으로 올라갔다.

"오, 네가 마지막이 아니네?"

리메르가 휘파람을 불었다. 재밌다는 듯 일렁이는 눈빛. 루난에게 했던 말을 전부 들었던 게 분명했다.

"저 녀석이 여기서 가장 강합니다. 가진 몬스터 중에 가장 강한 오크를 꺼내 주세요."

"알겠습니다."

제이크가 입매를 꾹 다물었다. 뭔가 결정했다는 듯한 표정으로 고개를 크게 끄덕이고 주문을 외웠다.

우우웅!

바닥에 푸른 마법진의 파도가 일어나며 새로운 오크가 나왔다. 이전의 오크들과 비슷한 체형이지만, 근육이 더 도드라졌고, 몸 전체에 상처가 가득했다.

"크르르!"

마법진 때문에 몸을 움직이지 못하면서도 본능적인 사나움을 그대로 드러냈다.

우우우웅!

녹색과 붉은색, 푸른색 마법진이 오크의 상체를 뒤덮었다. 오크의 기세가 기하급수적으로 올라갔다.

치잉!

제이크가 손목을 뻗자, 오크의 모습이 거친 외모의 남성으로 변했다.

"대련을 준비하십시오."

라온이 고개를 끄덕였다. 왼 손목을 가볍게 돌리고, 오른 손목을 풀려고 할 때였다.

치이잉!

제이크의 마법진이 유리장처럼 깨지고, 오크가 튀어 나갔다.

"크아아아아!"

악을 내지르며 돌진해 피가 덕지덕지 붙은 도끼를 내리쳐 왔다. 속도와 힘이 평범한 오크와 전혀 다른 경지에 올라 있었다.

"뭐, 뭐!"

"막아!"

"이런!"

모두가 당황했지만, 라온의 눈빛은 더 깊게 가라앉았다.

'알고 있었으니까.'

제이크의 들뜬 눈을 본 순간 이런 상황이 올 거라는 건 예상했다.

스르릉.

라온이 허리춤의 검을 뽑았다. 칼날 위로 한 송이 꽃이 피어났다. 노을빛을 받은 황금색 꽃이 아지랑이처럼 일렁였다.

만화공 일화.

화령.

꽃잎이 휘날리며 대기를 가른다.

노을 아래. 또 하나의 노을이 그어지며 오크의 움직임이 멎는다.

"끄르륵…."

오크는 들어 올린 도끼를 채 휘두르지도 못하고, 목이 떨어져 내렸다.

푸칵!

겹쳐지는 황금빛 노을 아래 새빨간 핏물이 치솟고, 오크의 육중한 육체가 가라앉았다.

잔인할 정도의 아름다움. 대륙 제일의 화가가 붓을 꺾어 버릴 정도의 장관이었다.

오크를 막기 위해 달려가던 교관들, 당황하여 몸을 일으킨 수련생들도, 오크를 조종하던 제이크도 모두 말을 잃었다.

고오오오!

라온은 전생의 격을 끌어 올려 제이크를 짓눌렀다. 살인으로 업을 쌓은 암살자의 기세에 제이크가 목을 움켜쥐고 주저앉았다.

"끄르륵."

그의 눈이 까뒤집어졌다. 더 하고 싶었지만, 아직 뒤에 루난이 남았다. 적당히 겁을 준 뒤 기세를 꺼뜨렸다.

후웅.

라온이 씻물이 어린 검날을 털어 내고, 뒤를 돌았다.

"크윽!"

"망할…."

버렌은 바득 소리가 날 정도로 이를 갈았고, 마르타는 눈매를 좁힌 채로 입술을 비틀었다. 둘 다 굉장히 분한 듯한 표정이다.

"어어."

"와아…."

수련생들은 벌레가 들어가도 될 정도로 입을 쩍 벌렸다. 파도를 맞은 듯 눈동자가 격하게 흔들렸다.

"미, 미쳤네."

"저게 대체 무슨 검이야?"

"이, 일격…."

교관들 역시 어처구니가 없다는 듯 멍하니 서 있었다.

그 모두를 살핀 뒤 가장 뒤에 있는 루난을 보았다.

그녀의 눈빛은 더 이상 어둠에 잠겨 있지 않았다. 고개를 끄덕여 주었다.

이제 네 차례야.

루난은 연무장에 올라가는 라온을 보며 다람쥐 조각을 꼭 끌어안았다.

'다 알고 있던 건가?'

라온에게도 피해가 갈 수 있어서 일부러 말을 아꼈다. 아무 일도 아닌 척 눈을 풀었다. 그러면 괜찮아졌다. 그냥 넘어갈 거라고 생각했다.

하지만 그는 모든 걸 다 알고 있는 것처럼 말을 걸어 주었다.

담담한 라온의 목소리가 심장을 꽉 조이고 있던 어떤 손아귀를 천천히 풀어내는 것 같았다.

피가 흐르는 손을 내밀었을 때는 무서웠다. 당장 도망치고 싶었다.

'그런데….'

그 손을 잡았을 때 그 피가 손등을 적셨을 때 무섭지도, 두렵지도 않았다. 그저 잔불 같은 따스함만 있었다.

그제야 깨달았다. 피 자체는 무서운 게 아니라는 걸. 심장을 묶고 있던 검은 그림자가 조금 더 옅어진 기분이었다.

루난은 호흡을 고르고 연무장에 선 라온을 보았다. 작은 등이지만, 왜인지 모르게 누구보다 넓어 보였다.

우웅!

긴장한 채로 그 등을 지켜보고 있을 때 갑자기 오크의 마법진이 사라졌다.

"크어어어!"

오크가 흉폭한 괴성을 지르며 라온에게 달려들었다.

"아, 안 돼!"

턱을 떨며 일어섰을 때 라온이 검을 뽑았다.

은색의 검날 위로 황금빛 꽃이 피어난다. 찬란한 아름다움을 빛내는 꽃이 노을을 따라 그대로 그어졌다.

두 개의 노을이 하나로 겹쳐진 순간 오크의 목에서 피 분수가 뿜어졌다.

아름답다.

어렸을 때부터 무섭고, 두려웠던 피가, 절대 그렇게 보일 수 없는 핏방울이 허공을 아름답게 수놓았다.

라온이 검을 털어내고 고개를 돌렸다. 눈빛이 말한다. 이제 네 차례라고.

"응."

루난이 일어섰다. 그녀의 손은 더 이상 떨리지 않았다.

제51화

제이크는 대련장으로 올라오는 라온을 보며 혀로 입술을 축였다.

'드디어.'

지겹고 지겨운 시간이 지나고 오늘 이곳에 온 가장 중요한 순간이 찾아왔다.

우우웅.

옆에 있는 리메르에게 들키지 않도록 심장에 걸린 마나 서클을 천천히 회전시켰다.

'마법 속에 마법을 숨겨야 해.'

오크가 라온에게 치명적인 상처를 만들 수 있도록 마법을 중첩해서 걸어야 했다.

"마법사님."

속으로 몇 가지 마법의 영창을 준비할 때 리메르가 다가왔다.

"저 녀석이 여기서 가장 강합니다. 가진 몬스터 중에 가장 강한 오크를 꺼내 주세요."

"알겠습니다."

제이크가 입술을 죽 내리며 고개를 끄덕였다.

'다행이군.'

대놓고 강화시키라고 하니, 숨겨 둔 마법을 사용하기 훨씬 편해졌다. 웃음이 나오려는 걸 간신히 참으며 주문을 외웠다.

"서먼 몬스터."

제이크가 손을 들어 올리며 카룬에게 받았던 둘란 산맥의 오크를 소환했다.

쿠구구궁!

땅이 진동하며 그려진 마법진 속에서 지금까지 중 가장 커다란 오크가 솟구쳤다.

입에서 튀어나온 이빨은 귓불에 닿았고, 근육은 부푼 상태에서도 탄력 넘쳤으며, 눈빛은 인간을 씹어 먹을 정도로 흉폭했다.

"크아아아!"

오크의 포효에 수련생들의 안색이 창백하게 굳었다.

"오, 꽤 강해 보이는 오크군요."

리메르는 별다른 걸 알아보지 못하고 마음에 든다는 듯 고개를 끄덕였다.

"그럼 강화 마법을 걸겠습니다."

"아, 그러세요."

"스트렝스, 인듀어리티."

제이크는 육체 강화 마법을 걸면서 미리 준비해 두었던 버서커 마법을 오크의 몸에 심었다.

버서커 마법은 대상의 육체 능력을 1.5배 이상으로 상승시킨다. 거기다 저 오크는 둘란 산맥에서 살아온 오크. 일개 수련생이 상대할 수준이 아니었다.

저 흉폭한 놈이라면 교관이 나서기 전에 라온의 팔뚝 하나는 잘라 버릴 수 있을 거다.

제이크는 손목을 뻗어 오크를 인간 모습으로 보이도록 만든 뒤 고개를 끄덕였다.

"대련을 준비하십시오."

라온이 고개를 끄덕이고, 몸을 풀기 시작한 순간 오크의 몸에 심어 두었던 버서커 마법을 발동시켰다.

"쿠어어어!"

버서커 마법이 발동하자, 오크의 근육이 부풀어 오르며 놈을 막고 있던 마법진이 와장창 깨져 나갔다.

"크아아아!"

오크는 당연하게도 가장 가까이에 있는 라온을 향해 괴성을 지르며 돌진했다.

콰앙!

오크가 풍선처럼 부푼 대둔근으로 땅을 박차고 내달렸다. 극한의 살의. 앞에 있는 라온을 단숨에 죽이겠다는 기세로 가득했다.

'됐어!'

라온은 아직 검을 뽑지도 못했다. 오크의 살의에 꽉 짓눌린 상태. 최소한 팔 한 짝은 무조건 날아간다.

제이크가 희열이 가득한 눈빛으로 오크가 라온에게 검을 내리치는 모습을 보고 있을 때였다.

화륵!

붉은 선이 아니. 노을을 받은 황금빛 선이 어둑한 허공을 갈랐다.

"끄륵….."

오크의 몸이 굳어 버리고, 놈의 목이 땅으로 툭 떨어졌다.

"뭐, 뭐야!"

뭐냐고!

둘란 산맥의 오크. 그것도 온갖 강화 주문을 다 걸고, 모든 능력을 1.5배 강화시키는 버서커 주문까지 터트렸다.

라온은 그런 괴물을 단 일검으로 베어 버렸다. 망설임도, 두려움도, 어리숙함도 없었다. 이미 경지에 오른 검사라도 된 듯 완벽한 일검이었다.

상황과 어울리지 않지만, 아름답다는 생각이 들 정도였다.

고오오오!

무너지는 오크의 몸뚱어리 뒤로 라온 지그하르트와 눈을 마주쳤다. 새빨갛게 타오르는 두 눈동자에 심장이 쿵 내려앉았다.

"어억!"

제이크가 자신도 모르게 뒤로 자빠져 목을 움켜쥐었다. 어린 수련생이 피워 올리는 기세에 숨을 쉴 수가 없었다. 몸속의 폐가 사라진 기분이었다.

'괴, 괴물….'

그가 주저앉은 채 뒷걸음질을 치기 시작했다. 바지에 오줌을 지리기 직전 지독한 살기가 그쳤다.

"아아…."

살기는 사라졌지만, 공포는 그대로였다. 제이크가 손을 덜덜 떨고 있을 때 리메르가 옆으로 다가왔다.

"마법사님이 많이 피곤하신가 보네. 하긴 하루 종일 몬스터를 소환하셨으니까."

리메르는 히죽 웃으며 제이크를 일으켰다.

"그래도 이제 한 명이 남았거든요. 아주 의욕이 가득하니까. 한 번만 더 힘내 주세요."

리메르의 손가락이 연무장 앞에 선 루난을 가리켰다.

"아, 아, 알겠습니다."

제이크가 턱을 바르르 떨며 고개를 끄덕였다. 라온 지그하르트의 눈빛만 받지 않는다면 뭐든지 할 수 있을 것 같았다.

그는 가쁜 호흡을 조절하며 마지막 소환을 준비했다.

"루난. 괜찮니? 할 수 있겠어?"

"네."

리메르의 물음에 루난이 고개를 크게 끄덕이며 연무장으로 올라갔다.

바닥에는 피가 흥건했지만, 그녀의 눈빛은 이전처럼 흔들리지 않았다. 공포가 보이지 않는 보라색 눈동자로 정면을 바라보았다.

"준비해 주세요."

"아, 알겠습니다."

제이크가 덜덜 떨리는 손을 들어 올려 오크를 소환했다. 괜히 중급의 마법사가 아닌지 겁에 질린 상태에서도 강화 마법은 제대로 걸었다.

"그럼 시, 시작하겠습니다."

그는 마지막으로 인간의 모습으로 보이는 환상을 건 뒤 오크를 억제하던 마법진을 풀었다.

"크아아아!"

오크가 돌진함과 동시에 루난이 검을 뽑았다.

치이잉!

옅은 푸른 기운과 함께 허공에 은빛 안개가 차올랐다.

"크오오오!"

피부를 얼리는 서리가 퍼졌지만, 오크의 발을 잡지는 못했다. 놈은 서리에 뒤덮인 채로 돌진해 왔다.

"음."

루난이 입을 살짝 내밀며 보법을 밟았다. 좌우로 미끄러지듯 움직이며 오크의 도끼를 피했다.

"키아아!"

오크는 피부가 얼어붙고 있음에도 물러나지 않았다. 동귀어진의 각오로 계속 도끼를 휘둘렀다.

"으음."

루난은 쉽사리 검을 뻗어 내지 못하고 도끼를 피해만 다녔다. 그래도 그녀의 검에서 퍼지는 서리는 계속되어 오크는 이미 반 이상 얼어붙은 상태였다.

쯧.

라온은 도망치듯 물러서서 서리만 내뿜는 루난을 보며 혀를 찼다.

'아직 해결이 안 된 건가.'

루난은 연무장에 올라간 이후 한 번도 검을 날리지 못했다. 그저 도망치며 오크를 얼리기만 할 뿐이었다.

'너무 착해.'

루난이 시리아의 세뇌에 걸린 이유는 간단하다.

착하니까.

어린 나이에 죽음이 무엇인지 알고 있기에 피를 두려워하고, 오크에게 상처를 입히지 못하는 거다.

살기 위해 누구라도 죽이던 전생의 자신과는 결이 달랐다.

루난은 차가운 외모와 눈빛 때문에 도도하다고 오해를 받지만, 정반대의 성격을 가졌다.

'그게 검술 자체에서 배어나지.'

그녀가 대련에서 칼날에 냉기를 담지 않고, 대기 중에 서리를 뿌리는 건 상대가 다치지 않게 제압하기 위함이었다.

이 5 연무장에서 가장 마음이 여리고 착한 사람은 루난이었다. 시리아는 그 착한 아이의 심장에 사슬을 감아 이용한 거였고,

'루난.'

지금 와서 생각해 보니 단련장에서 루난이 먼저 다가왔던 건 훈련 방법을 따라 하기 위해서가 아니라, 홀로 있던 자신을 안쓰럽게 생각해서 일지도 모른다.

"루난 님!"

"그냥 베어 버려요!"

"루난!"

교관과 수련생들이 루난의 이름을 외쳤지만, 그녀는 오크의 도끼만 막아낼 뿐

적극적으로 공격하지 못하고 도망만 다녔다.

"으….'

서리를 뿌리느라 오러를 많이 사용했는지 부난의 움직임이 섬자 느려신나. 반내로 오크는 몸 대부분이 얼어붙었음에도 더 사나워진 눈빛으로 도끼를 휘둘렀다.

"후."

라온은 입맛을 다시고서 자리에서 일어섰다. 저대로 오크를 얼려 죽여서는 안 된다. 직접 끝을 봐야 시리아가 건 세뇌가 풀린다.

"루난!"

그 누구의 부름에도 답하지 않던 루난의 고개가 처음으로 돌아갔다.

"괜찮아."

아무 일도 없을 거라고 말하며 웃자, 흔들리던 루난의 눈빛이 우뚝 멈췄다. 보라색 눈동자가 누구도 밟지 않은 설원처럼 진한 은빛을 뿜어냈다.

라온은 그녀의 눈동자에 어려 있던 어둠이 먼지처럼 흩어지는 걸 느꼈다.

"캬아아!"

오크가 멈춘 루난의 머리 위로 도끼를 내리찍은 순간 허공에 은빛 궤적이 치솟았다.

빠드득!

은빛으로 번쩍이는 칼날이 도낏자루를 가르고, 오크의 심장을 꿰뚫었다.

"끄어어…."

오크의 광기 어린 눈빛이 촛불처럼 훅 꺼지고 놈이 뒤로 넘어갔다.

피이익!

미처 얼어붙지 않은 오크의 심장에서 더운 핏물이 솟구쳤다. 루난의 손은 오크의 피로 젖었지만, 표정은 덤덤했다.

그녀가 뒤를 돌아 자신을 보았다. 어떠냐는 듯 고개를 끄덕이길래 마주 끄덕여 주었다.

-벗어났다.

'그래.'

라온이 픽 웃었다. 지금 루난의 표정에 두려움은 보이지 않았다.

오히려 개운한 것처럼 시원해 보이는 미소를 지었다.

조금 더 시간이 필요할 테지만, 시리아의 어둠은 확실하게 걷어 냈다. 놈이 만들어 낸 세뇌는 더 이상 루난을 잠식하지 못한다.

'그건 누구보다 내가 잘 알지.'

전생의 삶 대부분을 세뇌에 당한 채 살아왔기 때문에 그건 확실하게 알고 있었다.

"우어어…."

"뭐, 뭐냐?"

"라온이 무슨 말을 했길래 갑자기 저렇게 변해?"

"무, 무셔."

수련생들은 일검에 오크를 얼려 버린 루난의 능력과 그녀를 그렇게 만든 라온을 보며 입을 떡 벌렸다.

버렌이나, 마르타도 놀랐는지 떨리는 눈동자로 이쪽을 보고 있었다.

"대, 대체 무슨 말씀을 하신 겁니까?"

도리안이 눈을 동그랗게 뜨고 다가왔다.

"별말 안 했어."

라온은 픽 웃으며 고개를 저었다.

"본인이 알아서 한 거야."

적당한 답변을 던져 주고, 단상 위를 보았다. 눈을 마주친 제이크가 헉 소리를 내고 뒷걸음질 쳤다.

'자, 그러면.'

이번에는 저놈에게 공포를 심을 차례다. 다시는 건드릴 생각도 못 하도록.

고오오오!

다시 가늘고도 예리한 기세를 단상 위로 보내려고 할 때 리메르가 끼어들었다.

"몸 상태가 안 좋으신가 보네요. 이만 끝내죠."

리메르는 히죽 웃으며 제이크를 일으켜 세웠다.

"쯧."

라온이 혀를 차며 살의를 흩어 버렸다.

'아직 끝나지 않았는데.'

제이크의 영혼까지 공포를 심지 못했다. 저 정도라도 다시 덤비거나, 허튼 생각을 하진 않겠지만, 오줌 지리는 꼴을 보지 못한 게 아쉬웠다.

"전부 수고 많았다."

리메르는 제이크를 부축한 채로 씩 웃었다.

"솔직히 쉬운 훈련이 아니었는데, 모두 내 생각 이상으로 잘해 주었어."

그가 모두에게 엄지손가락을 치켜올렸다.

"오늘의 경험은 실전에 나갔을 때 큰 도움이 될 거다. 일단 검을 들었다면 절대 망설이지 마. 너희들의 망설임이 동료의 죽음으로 이어질 테니까. 알겠나?"

"예에!"

수련생들이 등을 곧게 세우고 우렁차게 대답했다.

"소리도 좋고. 이제 정말 임무에 나가도 되겠는데."

"오!"

"이, 임무요?"

"정말입니까?"

임무라는 말에 아이들의 얼굴이 환해졌다.

"그래. 이제 천천히 준비해 봐야지. 그럼 오늘 훈련은 여기까지다. 마지막으로 오늘 수고해 주신 제이크 마법사님께 박수!"

"감사합니다!"

리메르는 수련생들의 박수 소리를 들으며 제이크를 데리고 연무장을 나갔다.

"끄으…."

제이크는 리메르에게 부축받은 채로 5 연무장을 떠났다. 혼자 움직이고 싶었지만, 라온의 살기에 충격을 받아 팔다리에 힘이 들어가지 않았다.

"너무 무리하셨나 보네요."

리메르는 아무것도 모르는 듯 자신을 부드럽게 부축해서 마탑으로 데리고 갔다.

"하아…."

계속해서 시원한 바람을 좀 쐬니 정신이 조금씩 돌아왔다.

"이, 이제 괜찮습니다. 여기서부턴 혼자 가겠습니다."

제이크는 전투부대가 훈련하는 3 연무장 근처에서 멈췄다. 오늘 실패를 보고하기 위해 중무전에 가야 했다.

"아, 그런가요. 알겠습니다."

리메르는 고개를 끄덕이고서 제이크를 옆에 있는 의자에 앉혔다.

"도와주셔서 감사합니다."

제이크는 앉은 채로 리메르에게 고개를 숙였다. 그리고 다시 고개를 들 때 무언가가 변했음을 깨달았다.

조금 전 옷이 펄럭일 정도로 강하게 불던 바람이 조금도 느껴지지 않았다. 말 그대로 바람이 사라졌다.

그리고 바로 앞에서 소름이 돋아 오를 정도로 지독한 살기가 피어났다.

보고 싶지 않았다. 하지만 기이한 힘이 일어나 억지로 고개를 들어 올렸다.

그곳에 그가 있었다.

몇십 년 전 글렌 지그하르트의 옆에서 광기를 폭발시켰다는 괴물. 지그하르트의 광검이 샛노란 눈으로 자신의 굽어보고 있었다.

"아, 아…."

목구멍이 꽉 조여지고, 코피가 저절로 터졌다. 손가락 하나 까딱할 수가 없었다.

'무, 무너졌다고 들었는데….'

지그하르트의 광검은 단전이 망가져 폐인이 되었다고 들었다. 하지만 아니다. 그 괴물은 약해졌을지언정 사라지지 않았다.

"가서 전해라."

리메르의 서늘한 목소리에 이빨이 덜덜 떨렸다.

"가주님의 아들이고 뭐고, 우리 애들 건드렸다간 모가지 따 버린다고."

바람은 조금도 불지 않았는데, 뺨에서 피가 터지고, 팔의 피부가 쩍쩍 갈라졌다. 살기만으로 몸이 베어지고 있었다.

"으어억!"

이 남자는 모든 걸 알고 있었다. 알고 있으면서 어디까지 가는지 그저 지켜본 것이었다.

"아, 아…."

심장이 멈춘 것 같았다. 공포심에 아무것도 할 수가 없었다.

콰아아아아!

리메르가 밟고 있는 대지에서 짙은 녹풍이 치솟았다.

"헉!"

제이크는 격한 바람에 눈을 감으며 자신의 끝을 생각했다. 하지만 통증은 없었다.

다시 불어오는 바람에 슬쩍 눈을 뜨니, 리메르는 보이지 않았다. 하지만 그가 남긴 살의는 허공에 남아 있었다.

"허억! 스, 스승이고, 제자고 다 괴물, 괴물들이야…."

제이크는 바닥에 무릎을 꿇고 눈, 코, 입에서 물을 줄줄 흘렸다. 눈동자는 정신이 나간 인간처럼 좌우로 수없이 흔들렸다.

"으어어!"

라온의 아쉬움과 달리 제이크의 영혼에는 공포가 깊고도 짙게 박혔다.

제52화

루난은 손을 꼼지락거리며 연무장을 정리하는 라온을 바라보았다.

'힘들었어.'

라온의 조언을 들었어도 오크에게 칼이 나가질 않았다. 인간이 아니라, 몬스터라는 걸 알고 있어도 손이 움직이질 않았다.

'토할 거 같았어.'

바닥에 깔린 피를 밟을 때마다 오빠가 보고 있는 것처럼 팔다리가 떨리고, 속이 울렁거렸다.

직접 공격할 수가 없어서 오러 소모가 심해도 계속 서리만 뿜어낼 수밖에 없었다.

주변에서 뭐라 외치고, 소리 지른다는 건 알았지만, 그것도 들리지 않았다.

시야가 점점 어둠으로 차올랐다. 청각만이 아니라, 시각도 깜깜해져 어떻게 해야 할지 몰라 간신히 버티고 있을 때였다.

루난!

라온의 선명한 목소리가 주변을 꽉 채운 어둠을 뚫어 냈다.

오크가 달려오고 있음에도 바로 고개를 돌려 라온을 보았다.

미소를 지은 라온과 눈이 마주치자, 파도처럼 혼란스러운 감정과 감각이 잠잠해졌다. 처음부터 아무 일도 없었던 것처럼.

그가 말하는 '괜찮다'를 들으니 눈앞에 차올라 있던 어둠이 완전히 사라졌다. 머리를 가득 채우고 있던 오빠의 기억도 흐릿해졌다.

그래. 괜찮아. 라고 중얼거리자 추를 단 것처럼 무거웠던 팔이 자유롭게 움직이기 시작했다.

오크가 도끼를 내려치려는 순간 응축시킨 기운을 내질렀다.

도낏자루가 잘리고, 오크의 심장이 터지는 소리가 들렸지만, 이젠 겁나지 않았다.

오크에게서 뿜어진 핏물이 손등을 적셨다. 라온의 말대로였다. 피가 닿아도 아무 일도 일어나지 않았다.

캬아아앙!

그걸 깨달은 순간 온몸을 휘감고 있던 두꺼운 쇠사슬이 으깨지는 듯한 소리가 들렸다.

핏물과 그림자에 어려 있던 오빠의 얼굴도 완전히 사라졌다. 어둑했던 세상이 다시 빛으로 차오른 기분이었다.

"대련장 바닥을 뜯어서 우측 창고로 옮겨! 또 써야 하니, 조심히 들고! 아, 이 양아치 교관은 정리 안 하고 또 어디로 도망간 거야!"

앞에서 들리는 버렌의 목소리에 고개를 들었다. 그는 방계 수련생들에게 지시를 내리며 연무장 정리를 하고 있었다.

'변했네.'

버렌과는 어렸을 때부터 자주 만났었다. 항상 건방졌고, 자신만 알던 아이라 관심조차 주지 않았는데, 지금의 그에게선 한 톨의 거만함도 찾을 수 없었다.

그 변화를 이뤄 낸 사람은 버렌 본인이 아니라, 라온이었다. 그는 라온에게 패한 이후로 저렇게 각을 맞춘 것 같은 검사가 되었다.

'나도 마찬가지지.'

라온을 만난 덕분에 걸어 잠갔던 마음이 열렸고, 다시 사람과의 관계를 쌓을 수 있었다.

매일매일이 즐거운 시간이었고, 오늘이 그 변화의 정점이었다.

라온의 조언과 괜찮다는 말 덕분에 이젠 오빠의 목소리가 들리지도, 오빠의 그림자가 보이지도 않았다.

머리에 박혀 있던 무언가가 빠진 듯 자유로운 기분이었다.

루난이 라온을 보며 고개를 끄덕였다.

'고맙다고 해야지. 정말 고맙다고.'

엄마에게 들었던 대로 감사의 인사를 전해야 할 때였다.

어둠에 가라앉은 중무전. 갈기갈기 찢어진 로브를 입은 제이크가 무릎을 꿇었다.

"시, 실패했습니다."

그는 떨리는 목소리로 고개를 조아렸다.

"실패? 리메르가 관여한 건가?"

카룬이 인상을 찌푸리며 무릎 꿇은 제이크를 굽어보았다.

"아, 아닙니다."

제이크의 상태는 정상이 아니었다. 혼이 빠져나간 것처럼 눈동자가 탁했고, 턱이 풀려 침을 흘리고 있었다.

"그럼 어떻게 실패를 했다는 거냐."

"라, 라온 지그하르트는 모든 강화 마법에 광폭화까지 건 그 오크를 단 일검으로 베어 버렸습니다."

"주둥이에서 나온다고 다 말이 아니다. 지금 그걸 믿으라고 지껄이는 거냐."

카룬이 짐승처럼 으르렁거리는 듯한 음성을 흘렸다.

"정말입니다! 그, 그놈의 검에서 피어난 불꽃이 오크의 목을 그대로 갈라 버렸습니다!"

"불꽃?"

"예! 노을을 받아 금색으로 번쩍이던 불꽃에 오크는 아무것도 못 하고 목을 내주었습니다. 거기다가⋯."

제이크는 어떻게 해서든 살아야 한다는 생각에 5 연무장에 가서 보았던 것들을 모조리 털어놓았다.

"리메르는 저희의 생각을 모두 알고 있었습니다. 저를 배, 배웅해 주면서 수련생들을 건드리면 죽여 버린다고 해, 했습니다."

그는 흥미를 보이는 카룬에게 리메르의 경고까지 말해 주었다.

"역시 그놈 때문이었군."

카룬이 콧방귀를 뀌며 픽 웃었다.

'썩어도 준치라는 건가.'

이전에 만난 리메르의 육체와 정신의 균형은 무너져 있었다. 워닉에 세으느니 제멋대로 하는 놈이라 술수를 부려도 눈치채지 못하리라 생각했지만, 그 정도는 아니었던 모양이다.

"괘, 괜찮겠습니까? 리메르의 입에서 전주님의 이름도 나왔는데…."

"상관없다. 그 벌레가 무슨 짓을 해도 소용없으니까."

카룬은 손을 저었다. 이전이라면 모를까 지금의 리메르 따위는 아무런 영향도 미치지 못하는 잡초와 다를 바가 없었다.

"돌아가라. 나중에 다시 부르지."

"아, 알겠습니다. 죄송합니다."

제이크는 고개를 연속으로 조아리고서 방을 나갔다.

"일검에 그 오크와 무기를 동시에 갈랐다면 놈은 상급 연공법을 익혔다고 봐도 이상하지 않겠군."

"예전에 첩자가 가져온 정보에서도 굉장히 강한 마나의 파동을 일으킨다고 했었습니다."

"첩자라면 별관에 있는?"

"예."

"쓸 만하군."

"그녀가 가져온 정보 중에 잘못된 부분은 단 하나도 없었습니다."

카룬의 집사가 눈을 내리감으며 대답했다.

"그 녀석에게 조금 더 지원해 주도록. 앞으로는 리메르의 행적도 조사하도록. 그리고….”

카룬은 말을 마치고, 제이크가 나간 문을 보며 손가락으로 목을 그었다.

"저놈은 처리해라. 눈치가 빨라서 입을 열 놈이고, 이미 리메르의 살기에 먹혔어."

"예."

집사는 고개를 끄덕이고는 그 자리에서 연기처럼 사라졌다.

"라온 지그하르트. 그리고 리메르."

자신의 위치에서 보면 견제할 필요 없는 먼지에 불과한 놈들이지만, 이상하게 자꾸 눈에 거슬렸다.

"둘 다 한 번에 처리해 버리는 게 좋겠군."

카룬의 서늘한 눈빛에 중무전의 공기가 무겁게 가라앉았다.

마르타는 연무장의 외곽에 세워진 나무에 등을 기댔다. 시선의 끝에는 연무장을 정리하는 라온이 걸려 있었다.

쯧.

혀를 차며 인상을 찌푸렸다. 아무리 생각해도 이해가 가질 않았다.

'저놈 대체 뭐야.'

어떻게 그렇게 단호하게 검을 그을 수가 있지?

오늘 훈련이 몬스터를, 그것도 사람의 모습으로 보이는 몬스터를 죽이는 훈련이라는 걸 알고 주먹을 옴켜쥐었었다.

　이번만큼은 라온 지그하르트보다 뛰어난 모습을 보일 수 있다고 생각했다.

　예상대로 버렌이나 다른 수련생들은 몬스터에게 제대로 검을 날리지 못했다. 리메르나 교관의 도움을 받고 나서야 몬스터를 벨 수 있었다.

　하지만 마르타는 달랐다.

　몬스터에게 틈이 생겨난 순간 조금의 망설임도 없이 목에 검을 박아 넣었다.

　그녀가 남들과 다른 건 당연한 일이다.

　'해 봤으니까.'

　지그하르트에 오기 전.

　엄마를 찾기 위해서 홀로 백혈교에 잠입했을 때 교도 놈들에게 검을 찔러 넣었었다.

　그 경험 덕분에 인간의 모습을 한 몬스터에게 검을 내리치는 건 어렵지 않은 일이었다.

　'그런데 그놈은 어떻게…….'

　라온은 자신과 다르다.

　안전한 담벼락 안에서 태어났고, 몸이 약하다는 이유로 곱게 자란 도련님 중 도련님이다.

　온실 속 화초처럼 자란 놈이 조금의 망설임도 없이 인간의 모습으로 보이는 오크의 목을 갈랐다. 그것도 자신보다 빠르고 강하게.

　솔직히 순간 멍해질 정도로 아름답기까지 했다.

　'믿을 수 없었어.'

　두 눈으로 본 게 정말 현실인지 아직도 확신이 들지 않았다.

"망할…."

마르타가 주먹으로 등을 기댄 나무를 후려쳤다.

'이건 이겼어야 했는데.'

라온에게 대련으로 졌고, 그의 명령을 듣겠다고 했지만 마음까지 굴복하지 않았다.

언젠가 녀석을 무릎 꿇릴 각오로 죽어라 수련했는데, 무조건 이길 거라 여겼던 부분에서 패했다는 생각에 이가 바드득 갈렸다.

다만 그 와중에 마음에 작은 울림이 일어났다.

그건 동질감. 라온과 자신이 비슷한 구석이 있을지도 모른다는 감정이었다.

아무래도 라온은 생각했던 대로 그저 곱게만 자란 아이가 아닌 것 같았다. 저렇게 독한 마음을 먹게 된 계기가 있을 거다.

"음?"

라온의 과거에 대해 생각하고 있을 때 녀석과 눈이 마주쳤다.

"흥."

마르타는 라온의 담담한 눈을 바라보다가 콧방귀를 끼고 고개를 돌렸다. 그대로 연무장을 떠났다.

딱딱했던 마르타의 걸음걸이가 조금은 부드러워졌지만, 그녀 본인도 알지 못했다.

라온이 연무장 정리를 끝내고, 실내 단련장으로 가려 할 때 루난이 다가왔다.

"라온."

그녀가 보라색 눈을 빛내며 고개를 꾸벅였다.

"고마워."

"별거 아니야."

고개를 저었다. 도와준 건 사실이지만, 큰 역할은 그녀 본인이 했다. 감사의 말을 들을 정도는 아니었다.

"그래도 고마워."

"그 정도는 아니라니까."

"고마워."

"정말 별거…."

"고마워."

"하, 알겠어."

"응."

졌다는 듯 손을 저었다. 그제야 루난이 고개를 끄덕였다.

"너도 괜찮은 거지?"

라온이 루난의 눈과 손을 살폈다. 시리아의 세뇌가 풀린 것 같긴 하지만 혹시 몰라 물어보았다.

"응."

루난이 옅게 웃었다. 구김 없는 미소. 일단은 잘 풀린 모양이다.

"만약 네 오빠가 또 힘들게 하면 말해. 도와줄 수 있는 건 도와줄게."

"괜찮아."

루난이 고개를 끄덕이려다가 저었다.

"내가 해야 해."

눈동자가 반짝인다. 상처 입었던 마음이 아물며 더 단단해진 것 같다.

"그래."

라온이 웃었다. 루난은 다시 고맙다고 말한 후 연무장을 떠났다.

-아이스크림 소녀를 도와주지 않는 게냐.

'본인이 하겠다고 하잖아. 원래 남의 가족 일에는 끼는 게 아니야.'

-흠, 본왕이 볼 때 아이스크림 소녀 혼자서는 해결할 수 없다.

'그럼 도움을 청하겠지. 만약 청하지 않더라도….'

라온이 고개를 끄덕였다. 깊게 가라앉은 눈빛에서 붉은빛이 번뜩였다.

'해결하는 방법은 있으니까.'

루난은 숙소로 돌아와서 라온에게 받은 다람쥐 조각을 탁자 위에 올려놓았다.

"음."

잠시 고민을 하다가 침대 밑에 넣어 둔 구슬 아이스크림 상자를 꺼냈다. 오빠가 준 게 아니라, 엄마가 사 두셨던 아이스크림이다.

화아아.

뚜껑을 열자, 차디찬 냉기가 흘러나와 훈련에 지친 얼굴을 식혀 주었다.

앞으로 아이스크림을 먹지 못할 거라 생각했다. 보기만 해도 오빠가 생각날 테니까.

하지만 라온이 머리와 심장을 묶고 있던 오빠의 그림자를 지워 주었나.

더 이상 오빠는 무섭지 않았고, 아이스크림도 밉지 않았다.

'아니야.'

다만 루난은 아이스크림에 손을 대지 않고 다시 뚜껑을 닫았다.

'내일 먹어야지.'

내일 라온과 함께 먹기로 하며 아이스크림 상자를 침대 밑에 밀어 넣었다.

루난은 테이블 위에 놓아둔 빨간 눈동자의 다람쥐를 보며 가는 미소를 지었다.

라온은 어디론가 사라진 리메르 대신 연무장 정리를 마치고 숙소로 돌아왔다.

화아아!

땀에 젖은 훈련복을 벗고 있을 때 조용하던 라스가 불쑥 튀어나왔다.

-아까는 말하지 않았다만.

라스가 냉기로 이루어진 불꽃 속에서 서늘한 눈빛을 뿜어냈다.

-너 인간을 죽여 보았군.

"뭐?"

-네놈에겐 아직 그 허접한 마법사의 환상을 깨뜨릴 능력이 없다. 아무리 오크라

는 걸 알고 있어도 보이기는 인간이었지. 그걸 단호하게 베는 건 실전도 치르지 않은 애송이가 할 수 있는 일이 아니다.

"쉽던데."

라온이 손을 흔들어 눈앞으로 다가온 라스를 밀어냈다.

-뭐?

"감각 수치가 높다 보니, 그놈이 인간이 아니라는 게 피부에 와 닿거든. 몬스터를 베는 정도야 어렵지 않지."

-가. 감각?

"그래. 마법으로 외모는 속일 수 있지만, 기질은 감추지 못하니까."

-끄응, 감각….

담담한 표정으로 연기를 하자, 라스가 신음을 흘렸다. 완벽하게 속아 넘어갔다.

'전생이든, 불의 고리든 알려 줄 순 없지.'

적이 분명한 라스에겐 자그마한 정보도 줄 수 없다.

-설사 그렇다고 해도 살생에 망설임이 없다니, 네놈 정체가 대체 뭐냐. 그 나이에 어떻게 그런 정신력을 가질 수 있는 거지?

라스는 불가능한 일이라고 중얼거렸다. 비상식적으로 무력이 강해지는 것보다 처음부터 강한 정신력을 가진 걸 놀라워하는 것 같았다.

"알아서 뭐 하려고."

-크으, 정말이지 마음에 드는 구석이 단 하나도 없는 놈이로다.

"너 마음에 들려고 여기 있는 거 아니야."

라온이 라스를 향해 손가락을 까딱였다.

"네가 말할 때마다 추우니까. 입 좀 다물고, 내기 보상이나 내놔."

-이건 사기다. 네놈이 그렇게 독한 인간일 줄은 몰랐다.

"내기를 받아들인 건 너잖아. 왕이라는 놈이 찌질하게."

-찌, 찌질….

라스는 태어나 처음으로 찌질이라는 단어를 들었는지 목소리가 덜덜 떨렸다.

"이걸로 3연승인가? 마계의 군주도 별거 아니네."

-닥치거라! 본왕이 본체의 힘만…."

"그놈의 본체. 본체. 언제 찾을 건데. 그리고 이건 본체 능력과는 아무 상관도 없어."

-끄으윽….

라스의 푸른 냉기가 크게 출렁이고, 입에서는 거품을 무는 소리가 들려왔다. 패배의 충격에 농락까지 당하니, 정신을 못 차리는 것 같았다.

-이건 아무리 생각해도 사기다. 사기!

녀석이 마지막 발악을 하려 할 때 눈앞으로 메시지가 올라왔다.

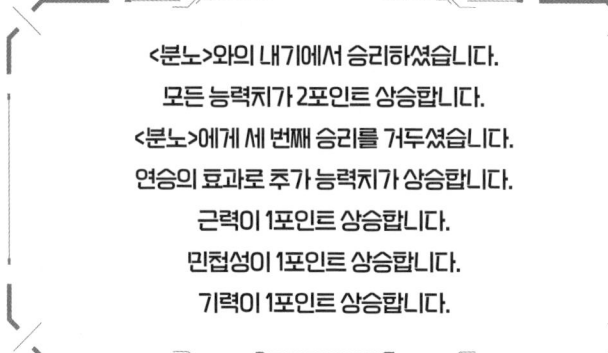

<분노>와의 내기에서 승리하셨습니다.
모든 능력치가 2포인트 상승합니다.
<분노>에게 세 번째 승리를 거두셨습니다.
연승의 효과로 추가 능력치가 상승합니다.
근력이 1포인트 상승합니다.
민첩성이 1포인트 상승합니다.
기력이 1포인트 상승합니다.

"허!"

라온이 헛웃음을 흘렸다. 근력과 민첩성이 한 번에 오르며 근육이 출렁이는 감각에 희열이 느껴졌다.

-인간 따위에게 3번이나….

라스는 말도 안 된다고 중얼거리며 메시지를 얼려 버릴 듯이 냉기를 뿜어냈다.

"아직 남았잖아."

-끄으윽!

라온은 짜증을 일으키는 라스를 옆으로 밀어 버리고 다음에 뜰 메시지를 기다렸다.

내기의 두 번째 보상으로 <분노>가 가진 특성이 생성됩니다.
특성이 결정되었습니다.
당신에게 특성 <블리딩 커스>가 생성되었습니다.

제53회

<블리딩 커스(1성)>

적에게 치명적인 일격을 가해서 출혈이 발생했을 때 1할의 확률로 상대의 육체 능력을 감소시킨다.

"오!"

특성의 설명을 본 라온이 탄성을 흘렸다.

1할의 확률이 조금 아쉽긴 하지만, 큰 도움이 될 수 있는 특성이었다.

"능력치에 특성까지 진짜 아낌없이 주는 나무네. 고맙다."

모든 능력치 2에 근력과 민첩성 기력이 추가로 상승했다. 거의 모든 능력치가 3이 오른 효과에 새로운 특성까지.

아낌없이 주는 나무라는 별명이 전혀 아깝지 않았다.

-별 특성도 아니로군. 저 정도라면 본왕이 가진 능력 중 최하급이다.

"그거야 쓰는 사람 나름이지."

라온이 씩 미소 지었다. 라스는 냉기를 사용하지만, 자신은 검을 사용하고 기습에 능하다.

전생의 기술과 경험을 이용한다면 <블리딩 커스>의 효과를 최대한으로 이용할 수 있다.

"딱 좋아."

라온이 어깨를 돌리며 일어섰다. 다시 겉옷을 걸치고 숙소 문을 열었다.

-뭐냐.

"수련 좀 하러 가려고."

-또?

"육체의 변화를 확인하고, 적응해야지."

-네놈 때문에 본왕도 잠을 못 자지 않느냐!

"나중에 자."

-이런 용암에 튀겨 죽일!

기분이 좋으니, 라스가 내뱉는 욕설과 저주도 음악처럼 들렸다. 콧노래를 부르며 연무장으로 달려갔다.

두 달 뒤 새벽 공기가 스산한 연무장.

라온은 가장 먼저 연무장에 나와 검술을 수련하고 있었다.

얼마 지나지 않아 버렌과 미르디가 거의 동시에 들어왔다.

"쯧!"

"저건 진짜 잠도 없나…."

버렌은 혀를 차고 바로 검을 쥐었고, 마르타는 인상을 찌푸리며 몸을 풀었다.

"하암."

아침에 약한 루난은 느지막하게 나와 어린 참새처럼 하품했다.

시리아의 어둠에서 완벽하게 벗어났는지 눈동자가 예전보다 밝아졌다. 그래도 맹하긴 했지만.

뒤늦게 나온 수련생들도 가볍게 수다를 떨며 훈련 준비를 했다.

그렇게 평소와 같은 하루가 시작될 때였다.

콰앙!

연무장 문이 거칠게 열리고 리메르가 들어왔다.

"교관님. 문은 차는 게 아니라, 여는 겁니다."

"괜찮아. 내 거니까."

리메르는 콧등을 찡그린 버렌에게 손을 휘젓고 단상 위로 가뿐하게 올라갔다.

"훈련 중이니 귀만 열어 놓고 들어라."

그는 손뼉을 쳐서 시선을 모아 놓고 훈련을 계속하라 지시했다. 아직 어린 수련생들에겐 불가능한 일이었다.

"그걸 어떻게 합니까?"

"우리가 익스퍼트도 아니고!"

"그냥 빨리 말이나 해 줘요!"

수련생들은 먼저 말을 하라고 손을 흔들었다.

다만 라온은 검술에 집중을 하면서도 리메르의 목소리를 제대로 듣고 있었다.

"그럼 말하지. 너희들에게 임무가 내려왔다."

"헉!"

"임무!"

"임무요?"

임무라는 단어에 수련생들의 눈동자가 별을 박아 놓은 듯 번쩍였다. 방계들은 당연했고, 버렌이나 마르타도 입을 벌렸다.

물론 라온은 계속 검을 휘둘렀고, 루난은 그 옆에서 멍하니 하품했다.

"그래. 너희들의 첫 번째 임무다."

"우와아아아!"

"임무다!"

"드디어 실전인가?"

"후우, 후우…."

수련생들 반응은 다양했다. 기대감에 소리를 지르기도 했고, 주먹을 움켜쥐기도 했으며, 흥분하여 숨을 헐떡이기도 했다.

"물론 너희들만 가는 건 아니다. 물가에 애들만 보낼 수 없으니, 나와 교관들이 함께 가게 될 거다."

다들 예상했는지 수련생들이 고개를 끄덕였다.

'첫 임무라….'

라온은 리메르의 말을 들으며 전생의 첫 임무를 떠올렸다.

'8살이었던가.'

지금보다도 훨씬 어린 나이에 홀로 임무를 떠났다. 살인은 아니었지만, 적진에서 정보를 캐내는 임무였기에 위험도는 굉장히 높았고, 실제로 죽을 뻔했었다.

첫 임무에 교관들이 따라간다니, 역시 지그하르트는 생각보다 냉정하지만은 않은 가문이었다.

"이, 임무는 뭔가요?"

도리안이 입술을 떨며 손을 들어 올렸다. 5 연무장 최고의 겁쟁이답게 벌써 겁에 질려 있었다.

"지그하르트 보호 구역을 조금 벗어난 곳에 설호라는 이름의 산채가 하나 있다."

산에 세워진 산적들의 소굴을 산채라고 말한다. 설호채라는 이름을 들어 본 적 없는 걸 보면 규모가 큰 곳은 아닐 거다.

"남북맹에 살짝 걸쳐 있던 놈들로, 산길을 열어 약간의 통행료를 받아먹고 살았는데, 최근 들어 행패가 심해졌다. 상인들의 물품을 모조리 뺏거나, 죽이는 경우도 많아졌다고 하더군."

"그럼 임무는 산적 소탕이군요!"

"제대로 된 임무잖아!"

"산적이라…."

"오마 중 하나인 남북맹에 걸쳐 있다잖아. 위험할 수도 있어."

남북맹은 지그하르트가 속한 육황과 대립하는 오마 중 하나다.

남서쪽을 가득 채운 테루칸 산의 산적들과 북동쪽에서 흘러 내려오는 레이블 강의 수적들이 하나로 뭉친 도적들의 세력이다.

남북맹에 속한 산적과 수적들은 대부분 오러를 사용할 수 있는 강자로 평범한 산적과 수적을 생각하고 덤볐다간 단숨에 목이 날아갈 거다.

특히 남북맹을 이끄는 남북맹주는 산적과 수적이라는 말이 무색할 정도의 초고수로 대륙십천에 이름을 올리고 있다.

수련생들은 첫 임무 그리고 남북맹이라는 이름에 긴장했는지 마른침을 삼켰다.

"자자, 아직 내 말은 안 끝났어."

리메르가 다시 손뼉을 쳤다.

"너희들의 말대로 임무는 산적 토벌이었다."

"…이었다? 그거 과거형 아닙니까?"

"맞아. 토벌이었는데, 어제 바뀌었거든."

"예?"

"왜, 왜요?"

"그게 무슨 말입니까? 왜 임무가 바뀐 거죠?"

"산적 놈들이 산채 남쪽에 있던 마을을 습격해서 사람들을 모두 죽이고, 불까지 지른 뒤 도망갔으니까."

평소 리메르와 어울리지 않는 차가운 목소리에 수련생들 모두가 입을 다물었다.

"우리의 임무는 산적 토벌이 아니라, 설호채 산적의 추적 및 말살이다."

수련생들은 리메르의 가라앉은 눈을 보며 마른침을 삼켰다.

"출발은 언제입니까?"

버렌이 손을 들어 올렸다.

"오늘 저녁이다."

"저녁이면 너무 빠른 거 아닙니까?"

"말했듯이 그 자리에 가만히 있는 산채를 공격하는 게 아니라, 도망친 산적을 추적해야 하기에 시간이 많지 않다. 그리고 가문의 임무에 빠르고, 느리고는 없어. 내려오면 그저 따를 뿐이다."

"…그 말이 맞군요. 죄송합니다."

버렌은 드물게도 인정하며 고개를 숙였다.

"너희들에게 가장 익숙한 건 수련검이지만, 임무에도 그걸 쓸 수는 없지."

리메르가 눈빛을 보내자 교관들이 검을 다섯 자루씩 가지고 왔다.

"오크와 실전을 치를 때 주었던 진검이다. 무게도, 검신의 형태와 길이도 너희들이 사용하던 수련검과 같지. 오늘부터는 그 검을 사용하도록 해라."

"진검…."

"조, 좀 떨리네."

"뭘 떨어. 당연히 거쳐야 할 관문인데."

수련생들은 한 명씩 진검을 받았다. 정도는 다르지만 모두 손을 떨었다.

"라온. 네 검이다."

"감사합니다."

라온이 두 손을 올려 진검을 받았다. 수련검과 같은 무게라고 했지만, 기분 탓인지 조금 더 무거운 것 같았다.

리메르는 옅게 웃고서 다시 단상 위로 올라갔다.

"지그하르트의 문양은 새겨져 있지 않지만, 그 검은 가문에서 내려온 진검이다. 임시지만 너희를 지그하르트의 검사로 인정하겠다는 뜻이다."

"지그하르트의 검사…."

"인정이라니."

수련생들이 진검을 보며 마른침을 삼켰다.

"임시라도 지그하르트의 검사는 검사. 어떤 상황에서도 부끄럽지 않게 준비를 단단히 하도록."

리메르는 돌아가서 출발을 준비한 뒤 저녁 식사 전에 다시 모이라고 말했다.

"저희가 준비해야 할 건 무엇입니까?"

버렌이 그 뒤를 따라가며 물었다.

"그건 직접 생각해라. 임무만이 아니라, 임무를 준비하는 이 순간도 네 성장과 경험이 되니까."

리메르는 가볍게 손을 흔들며 대꾸했다.

"음, 확실히 그렇겠군요."

버렌은 고개를 끄덕이고 물러섰고, 리메르는 그대로 휴게실로 들어가 버렸다.

"흐음…."

라온은 리메르의 표정을 보고 방금 한 말이 그의 진심이 아니라는 걸 알아차렸다.

'귀찮았네.'

좋은 말이지만, 대답해 주기 귀찮아서 방금 지어낸 게 분명했다.

'나랑은 상관없지만.'

라온은 수많은 임무를 완수했던 최고의 암살자였다. 추적과 척살을 위해 필요한 준비물은 생각할 필요도 없었다.

조금이지만 떨리네.

정말 오랜만에 임무라는 말을 들어서일까. 살짝 가슴이 뛰었다.

라온은 짐을 챙기기 위해서 별관으로 돌아갔다. 정원을 가꾸던 실비아와 헬렌이 벌떡 일어나 미소를 지었다.

"이 시간에 웬일이야? 설마 엄마가 보고 싶어서?"

"그건 아니고."

"너무 단호하네."

실비아가 옅게 웃으며 다가오다가 멈춰 섰다. 시선이 라온의 허리춤에 걸린 진검을 향했다.

"그 검은…."

"임무가 떨어졌어."

"예? 임무요?

"이, 임무? 수련생에게 무슨 임무가…."

실비아가 눈을 부릅뜨고, 헬렌이 쥐고 있던 손질용 낫을 떨어뜨렸다.

"그렇게 걱정할 필요 없어. 교관이랑 같이 가는 첫 임무니까."

"아…."

교관이랑 함께 가는 임무라고 하자, 실비아와 헬렌의 얼굴에 혈색이 돌아왔다. 무엇인지 알고 있는 것 같았다.

"벌써 첫 번째 임무를 할 때가 됐다니, 우리 아들 다 컸네."

허리를 숙여 껴안으러 다가오는 실비아를 피했다.

"지금 엄마를 피한 거야?"

"미안하지만 시간이 없어. 오늘 저녁이 출발이야."

라온이 고개를 저었다. 민망하기도 했지만, 실제로 준비할 시간이 필요했다.

"바로 간다고? 무슨 임무인데?"

"범죄자 추격?"

"어떤 범죄자?"

"도둑."

실비아와 헬렌이 걱정할 것 같아서 산적이 아니라, 도둑이라고 말했다.

"도둑이라고 해도 방심하면 안 돼. 궁지에 몰린 쥐는 고양이도 무는 법이니까."

"알겠어."

"추적이면 꽤 걸릴지도 모르겠네."

"그러게요. 음식을 준비해야겠어요."

도둑을 쫓는다고 말하자 두 사람의 긴장이 조금은 풀린 것 같았다.

"그럼 일단 육포부터 담자."

"네. 영양용으로 말린 과일이랑 빵도 좀 챙겨야겠어요."

실비아와 헬렌은 음식은 본인들에게 맡기라고 말하고서 그대로 별관으로 들어가 버렸다.

라온이 분주해진 주방을 보고 미소를 지었다. 이곳에 오면 마음이 편해진다. 임무에 대한 약간의 흥분과 긴장도 가라앉았다.

'내 것만 챙기면 되겠는데.'

실비아나 헬렌이 먹을 거 하나는 잘 챙겨 주기 때문에 식량은 딱히 챙기지 않아도 될 것 같았다.

'그러면…'

범죄자들을 추적할 준비물과 의복, 신발, 로브 정도만 챙기면 된다.

라온은 방 안으로 들어가서 가벼운 배낭에 임무에 필요한 물건들을 하나씩 집어넣고, 침대 밑에 두었다.

"흐음…."

바닥에 앉아 불의 고리를 운용하여 마음을 가라앉혔다.

'남북맹 소속이 아니라, 걸쳐 있는 거면 그리 강하지는 않을 기야.'

첫 번째 임무로 내려온 이상 산적들의 무력은 그리 높지 않을 거다.

'관도는 이미 막혔을 테니, 산에 숨은 산적들과 싸우는 모양새가 되겠지.'

산적의 주 무대는 산. 아무리 이쪽의 무력이 강해도 산에서 그들을 찾고 상대하는 건 쉽지 않다.

처음에는 수련생들이 산적들을 찾지 못할 테니, 결국 교관들이 이끈 이후 산적과 만나 싸우는 방식이 될 것이다.

'그럴 필요는 없지.'

아무리 훈련의 일환이라고 해도 임무는 임무. 홀로 범죄자들을 잡든가, 죽인다면 분명 보상이 내려올 것이다. 실적을 쌓아야 하는 자신에겐 분명한 기회였다.

"후…."

라온이 불의 고리로 정화한 탁기를 뱉어 내며 눈을 떴다.

한번 해 보지 뭐.

그날 저녁.

라온은 부둥켜안고 놓아주지 않는 실비아 때문에 예상보다 늦게 연무장으로 향했다.

수련생들이 먼저 와 있었는데, 대부분 긴장하여 목각 인형처럼 굳어 있었다.

버렌은 주먹을 꽉 말아 쥔 채 하늘을 보고 뭐라 중얼거렸다. 들어 보니 이번 임무에서 꼭 공을 세우겠다는 뜻이었는데, 목소리가 갈라져 있었다.

반대편 의자에는 마르타가 앉아 있었다. 다리를 꼰 채로 눈을 감고 있다가 옆에 수련생이 지나가면 눈을 부라렸다. 평소보다 거친 모습을 보니, 그녀도 긴장하고 있는 것 같았다.

반면에.

루난은 멍하니 서서 손에 든 아이스크림 상자만 보고 있었다. 먹고 싶은 걸 간신히 참고 있는 느낌이다.

"지금 먹을 거 아니라면 배낭에 넣는 게 좋지 않을까? 손을 쓸 수 없잖아."

"…응."

루난은 라온의 눈을 지그시 바라보다가 한참 후에 고개를 끄덕이고 아이스크림 상자를 배낭에 넣었다.

살짝 눈망울이 떨린다. 아이스크림 상자가 손에 없다는 것에 작은 불안감을 느끼는 것 같다.

'대단하네.'

버렌이나 마르타도 긴장하고 있는데, 루난은 평소 그대로다. 그녀의 관심을 끄는 건 오직 아이스크림이 깨지냐 마느냐인 것 같다.

어이없는 모습이지만, 시리아의 세뇌에서 확실하게 벗어난 것 같아서 안심되었다.

-나중에 소녀가 아이스크림을 꺼낼 때 나를 부르거라.

'하.'

라스가 새로운 맛을 먹고 싶다고 중얼거릴 때 리메르가 문을 걷어차고 들어왔다. 평소와 같은 넝마가 아니라, 제대로 된 가죽 갑옷을 입고 있었다.

그는 교관들과 함께 단상 위로 올라갔다.

"정렬!"

라온이 단상 앞에 서서 지시를 내리자, 수련생들이 줄을 맞추어 섰다.

"수련생 43명. 열외 없습니다."

"좋아."

리메르가 미소를 지으며 고개를 끄덕였다.

"전부 준비는 됐나?"

"예!"

수련생들은 긴장을 잊기 위해서 연무장이 떠나가라 소리를 질렀다.

"지금부터 실전이다."

리메르가 일어섰다. 항상 그의 입가를 장식하던 미소가 사라졌다.

"우리가 쫓는 놈들은 수십의 생명과 재산을 강탈하고, 한 마을을 불사른 뒤 도망친 극악의 범죄자들이다. 같은 인간이라고 생각하지 마라. 만나는 순간 바로 목을 날려라. 내가 허락한다."

"으음…."

"으…."

태풍이 치솟은 듯한 강렬한 기세에 수련생들이 마른침을 삼켰다.

"밖은 전쟁터이자, 지옥이다. 방심하지 말고, 항상 마음을 굳게 다져라."

"예에!"

수련생들은 바짝 긴장한 채로 처음보다 더 목소리를 높였다.

"그렇다고 긴장해서도 안 된다. 긴장하면 몸이 굳고 평소의 움직임을 이뤄 낼 수 없으니까. 방심하지 말라고 했지. 긴장하라고는 하지 않았어."

"하아아…."

리메르가 다시 웃음을 흘렸다. 어깨를 토끼 귀처럼 세운 수련생들이 천천히 한숨을 내쉬었다.

"그러니 수석의 역할이 중요하다."

그의 시선이 중앙에 선 라온을 향했다. 부드러운 웃음. 믿음과 신뢰가 엿보이는 눈빛이다.

"라온 지그하르트. 잘할 수 있겠지?"

"물론입니다."

라온이 천천히 고개를 숙였다. 긴장도, 방심도 없는 잔잔한 눈빛에 리메르가 만족스러운 미소를 지었다.

'긴장할 필요도, 방심할 필요도 없지.'

내가 다 끝낼 테니까.

제54화

라온과 수련생들은 교관을 따라 차원 관문을 통과해 하루 만에 지그하르트 영지의 최남단으로 이동했다.

원래라면 천천히 이동하며 노숙을 비롯한 이런저런 경험을 쌓았겠지만 갑작스럽게 임무가 바뀌어서 어쩔 수 없이 최대한 빠르게 이동했다.

첫 임무의 긴장감 때문인지 수련생들의 얼굴이 어두워진 하늘보다 더 껌껌해 보였다.

"오늘은 저곳에서 쉬고 간다."

리메르가 언덕 아래로 보이는 마을을 가리켰다. 작은 마을이지만, 지붕 위로 피어나는 회색 연기가 정겨워 보였다.

지그하르트 영지에 속해 있기에 마을 입구에는 불타는 검 문양이 새겨져 있었다.

"교관님. 휴식이 아니라, 바로 가야 하는 거 아닙니까?"

버렌이 리메르의 옆으로 나오며 물었다.

"너희들의 꼴을 봐라. 고작 차원문을 넘는 것으로 체력을 전부 소모했는데, 추적할 수 있겠어?"

"음….”

버렌이 뒤를 돌아보고 침음을 삼켰다.

차원 관문은 장거리를 이동할 수 있는 대신 많은 체력과 정신력을 소모한다.

수련생 대부분이 처음으로 차원 관문을 이용했기에 더 지쳐 있었다.

"오늘 밤이 마지막 휴식이다. 내일 새벽부터 휴식이나, 취침 없이 추적할 테니, 걱정하지 마라."

"그래도 저희가 늦는다면 다른 피해가 일어날 수도….”

"설호채 산적들은 조금이라 해도 남북맹에 발을 걸쳐 놓은 놈들이다. 너희들의 무력이 높다고 무조건 이긴다는 생각을 버려. 지친 상태에서 마주쳤다간 오히려 너희가 당할 수도 있다."

리메르의 차가운 눈빛이 수련생들에게 매섭게 내리꽂혔다.

"출발할 때 말했지? 방심하지도, 긴장하지도 말라고. 지금 너희는 그 무엇도 되어 있지 않아. 오늘 쉬면서 다시 마음을 다잡아라."

"예….”

"그럼 가자."

그가 먼저 마을로 향하고 그 뒤를 라온과 수련생들이 따랐다.

"음?"

라온이 눈매를 가늘게 좁혔다. 마을 안에서 익숙하면서도 강렬한 기파가 느껴졌다.

"교관님."

"왜?"

"마을 안에 혹시 가문의 검사가 있습니까?"

"너 진짜 감 하나는 죽여주네."

리메르가 휘파람을 불며 고개를 끄덕였다.

"그걸 느꼈어?"

"내부에서 마을과 어울리지 않는 강한 기세가 느껴졌습니다."

"맞아. 가문의 검사가 와 있다. 혹시라도 산적 놈들이 북상해서 습격할 수도 있으니까."

"아…."

지그하르트는 세력권에 있는 마을이나, 도시를 확실하게 보호하기로 유명한 집단이다. 마을 주변에 문제가 생기자마자 바로 검사를 보낸 것 같았다.

"네 감각은 정말 신기하네."

"으음….'

"흥!"

리메르의 감탄에 버렌이 인상을 찡그리며 자신도 검사의 기척을 느끼려고 노력했고, 마르타는 별거 아니라는 듯 코웃음을 쳤다.

"지그하르트 검사님들이 오셨다!"

"와아아아!"

마을 앞에 도착하자 마을 사람들이 교관들의 전투복에 그려진 불타는 검 문양을 보고 환호를 지르고 손을 흔들었다.

"문을 열어라!"

제대로 확인조차 하지 않고, 마을의 문이 열렸다. 이곳에서 지그하르트의 이름이 어떤 의미인지 알 수 있는 모습이었다.

'로베르트도 비슷했지.'

전생에서 가끔 로베르트의 문양을 지닌 채로 움직일 때 남부의 사람들도 저들과 비슷한 반응을 보였었다.

"후우욱."

라온은 오랜만에 타오르는 복수심을 가슴 아래에 묻고 마을로 들어갔다. 저녁을 짓는 냄새가 잔잔하게 풍겨 나왔다.

"지그하르트의 검들을 환영합니다. 자르텐 마을 촌장 케먼입니다."

회색 머리칼이 가득한 노인이 지팡이를 짚고 다가와 고개를 숙였다.

"리메르라고 합니다."

"지그하르트의 광검! 뵙게 되어 영광입니다!"

촌장은 영광이라고 말하며 몇 번이고 고개를 숙였다. 리메르는 웃는 얼굴로 촌장을 대한 뒤 몸을 돌렸다.

"숙소를 안내해 주신다고 한다. 오늘이 너희가 편히 잘 수 있는 마지막이다. 집합은 해 뜨기 전. 모두 늦지 말도록."

"저는 아직 체력이 넘칩니다. 주변 지형을 파악해 놓겠습니다."

버렌이 손을 들어 올렸다. 눈빛이 번쩍였다.

"좋은 기세야. 네가 미리 길을 알아 둔다면 편하겠지. 근데 너 이 주변 지리 잘 알아?"

리메르가 퉁명스런 눈빛으로 버렌을 내려다보았다.

"지, 지도로는…."

"이 마을 주변은 숲과 산으로 둘러싸여 있다. 지도를 봤다고 해도 직접 가 보면 어디가 어디인지 제대로 알 수 없지. 그런 상태에서 갑자기 산적이 기습한다면? 넌 제대로 반격도 하지 못하고 목이 날아갈 거다."

리메르가 버렌의 머리를 툭 치며 웃었다.

"네 마음은 알지만 조급해지면 역으로 놈들에게 기회를 주게 된다. 말했듯이 놈들은 이 지역을 벗어나지 못해. 천천히 마음을 가라앉혀라."

"아, 알겠습니다."

버렌과 방계 수련생들이 어색한 눈으로 고개를 숙였다.

"내일부터는 쉬고 싶다고 해도 쉴 시간이 없을 테니, 푹 쉬어 둬. 내일 새벽부터 바로 수색 작업을 시작한다."

"예!"

"그럼 가자."

수련생들은 리메르를 따라 마을 회관이 있는 중앙으로 이동했다.

다음 날 새벽.

리메르가 선언한 대로 휴식 없이 남하하는 강행군이 계속되었다. 식사도 움직이며 건량으로 먹었고, 잠도 3시간 이상 자지 못했다.

거기다 갑작스럽게 시야를 꽉 막는 폭설이 내려 수련생들의 걸음은 거북이 저리 가라 할 정도로 느려졌다.

"흐음."

라온이 어깨를 뒤덮은 눈을 털어 내며 수련생들을 쭉 둘러보았다.

"후우."

"하늘에서 내리는 똥 가루 같으니라고!"

버렌이나, 마르타도 무릎까지 차오른 눈 때문에 제대로 걷지 못했다.

"아오, 죽겠다!"

"폭설이 대체 언제까지야!"

"속도가 안 나."

두 사람이 힘들어할 정도이니, 다른 수련생들은 당연히 눈과 얼음에 막혀 허우적댔고, 이동 속도는 평소의 절반조차 되지 않았다.

"후후."

딱 한 명. 루난만 즐겁다는 듯 눈덩이를 모으며 미소를 짓고 있었지만, 그건 이 녀석이 특이한 거다.

어쨌든 이대로라면 정말 산적들을 놓칠 가능성도 있었다.

리메르와 교관은 아무 말도 하지 않고 옆에서 지켜만 보았다.

보호자 역으로 왔으니, 조언은 사치라고 생각하는 것 같았다. 결국 여기선 자신이 나서야 했다.

"정지."

라온이 가장 앞으로 나오며 모두를 멈춰 세웠다.

"많은 눈이 깔린 바닥에서는 발목에 힘을 줘선 안 된다. 속도도 느리고, 체력 낭

비만 하게 돼."

라온은 수련생들을 쭉 둘러보며 말을 이었다.

"발목과 무릎에 힘을 빼고, 풀잎을 튕기듯이 눈을 밟아. 사람보법을 익혔으니 조금만 연습해도 할 수 있을 거야."

시범을 보이듯이 눈을 부드럽게 밟고 앞으로 나아갔다. 다리가 평범하게 걸을 때보다 훨씬 부드럽게 나아갔다. 흡사 빙판을 미끄러지듯이.

"어?"

"와."

그 모습을 본 수련생들은 헉 소리를 뱉었다.

라온은 모두가 눈 걸음을 따라 할 수 있도록 몇 번 더 시범을 보여 주었다.

"지금부터는 한 줄로 움직인다. 버렌 앞으로 나와."

"왜지?"

"눈보라나 바람이 심하게 불 때는 한 줄로 움직여서 바람의 영향을 줄이는 게 기본이다. 네가 앞에서 다른 아이들을 이끌어."

"음!"

이끌라는 단어에 버렌의 눈빛이 반짝였다.

"나머지는 버렌의 등을 보고 일렬로 서."

가장 앞에 버렌, 중간에 마르타 후미에는 루난이 서는 한 줄이 만들어졌다.

"선두는 한 시간마다 교체한다. 출발."

라온은 그 줄에 끼지 않고, 옆으로 빠져나와서 수련생들을 이끌었다.

눈 걸음을 익힌 수련생들이 한 줄로 움직이자, 이동 속도가 2배 가까이 빨라졌다.

"허."

"지, 진짜 빠르네. 평소랑 별다를 게 없어."

"라온은 이걸 어떻게 안 거냐?"

"신기한 녀석이라니까."

수련생들은 누구보다 가뿐하게 눈을 헤치는 라온을 보며 탄성을 흘렸다.

"제대론데요?"

"그러게요. 가르치는 방식이 굉장히 효율적입니다. 꼭 행군이라도 해 본 것처럼."

"힌트를 좀 주려고 했는데, 필요 없었네."

뒤에 있던 교관들도 라온의 등을 보며 혀를 내둘렀다.

리메르는 라온과 수련생 모두를 보며 빙긋 미소를 지었다.

라온과 수련생들은 눈 폭풍을 헤치고 한 마을에 도착할 수 있었다.

다만 마을은 화마에 휩쓸려 반 이상이 꺼멓게 타 있었고, 살아 있는 생명은 아무도 없었다.

남녀노소 이름과 얼굴을 알 수 없는 시체들로 마을 한편이 가득했다.

설호채 산적들이 습격했다는 그 마을이었다.

"우우욱!"

"우웩!"

수련생 중 비위가 약한 아이들은 구역질을 했고, 비위가 강한 아이들도 인상을 찌푸리거나 고개를 돌렸다.

다만 라온은 아무렇지도 않은 얼굴로 리메르 옆에서 시체를 살폈다.

'먼저 칼로 베고 태웠군.'

불에 타 죽은 게 아니라, 칼에 베여 먼저 숨이 끊어진 사람이 대부분이었다. 들었던 대로 놈들은 이곳을 습격해서 재물을 빼앗은 뒤 달아난 것 같다.

'다만….'

산길을 다 닦아 놓아서 돈만 받아먹으면 되는 산적 놈들이 무엇을 노리고 이곳에 습격했는지는 모르겠다.

"너 괜찮냐?"

계속 시체를 보고 있자, 리메르가 걱정되는 얼굴로 다가왔다.

"괜찮습니다."

"괜찮아요."

아닌 게 아니라, 수련생 중에서 시체를 코앞에서 보고 있는 사람은 라온과 마르타뿐이었다.

'역시….'

예전부터 느꼈지만 마르타는 시체를 자주 보았던 것 같다. 혹은 직접 죽였거나.

"크읍."

버렌이 입술을 깨물며 다가와 시체를 살폈다. 억지로 참는 게 보였다.

"음…."

루난은 힘들어하면서도 시체의 상흔을 살피며 산적들의 검을 파악하려 했다.

피를 보기만 해도 겁먹을 때와는 다른 사람이 되었다. 이젠 걱정할 필요 없을 것 같다.

"이게 설호채 산적들이 한 짓이다. 절대 잊지 말고 마음에 새겨라. 놈들을 만났을 때 절대 검을 늦추지 않도록. 다시 출발한다."

"예!"

리메르의 마지막 조언에 수련생들의 눈빛이 시퍼렇게 번쩍였다. 첫 임무의 떨림이 분노의 기세가 되었다.

이틀 뒤.

라온과 수련생들은 설호채 산적들이 숨어 있다고 예상되는 루텐산 지역에 도착했다.

이틀만 더 가면 길목을 차단한 관도였고, 가문의 검사들이 포위망을 좁히고 있었기 때문에 산적들이 이 근처에 숨어 있는 건 확실했다.

"모두 주목."

리메르가 손뼉을 쳐서 수련생들을 모았다.

"이곳이 우리의 거점이다. 지금부터 조를 짜서 놈들의 위치를 추적한다."

그가 직접 조를 짜 주었다. 라온은 루난과 같은 조가 되었다.

3명에서 4명인 다른 조에 비해서 숫자는 적었지만, 무력 면에서는 오히려 압도했다.

"피리도 하나씩 받아 가도록."

리메르가 은색의 피리를 조당 하나씩 건네주었다.

"훈련받은 사람만 소리를 들을 수 있는 피리다. 위험한 일이 생기면 불어라. 너희를 지켜보던 교관들이 바로 움직일 테니까."

"예!"

"다만 무주건 피리를 불기보다는 할 수 있는 일은 직집 하도록 노력해 봐라. 조끼리 연합을 해도 좋고, 우리의 도움 없이 한번 붙어도 괜찮다. 다만 놈들의 검에는 자비가 없으니, 절대 방심하지 말도록."

"알겠습니다!"

수련생들은 산적들이 습격했던 마을의 참상을 되새기고 각자가 선택한 방향으로 이동을 시작했다.

다만 라온은 먼저 움직이지 않았다. 지금 서 있는 산길부터 동쪽의 루텐산, 서쪽의 낮은 구릉과 그 옆의 빽빽한 숲을 모두 둘러보았다.

'저 산.'

그의 시선이 루텐산을 향했다. 산에서는 이곳을 내려다볼 수 있고, 그 뒤로 빠져나갈 수도 있으니, 저쪽이 정석이라면 정석이다.

하지만 정석이기에 저 산은 아니다.

포위망이 좁혀 오고, 추적자가 있다는 걸 아는 산적 놈들이 산에 숨었을 리가 없었다.

숲도 비슷하다. 빽빽하고 우거진 숲이라 쉽게 들키진 않겠지만 도망치기 힘들다.

'그럼 아마….'

라온의 눈이 마지막으로 구릉을 향했다. 너무 대놓고 보이는 곳이지만, 저 안쪽에 다른 지형이 있을지도 모른다.

일단 저곳부터 살피는 게 좋을 것 같았다.

"라온."

마음을 정하고 일어났을 때 같은 조인 루난이 다가와 고개를 갸웃거렸다. 안 가냐는 듯한 표정이었다.

왜 자신을 루난과 묶었나 생각했는데 아무래도 마음이 여린 루난을 챙기라는 뜻 같았다.

"이쪽으로 가자."

"응."

라온이 루난을 데리고, 구릉으로 올라갔다.

'역시.'

예상대로였다. 아무것도 없어 보였던 구릉 안쪽에 아래에서 보이지 않던 숲이 하나 있었다. 빽빽하지는 않지만, 내부가 꽤 깊어 보였다.

시선을 낮추고 숲의 입구를 살폈다. 야생동물이 많은지 작은 발자국이 가득해서 인간의 흔적을 찾기 힘들었다.

'하지만.'

그건 평범한 사냥꾼이나, 추적자일 뿐. 라온은 달랐다.

최고의 암살자가 되려면 단순히 살인만 잘해서는 되지 않는다. 추적도, 감각도. 정보 수집도 전부 최상급이 되어야만 최고의 암살자가 될 수 있다.

라온은 포기하지 않고, 숲을 천천히 나아가며 산적들의 흔적을 살폈다. 놈들은 산과 숲의 프로지만 인간인 이상 흔적이 남지 않을 수가 없었다.

'찾았다!'

라온의 눈빛이 빨갛게 타올랐다. 바닥이 아니다. 어깨높이의 수풀에 사람이 지나갔던 흔적이 아주 작게 남아 있었다.

"지금부터 숨소리도 내지 말고 따라와."

"응."

라온은 루난의 대답을 들으며 자세를 낮췄다. 간신히 발견한 흔적을 따라 산적들의 위치를 기늠히며 느리게 길음을 옮겼다.

"정지."

라온이 뒤로 손을 뻗었다.

"왜?"

"함정이 있어."

바로 앞에 투명한 실로 만들어 놓은 함정이 있었다. 이걸 지나가는 순간 다리가 잘리고, 안쪽에 신호가 가게 될 거다.

'그런 꼴은 못 보지.'

라온은 신호가 울리지 않도록 함정을 해제하고 전진했다.

-그걸 보았다고?

라스의 입에서 탄성이 흘러나왔다.

-정말 뭐 하는 인간인지 모르겠군. 긴 세월을 살아온 본왕의 시선으로도 알 수가 없도다.

'운이 좋았어. 햇빛에 비쳤거든.

-흥. 웃기는 소리.

라스는 안 믿는다며 코웃음을 쳤다. 마음대로 생각하라고 말한 뒤 조금 더 깊은 숲으로 들어갔다.

산적들의 흔적이 많아졌다. 놈들의 위치를 다시 잡기 위해 바닥을 살피다가 이상한 흔적을 발견했다.

'이건….'

상황과 맞지 않는 작은 발자국이 있었다. 아이의 발자국 같았다.

'그 마을의 아이인가?'

아무래도 그 마을에서 아이들을 납치해 인질로 쓰려고 한 것 같았다.

'지독한 놈들.'

숨을 내쉬어 돋아나는 분노를 가라앉혔다.

"루난."

"응."

"지금부터는 걸음 소리도 내면 안 돼. 나처럼 걸어."

루난에게 소리가 나지 않는 걸음을 가르쳐 주었다. 가람보법의 응용으로 알려주니, 금방 따라 할 수 있게 되었다.

"피리는?"

"지금은 아니야."

인질이 없다면 모를까. 아이들이 잡힌 상태에서 피리를 불었다간 교관들이 오며 소리를 울릴 수도 있다.

지금 상황에선 아이들과 산적들의 위치를 보고 피리를 부는 게 맞다.

"내가 신호를 주면 바로 피리를 불어."

"응."

루난이 피리를 꼭 쥔 채 고개를 끄덕였다.

"가자."

라온이 앞을 가리키며 자세를 낮췄다.

"이제 거의 다 왔어."

자세를 낮춘 채로 10분가량 숲을 가로지르자, 산적들의 흔적이 곳곳에 보이기 시작했다.

'이젠 그냥 막 다녔군.'

구릉과 숲의 초입에는 극한으로 흔적을 줄였고, 중간에는 함정을 설치했지만, 여긴 아니다.

들키지 않을 거라고 생각했는지, 난잡한 흔적이 가득했다.

'역시 잘못 본 게 아니야.'

주변을 살핀 라온이 인상을 찌푸렸다. 이곳에도 아이의 흔적이 남아 있었다.

"산적들이 아이를 인질로 잡고 있어."

"인질?"

"그래. 일단 상황부터 파악하고, 피리를 불지, 우리끼리 움직일지 결정하자."

"응."

루난은 무슨 말을 해도 믿을 것처럼 냉큼 고개를 끄덕였다.

"그럼 가자."

라온이 고갯짓을 하고 기다시피 앞으로 걸어갔고, 그 뒤를 루난이 따라갔다.

10분 정도 기었을까. 앞에서 사람의 목소리가 들려오기 시작했다.

라온의 눈빛이 그림자처럼 어둡게 가라앉았다.

놈들이다.

제55화

라온은 목소리가 들린 쪽으로 기어가 고개를 들어 올렸다.

담처럼 시야를 막은 수풀 사이로 두 명의 산적이 경계를 서고 있었다. 농담 따먹기를 하는지 자기들끼리 낄낄 웃었다.

'실력은 낮아.'

육체는 제법 발달했지만, 오러는 느껴지지 않았다. 마나를 사용하지 못하는 하급 무인이다.

둘을 넘어 그 뒤를 보았다.

시시덕거리는 두 산적 뒤에 덩치가 큰 산적이 앉아 있었고, 그 옆에는 아이 하나가 나무에 묶여 있었다.

아이는 얇은 옷 하나만 입고 있어서 얼굴과 손이 빨갛게 달아올라 있었다.

"흐끅."

아이가 추위를 참지 못하고, 신음을 흘리니 옆에 있던 산적이 뺨을 툭툭 쳤다. 손이 닿는 것만으로 아이는 부들부들 떨며 몸을 움츠렸다.

쯧.

라온이 눈매를 좁히고 짧게 혀를 찼다. 이곳에 오면서 예상했던 대로 산적들은 아이를 인질로 잡고 있었다.

적이 공격해 오면 저 아이의 목에 칼을 대고 위협하려 했을 거다.

'몇 명 더 있겠지.'

하나뿐인 인질을 경계 서는 곳에 둘 리가 없다. 저 안쪽. 산적들이 모여 있는 곳에 다른 인질이 있을 게 분명했다.

'어떻게 할까.'

모두에게 알리고 함께 움직였다간 산적들에게 들킬 게 분명했다.

아직 들키지 않은 지금, 인질을 구하고 산적들을 암살하듯 소탕하는 게 나을 수도 있다.

'그리고 놔두기 힘들어.'

아이의 입술이 파랗게 질렸다. 저대로 놔두었다간 동사하게 될지도 모른다.

"……."

라온이 고개를 돌렸다. 루난은 인질을 보고 어찌할 바를 모르겠는지 눈동자를 떨었다.

"괜찮아."

기막을 펼쳐서 소리가 빠져나가는 걸 막은 뒤 속삭였다.

"해결할 방법이 있어."

"방법?"

"대신 네가 도와줘야 해."

"응."

부난이 뭐든 하겠다는 듯 고개를 끄덕였다.

"내가 신호를 주면 일어서서 네 모습을 드러내고, 마나로 소리를 막아 줘. 할 수 있지?"

"응."

루난은 이유도, 방법도 묻지 않고 그대로 고개를 끄덕였다.

"그 뒤에는 내가 알아서 할게. 우리 둘이면 저 아이를 구할 수 있어."

"알겠어."

아이를 구할 수 있다고 하자, 루난의 고갯짓이 평소보다 훨씬 힘이 넘쳤다.

"그럼."

라온은 루난을 그 자리에 두고, 그림자보법을 밟아 아이가 묶여 있는 나무의 근처로 이동했다.

"언제까지 여기 박혀 있어야 하냐?"

"지그하르트 그 미친놈들이 벌써 검사를 파견했다잖냐. 길이 전부 막혔대."

"시발. 우리 다 뒈지는 거 아냐?"

"채주가 남북맹 사람을 불렀다고 했으니, 기다리면 안내자가 오겠지."

산적들은 그들의 이야기를 듣는 사람이 있다고는 생각도 못 하고 본인들의 사정을 떠들어 댔다.

"입 닥쳐라."

나무 옆에 앉은 산적의 말에 경계를 서던 산적들이 입을 합 다물었다.

'저 녀석은 좀 다르군.'

나무 옆에 앉은 산적의 단전에서 오러가 느껴졌다. 그래도 소드 비기너 수준이었지만.

라온은 한 번의 걸음으로 인질 옆에 있는 덩치 큰 산적 곁으로 이동했다.

루난은 이미 준비를 끝내고 가는 숨을 쉬고 있었다.

'후우우….'

가볍게 숨을 고르고, 무릎을 굽혔다. 언제라도 움직일 수 있는 자세를 취하고 손가락을 들어 올려 작은 불을 만들었다.

부스슥!

그 신호를 받은 루난이 수풀 속에서 몸을 일으켰다.

"뭐, 뭐야!"

"누구냐!"

경계를 서던 산적들이 루난을 보자마자 허겁지겁 무기를 챙기고 일어섰다.

"여자아이? 왜 여기… 어?"

나무 옆에 있던 산적이 혹시 모를 생각에 아이를 잡으려고 한 순간 라온은 이미 그의 뒤에 서 있었다.

푸칵!

검을 뽑음과 동시에 산적의 목을 갈랐다.

"끄흡….."

산적은 아이를 잡지도, 허리춤의 검을 뽑지도 못한 채 목이 떨어져 나갔다.

목을 잃은 산적의 몸에서 피 분수가 뿜어지기 전에 라온이 땅을 박찼다.

"무슨….."

두 산적 중 우측에 있던 놈이 먼저 몸을 돌린다. 발목을 회전시켜 방향을 바꿨다.

우측으로 돌진해 검을 내질렀다.

퍼억!

라온은 산적의 심장을 베자마자, 검을 휘돌려 마지막 남은 산적의 목을 겨누었다.

"뭐, 뭐야…."

홀로 살아남은 산적은 목에 닿은 검을 보고 마른침을 삼켰다.

"소리를 내도, 움직여도 죽는다."

"끄읍…."

눈치가 없는 건 아닌지 산적은 마른침을 삼키고 입을 다물었다.

"루난. 아이를 풀어 줘."

"응!"

루난이 세차게 고개를 끄덕이고 아이에게 다가갔다.

"지금부터 묻는 말에 대답해라. 거절할 때마다 뼈를 하나씩 뽑아 주마."

라온은 산적의 팔을 꺾으며 바닥에 내리찍었다.

"아, 알겠습니다."

산적은 일말의 주저함도 없이 검을 휘두른 라온에게 질렸는지 고개만 끄덕였다.

"설호채 맞지?"

"마, 맞습니다."

"총인원은?"

"마, 마흔입니다."

"나머지는 어디에 있지?"

"저 숲 안쪽에 있습니다."

산적은 턱으로 숲 안쪽을 가리켰다.

'확실히.'

숲 깊은 곳에서 여러 기척이 움직이고 있었다. 위치가 위치인지라 놈들은 기척을 숨기지 않았다.

"경계 교대는 언제지?"

"세, 세 시간 후쯤."

"인질은?"

"저 안에 한 명이 더 있습니다."

"역시."

라온이 고개를 끄덕였다. 예상대로 다른 인질이 있기에 저 아이를 경계를 서는 곳에 두었던 것 같다.

'36명이 모여 있으면 지금처럼은 안 되겠어.'

암살이라면 얼마든지 가능하지만, 36명이 눈에 불을 켜고 있는 곳에서 인질을 구출하는 건 쉬운 일이 아니다.

"라온?"

루난이 아이에게 로브를 입히고 다가왔다. 손수건으로 얼굴을 닦아 주었는지 아이의 얼굴이 깨끗해졌다.

"거, 검사님. 저 안에 제 동생이 있어요."

아이는 라온의 앞에 무릎을 꿇고 머리를 박았다. 아직 추위가 가시지 않아 입술에서 피가 나고 있으면서도 끝까지 말을 이었다.

"제발 제 동생을 구해 주세요!"

"걱정하지 마."

루난이 아이의 머리를 부드럽게 쓰다듬었다.

"라온이 전부 해결해 줄 거야."

"루난. 그런 말은 함부로 하는 게 아니야."

"그래도 해 줄 거잖아."

"음."

라온은 헛기침을 했다. 루난의 눈빛은 투명했다. 완벽한 신뢰. 부담스러울 정도의 믿음에 헛기침이 나왔다.

"산적만 처리하는 건 상관없지만 인질인 아이를 안전하게 구하려면 사람을 부르는 게 나을 것 같아. 산적 36명에 채주까지 있으니, 위험할 수도 있어."

"그럼 피리를 불까?"

"그래."

루난이 아이의 손을 잡은 채로 일어섰다. 그녀가 뒤로 물러서서 리메르에게 받은 피리를 불었다.

얼굴이 빨개질 정도로 세게 불었지만, 소리는 들리지 않았다.

'확실히 들리지 않네.'

피리는 바로 옆에 있어도 들리지 않을 정도로 작았다. 왜 이 피리를 줬는지 알 수 있었다.

"무음적 소리다! 전부 일어나! 추적자가 왔다!"

피리 소리가 끝나기 무섭게 숲 안쪽에서 걸걸한 남자의 목소리가 들렸다.

"이게 무슨…."

라온이 마른침을 삼켰다. 저 반응. 피리 소리를 들은 게 분명했다.

'저 정도로 감이 좋은 놈이 있었다니….'

자신조차 듣기 힘든 피리 소리를 저 멀리서 들을 줄은 몰랐다. 일이 꼬였다는 생각에 등줄기로 식은땀이 흘렀다.

"루난. 아이랑 저쪽으로 숨어."

라온은 서쪽의 수풀을 가리켰다.

"라온은?"

"여기서 시간을 끌어 볼게."

루난에게 대답을 하며 팔을 제압한 산적을 수풀 쪽으로 끌어당겼다.

"괜찮으니까. 날 믿어. 그리고 혹시라도 틈이 보이면 다른 인질을 구해."

"알겠어."

괜찮다고 말하니 루난이 고개를 끄덕이고 우측 수풀 안으로 들어갔다.

쿠구구구!

숲이 무너지는 듯한 소리와 함께 가지각색의 복장을 한 산적 35명이 우르르 몰려나왔다.

"뭐, 뭐야! 대체 언제…."

"이런 시발!"

"어떤 새끼야!"

가장 강한 기운을 가진 턱수염 장한이 죽은 산적들을 보고 이를 바드득 갈았다.

'인질은… 저쪽이군.'

라온은 수풀에 숨은 채로 인질의 위치를 확인했다.

가장 우측에 있는 산적이 어린 여자아이의 목덜미를 쥐고 있었다. 다행히 루난이 숨은 수풀 바로 옆이었다.

"나와라!"

턱수염 장한이 발을 구르며 눈을 부라렸다.

"나오지 않는다면 저 녀석의 목을 베어 주지."

그가 대도를 뽑아 인질인 여자아이를 겨누었다.

"픗."

라온이 제압한 산적의 목을 잡고, 수풀에서 일어섰다.

"꼬마? 이걸 네놈이 했다고?"

"그렇다."

"미친! 이런 어린 새끼한테…."

"부, 부채주님…."

목을 잡힌 산적이 앞의 남자를 부채주라 불렀다. 저 덩치가 산적들의 부두목이고, 피리 소리를 들은 놈인 것 같다.

"무음적으로 누굴 부른 거냐."

놈은 리메르가 준 피리의 이름도 알고 있었다. 어딘가의 교관이었던 모양이다.

"누굴 부르든 무슨 상관이지?"

"어린놈이 뒈지고 싶어서 환장했구나."

부채주가 짐승처럼 으르렁거렸다.

"인질 교환을 원한다."

라온은 부채주와 산적 사이의 시선을 검으로 막으며 말했다.

"인질 교환?"

"그 아이를 넘겨주면 이놈을 돌려주지."

"크하하하하!"

부채주가 어깨를 들썩일 정도로 코웃음을 쳤다.

"그딴 새끼가 뒈지든 말든 알 바 아니야. 그놈에겐 저 애새끼와 달리 인질의 가치가 없다."

"그래. 그렇군."

라온이 고개를 끄덕이고, 검을 들어 산적의 목에 가져다 댔다.

"말했을 텐데, 우린 그놈이 죽어도 아무 상관없다. 이 계집아이의 모가지가 떨어지는 꼴을 보고 싶지 않다면 당장 검을 내려놔."

"글쎄."

왼손 새끼손가락으로 작은 불씨를 피워 내 루난에게 신호를 보냈다.

"이 녀석이 가치가 있는지 없는지는 네가 아니라, 내가 정해."

라온이 검날로 산적의 경동맥을 베었다. 목에서 엄청난 양의 핏물이 치솟아 순간 산적들의 시야를 가렸다.

'지금!'

라온은 허리춤에 꽂아 놓은 단검을 들었다. 설화의 감각과 기감을 최대한으로 열어 아이를 안고 있는 산적의 기척을 느꼈다.

만화공의 기운을 가득 담아 산적을 향해 단검을 쏘아 냈다.

퍼어억!

하늘로 솟구친 핏물이 가라앉을 때 이마에 단검이 박힌 산적이 쓰러지는 게 보였다.

"이런! 염병할!"

"마, 막아!"

부채주와 산적들이 자유가 된 아이를 노리고 움직일 때 수풀에 숨어 있던 루난이 일어섰다. 뽑아 든 검에 은빛 냉기가 일었다.

"서리연."

그녀가 검을 휘두르자, 달려들던 산적들의 발밑에 서리가 깔렸다.

"저, 저년은 뭐야!"

"냉기?"

"속성 오러다!"

산적들은 섣불리 움직이지 못하고 다리를 멈췄다. 그 한순간의 머뭇거림. 그거면 충분했다.

터어엉!

라온이 땅을 박차고 아이를 향해 튀어 나갔다.

"멈춰!"

중간에 있던 산적이 검을 내리쳤다.

터엉!

라온은 손바닥으로 검면을 쳐 낸 뒤 산적의 목을 베었다. 바람을 탄 듯한 기세. 리메르를 보는 듯했다.

"이놈!"

부채주가 경로를 막기 위해 거대한 도를 내리쳤다.

라온은 발목을 틀어 아이의 앞에 선 뒤 검을 내질렀다.

쩌어엉!

얇은 검과 거대한 도가 맞부딪쳤지만, 밀려난 건 도다.

"크흡!"

부채주가 이를 악물고 뒷걸음질 쳤다.

"됐어."

그사이에 루난이 다가와 여자아이를 안아 들었다.

"세린!"

"오, 오빠!"

아이들은 서로 부둥켜안으며 닭똥 같은 눈물을 흘렸다.

"이제 괜찮아."

루난이 아이들을 안고 뒤로 물러섰다. 드물게도 작은 미소를 지었다.

'저 녀석.'

뒤를 힐끔 보며 픽 웃었다. 루난은 이쪽의 마음을 알고 있는 것처럼 생각대로 움직여 주었다. 보기와 다르게 눈치가 빠른 녀석이다.

"애새끼들 주제에! 내가 누구인지 알고!"

부채주가 이를 바드득 갈며 도를 휘돌렸다. 그 뒤에 있는 산적들도 모두 검을 뽑아 들고 살기를 피워 냈다.

"곧 죽을 놈의 이름 따위 궁금하지 않아."

라온의 검 위로 만화공의 새빨간 불꽃이 타올랐다.

"와라."

제56화

"쳐라!"

부채주의 지시에 산적들이 무기를 휘두르며 달려왔다.

라온은 목을 살짝 트는 것으로 산적의 공격을 피한 뒤 검을 내질렀다. 직선으로 뻗어 나가는 최단의 투로.

"허억!"

산적은 피한다는 생각도 하지 못한 채 심장이 꿰뚫려 쓰러졌다.

티익!

틈을 노리고, 우측에 있던 산적이 창을 찔러 왔다. 검면으로 흘린 후 창대와 산적의 목을 동시에 베어 버렸다.

산적은 본인의 죽음을 믿지 못하는 듯 눈을 감지도 못하고 숨이 끊어졌다.

-그 나이에 어떻게 그런 단호함을 가질 수 있는 것이냐.

'이런 놈들은 살려 둘 가치가 없으니까.'

라온은 차가운 눈으로 산적들을 훑었다.

저놈들은 마을 하나를 불태우고, 아이들을 인질로 잡은 악귀들이다. 죽여도 죄책감 따위는 들지 않았다.

"뭐 하는 거야! 한꺼번에 덤벼! 애새끼일 뿐이라고!"

"죽어엇!"

"으아아아!"

검과 창, 도를 든 산적 스무 명이 동시에 달려들었다.

화아아아!

라온이 검을 세운 순간 바닥에서 은빛의 냉기가 피어나 산적들을 휘감았다. 루난이다. 그녀가 냉기를 뿌려 산적들의 움직임을 느리게 만들었다.

터엉!

고개를 살짝 끄덕여 루난에게 인사를 한 뒤 검을 든 산적의 좌측으로 이동했다.

"이, 이놈!"

산적들이 동시에 무기를 내리쳤다. 라온은 피하지 않고, 앞으로 돌진했다.

산적들의 검이 허공을 스쳐 지나간 사이 검을 올려 그었다.

붉게 물든 칼날이 산적 둘을 동시에 베어 버렸다.

"주, 죽어!"

뒤에 있던 산적이 창을 내리찍었다. 시퍼런 창날이 라온의 심장을 향해 쏘아졌다.

라온이 허리를 숙였다. 창날에 잘려 나간 머리칼이 허공에 흩날렸다.

"흐아압!"

그 뒤를 이어 검을 든 산적과 도끼를 든 산적이 동시에 달려들었다.

촤악!

라온은 미끄러지듯 뒤로 물러나 방심하던 산적의 목을 베었다.

"따라잡아!"

"저, 저 쥐새끼 같은 놈!"

"올 필요 없어."

라온이 가람보법을 밟으며 발목을 돌렸다. 그의 몸이 앞으로 기울어지며 벼락처럼 튀었다.

"이쪽에서 갈 테니까."

라온은 쫓아오던 산적들의 아래쪽으로 파고들어 연성검법을 그었다.

촤아악!

질풍처럼 몰아친 검술 연계에 산적 네 명의 목이 날아갔다.

"후."

라온이 검술을 끊고, 잠시 숨을 돌리려는 순간 뒤편에서 강렬한 살기가 치솟았다.

'놈이다.'

지금까지 나서지 않고 기회를 노리던 부채주다. 뒤를 돌지 않고 그대로 허리를 젖혔다.

부채주의 대도가 앞머리를 가르고 지나갔다. 금빛 머리칼이 허공에 흩날렸다.

"이, 이걸 어떻게!"

"잘."

당황하는 부채주의 목을 향해 검을 올려 쳤다.

쩌어엉!

자세가 제대로 잡히지 않아 힘이 실리지 않았지만, 부채주는 검격을 감당하지 못하고 뒤로 튕겨 나갔다.

"쳐! 놈을 찢어 버려!"

"으아아아아!"

부채주와 각종 무기를 든 산적들이 파도가 되어 밀려온다. 녹슨 검과 창이 심장을 노렸고, 두꺼운 도끼가 머리를 찍어 왔다.

쿵!

라온이 숨을 들이마시며 진각을 밟았다. 만화공의 기운이 담긴 검을 좌에서 우로 내리그었다.

만화공. 염풍.

바람을 탄 열기의 칼날이 부채주와 산적들을 동시에 갈라 버렸다.

"끄으윽…."

"어, 어?"

산적들은 본인들의 죽음을 믿지 못한 채 반으로 갈라져 넘어갔다.

"으아아악!"

"괴, 괴물이야."

"어떻게 저런 아이가…."

이제 얼마 남지 않은 산적들은 무기를 든 손을 덜덜 떨며 뒷걸음질 쳤다.

"너희들의 두목은 지금…."

"하, 어이가 없네."

수풀을 가르고 상의를 풀어 헤친 남자가 나왔다. 30살 정도 되었을까. 젊은 얼굴에 흉악한 기세가 함께 했다. 강한 악의만으로 알 수 있다. 이놈이 모든 일의 원흉이라는 것을.

"두목!"

"채주!"

겁에 질렸던 산적들의 얼굴에 희망이 깃들었다. 역시 저 남자가 설호채주였다.

"어린 새끼한테 다 뒈지는 게 말이 돼? 이래선 남북맹에 들어가 봐야 창피만 당하겠네."

남자는 허리춤에 대롱대롱 매달린 술병을 입에 물고, 킥킥 웃었다. 산적들이 죽었어도 딱히 분노하지 않는다. 그저 이 상황이 흥미로운 것처럼 보였다.

"얼굴이랑 복장이 귀티 넘치는군. 잘나가는 집안에서 나온 건가?"

산적 두목은 히죽이며 라온과 루난을 차례로 가리켰다.

"차라리 잘됐어. 선물이 좀 모자랄까 봐 걱정했는데, 너희를 인질로 삼아야겠다. 하늘도 이 브칸을 버리진 않는군."

스스로 브칸이라는 이름을 밝힌 산적 두목이 등에 걸친 도를 뽑았다. 통나무처럼 두꺼운 도가 나뭇잎처럼 빙빙 돌아갔다.

'브칸이라면 두목이 맞군.'

리메르가 말해 주었던 설호채주의 이름과 일치했다. 무력이 오러 유저 중상급인 것도 같았다.

지금까지 싸웠던 적 중 가장 강한 상대.

하지만 긴장되진 않았다. 가볍게 이길 수 있는 상대였으니까.

"덤벼 봐. 도련님이시니, 몇 수 정도는 봐주지."

브칸이 킥 웃으며 네 손가락을 모아 까딱였다.

"좋다."

라온이 루난에게 가만히 있으라는 눈빛을 보내고 앞으로 나왔다.

"어디 꼬마가 얼마나 강…."

브칸이 방심하고 주절거릴 때 놈의 목을 향해 검을 내질렀다.

치이이잉!

만화공의 기운을 가득 담은 검날이 브칸의 목을 향해 솟구쳤다.

"허!"

브칸이 헛바람을 흘리며 도를 휘돌렸다. 풍차처럼 돌아간 도가 검의 궤도를 비껴 냈다.

쩌어엉!

강렬한 충격음과 함께 라온과 브칸이 동시에 밀려났다.

"호, 이 정도란 말이지?"

브칸의 눈동자가 굶주린 짐승처럼 번들거렸다.

"아주 재밌겠어!"

놈이 웃음을 터트리며 돌진해 왔다. 도에 회전력을 더해 그대로 내리쳤다.

라온은 맞부딪치지 않고, 허리를 틀어 공격을 피했다.

콰아아앙!

바닥을 친 도가 땅을 쩍 갈랐다. 위력이 엄청났다.

"크하하하!"

브칸은 미친놈처럼 웃으며 연속으로 도를 내리쳤다. 거대한 도가 공간을 장악하자, 점점 움직일 공간이 줄어들었다.

"그렇게 피하기만 하면 칼 맞고 뒈질 텐데?"

"네가 상관할 바가 아니다."

라온은 침착한 눈빛을 발하며 계속 보법을 밟고, 도격을 차단했다.

"쯧, 그 정도라면 이제 볼 필요 없겠군."

브칸이 입을 삐죽 내밀고, 도를 휘돌렸다. 바람을 탄 대도가 푸른빛으로 번쩍이며 강렬한 기운을 폭발시켰다.

"그대로 죽어라!"

그의 도가 하늘로 올라가며 움직임이 커진 순간 라온의 눈에 붉은색 벼락이 내리쳤다.

만화공 일화.

화령.

은빛 칼날의 끝에서 피어난 화염의 봉오리가 바람을 타고 피어났다.

쩌어억!

작은 불꽃에 어린 사나운 기운이 브칸의 도를 베고, 그의 허리를 뜯어냈다.

"끄아아아악!"

브칸이 옆구리에 박힌 검을 부여잡고 비명을 내질렀다.

"이, 이놈!"

괜히 두목인 건 아닌지 검날을 잡고 밀어내는 힘이 엄청났다.

"뒈져!"

브칸은 왼손으로 옆구리에 박힌 검을 쥐고, 오른손에 든 도로 목을 노려 왔다.

"소용없다."

라온은 목을 살짝 트는 것으로 반쪽 난 도를 피하고, 브칸의 힘을 역으로 이용하여 검을 우측으로 더 밀어 버렸다.

"끄어억!"

브칸의 허리에서 살벌한 양의 피가 솟구쳤다. 놈은 잡고 있던 검을 놓고 뒷걸음질 쳤다.

"뭐. 뭣들 하는 거야 놈을 죽여! 여기서 다 뒈지고 싶어!"

"으헉!"

"가, 가자!"

"채주님을 구해!"

놈의 외침에 남은 산적들이 우르르 달려들었다.

"후우."

라온이 숨을 고르며 검을 휘돌렸다. 지그하르트 기본 검술을 펼쳐 돌진해 온 산적의 목을 베고, 다리를 그었다.

"컥!"

"끄아악!"

"으억!"

산적들의 벽이 비명을 지르며 무너졌다.

'놈은?'

라온은 검을 휘돌리며 브칸의 위치를 찾았다. 놈은 없었다. 기감에도 위치가 잡히지 않았다.

'도망쳤어!'

부하들을 방패로 삼고 도망치는 두목이라니, 산적답다면 산적다운 모습이다.

으득.

라온이 어금니를 지그시 깨물며 기세를 피워 냈다.

'시간이 없어.'

이쪽과 달리 브칸은 주변 지리를 모두 파악해 두었을 거다. 한 번 놓치면 잡기 힘들다.

후우우욱.

만화공을 최대한으로 끌어 올려 검을 내리쳤다.

붉게 물든 칼날이 벼락처럼 떨어지자, 라온의 앞에 있던 산적들의 목이 모조리 떨어졌다.

"끄륵…."

"어억!"

산적들은 본인이 당했다는 것도 모른 채 멍한 눈으로 쓰러졌다.

"으아아악!"

"아, 안 돼! 저건 못 이겨! 괴물이라고!"

"채, 채주님! 채주님! 어?"

"그 개새끼 도망갔어!"

"하, 항복! 항복하겠습니다!"

이제 얼마 남지도 않은 산적들이 비명을 질렀다. 채주가 도망갔다는 것까지 알자 모두 무기를 버리고 무릎을 꿇었다.

"루난!"

라온이 항복한 산적들을 쭉 살핀 후 루난을 보았다.

"난 채주를 쫓을게. 이놈들 헛짓하면 망설이지 말고 죽여."

"응."

루난은 아이들을 꼭 안은 채 시원하게 대답했다. 산적들의 얼굴이 창백해졌다.

"그럼."

라온이 불의 고리와 만화공을 운용하며 땅을 박찼다.

산적들이 나왔던 숲으로 들어가며 기감을 열고, 눈동자를 굴렸다.

'어디지?'

산적 놈들이 숲을 마구 사용해서 흔적을 찾기 쉽지 않았다.

하지만 소리는 숨기지 못했다.

'남서쪽.'

설화의 감각으로 키운 청각이 남서쪽에서 수풀이 움직이는 소리를 잡아냈다.

터엉!

소리가 들린 방향으로 질풍처럼 달렸다. 얼마 지나지 않아 브칸의 기척이 잡히고, 놈의 등이 보이기 시작했다.

'뭐야.'

브칸은 혼자가 아니었다. 여자 하나를 품에 안고 미친 듯이 숲을 달리고 있었다.

"거기까지다."

라온은 가람보법을 최대한으로 밟아 브칸의 앞을 막아섰다.

"시발! 어떻게 쫓아온 거야!"

브칸이 입술을 떨며 뒤로 물러섰다.

"오지 마! 오면 바로 죽여 버릴 테니까!"

놈은 여자의 목에 대도를 올리며 위협했다.

"이제 나도 눈에 보이는 거 없어. 수틀리면 바로 죽인다!"

"그럼 너도 죽는다."

라온은 브칸의 협박에 굴하지 않았다. 만화공과 불의 고리를 운용하며 천천히 다가갔다.

'인질이 있다고 약한 모습을 보이는 게 최악이지.'

인질이 아무 소용도 없다는 모습을 보여야 저쪽이 역으로 당황하는 법이다.

그리고 저 인질은 정말 아무 의미도 없었다.

"빌어먹을!"

채주는 악을 내지르며 품에 안고 있던 여자를 던져 버렸다.

"흡!"

라온은 앞으로 달려가 땅에 떨어지는 여자를 왼손으로 받아 들었다.

"고, 고마워요."

깔끔한 얼굴의 여자가 고개를 까딱인 순간 그녀의 소매에서 파란색 뱀 한 마리가 튀어나왔다.

"됐어!"

브칸의 환호 소리가 들려왔다.

"뭐가 돼?"

라온이 차갑게 웃고서 오른손에 든 검을 내리찍었다.

퍼억!

뱀의 머리를 꿰뚫은 칼날이 여자의 심장까지 찍어 눌렀다.

"끄륵, 어떻게!"

"아까 산적의 총인원이 40명이라고 했거든. 네가 그 마지막 한 명이잖아."

"그, 그걸 세는 미친놈이…."

어처구니가 없었던지 여자는 죽으면서도 눈을 감지 못했다.

"인질치고는 얼굴도 깔끔했고."

사실 그게 전부가 아니다. 여자의 손가락에 끼워진 붉은 선의 반지. 저건 뱀 술사의 표식이다.

산적의 숫자도 숫자지만, 저 반지와 깔끔한 얼굴을 보고 그녀가 인질이 아니라는 걸 알았다.

"너, 너 대체 뭐야!"

설호채주 브칸이 악을 내질렀다. 도망쳐도 소용없다는 걸 알았는지 주저앉은 채로 턱을 덜덜 떨었다.

"너희가 죽일 때는 좋았겠지."

라온은 여자의 심장을 부순 검을 뽑아 들고 브칸에게 다가갔다.

"꺼, 꺼져!"

브칸이 악을 내지르며 도를 마구잡이로 휘둘렀다. 처음 보았을 때 흉폭했던 그의 눈빛이 겁에 질린 듯 흔들렸다.

"마을을 습격하고, 약탈한 걸로 모자라 아이들까지 인질로 잡다니, 악마도 하지 않을 짓이다."

-미안하지만 그 정도는 할 악마들이 꽤 있다. 아니, 수없이 많다.

"……"

라온은 라스의 말을 무시하고 브칸에게 다가갔다.

"닥치라고!"

브칸이 메뚜기처럼 일어서며 도를 내질렀다. 오러가 가득 담겨 도의 날이 퍼렇게 빛났다.

불의 고리는 이미 놈의 무학을 모조리 파악한 상태다. 가볍게 회피한 뒤 검을 그었다.

촤아악!

브칸의 오른팔이 땅으로 떨어졌다.

"끄아아악!"

"넌 비명을 지를 자격도 없다."

"자, 잠깐만 영약을 주겠다! 그 마을에서 가져온 영약을… 꺽."

라온은 망설임 없이 브칸의 목을 베어 버렸다. 추한 산적의 머리가 툭 떨어져 굴러갔다.

"하아…."

가쁜 숨을 내쉬며 검을 집어넣었다.

'영약이라고 했지.'

놈은 영약 때문에 마을을 습격했다고 했었다. 분명 몸에 그 영약이 있을 것이다. 브칸이 입고 있던 옷을 뒤지니 작은 주머니 하나가 나왔다.

"이거로군."

주머니를 열었다. 아직 피지 않은 꽃봉오리 하나가 들어 있었다. 특이하게도 잎의 색이 반은 푸르고, 반은 붉었다.

"이딴 것 때문에."

라온이 꽃봉오리를 만지며 인상을 찌푸렸다.

이건 투톤 플라워라는 영약으로 화속성과 수속성의 기운을 모두 가진 영약이다. 희귀하지만, 마을 하나를 몰살시킬 만큼 엄청난 영약은 아니었다.

"쯧."

브칸 놈을 너무 쉽게 죽인 게 아쉬웠다.

-인간의 욕심이란 그런 것이다. 본왕은 마계에 있을 때보다 인간계에 왔을 때 더 많은 욕망을 보는 것 같다. 즐거운 세상이도다.

라온은 라스의 말에 대꾸하지 않았다. 무시하는 게 아니라, 그의 말이 맞아서 할 말이 없었다.

"음?"

씁쓸한 입맛을 다시고 돌아가려 할 때였다. 갑자기 머리가 지끈거리며 만화공에 적혀 있던 한 지식이 떠올랐다.

투톤 플라워.

이 피지 않는 꽃의 진짜 모습은 이게 아니었다.

'그것만 있다면 훨씬 엄청난 효과의 영약이… 어?'

만화공의 지식 덕분에 투톤 플라워의 진짜 모습을 깨달은 순간 남쪽 수풀에서 무언가가 움직이는 기척이 느껴졌다.

바스스.

수풀을 헤치고 한 청년이 모습을 드러냈다. 호피 가죽조끼를 입고, 이마에는 황색 두건을 둘렀다. 사냥꾼 같기도 했고, 산적 같기도 했다.

"어라? 이미 다 끝났네?"

그는 발밑에 죽어 있는 설호채주를 보고 입맛을 다셨다.

"지그하르트의 포위망을 뚫고 구하러 온 보람이 없구만."

호피 조끼의 남자가 고개를 들어 올려 라온과 눈을 마주쳤다.

"네가 한 거니? 대단하네."

"남북맹인가."

황색 두건은 오마 중 하나 남북맹의 표식이다.

이 자리에 나타난 것 그리고 설호채주를 보고 아쉬워하는 것 모두 그가 남북맹 소속이라는 걸 알려 주었다.

"렉터라고 하지."

그는 숨길 생각이 없는지 본인을 그대로 소개했다.

'렉터.'

렉터라는 이름을 들은 라온이 인상을 찌푸렸다. 선생에 들어 본 적 있는 이름이다. 검 하나를 들고 남북맹에 들어가 10년 만에 대형 산채의 주인이 된 천재 검사. 렉터는 설호채주와는 격이 다른 진짜 무인이었다.

"그 녀석이 가지고 있던 영약은 네가 챙긴 건가?"

"그렇다면?"

라온이 고개를 끄덕였다. 투톤 플라워를 보고 있을 때 왔기 때문에 숨길 수도 없었다.

"당당하네. 하긴 나이에 맞지 않게 판단력도 좋고."

그의 시선이 뱀 술사 여자를 향했다.

"무력도 뛰어나니까. 그런 자신감을 가질 수 있는 거겠지."

목을 잃은 브칸의 시체를 훑은 렉터의 눈이 다시 라온에게 향했다.

"명가의 후예. 그것도 육황 지그하르트의 직계겠지. 화검의 문양이 없는 걸 보면 아직 수련생일 테고. 흐음, 어떻게 할까?"

그가 허리춤의 검을 만지작거리며 혀로 입술을 핥았다.

"죽일까?"

제57화

라온이 입술을 깨물었다. 렉터의 입에서 죽인다는 말이 나오자마자, 폭풍 같은 살기가 전신을 휩쓸었다.

고오오오!

다만 평생을 암살자로 살아온 자신에게 살기는 큰 의미가 없었다. 네 개의 불의 고리를 공명시켜 몸을 짓누르는 살기를 밀어냈다.

"오호!"

렉터의 눈동자가 휘둥그레졌다. 살기를 버틴 게 놀라운지 입을 둥글게 벌렸다.

"이거 새싹이 아니라, 이미 봉오리인데?"

그는 헛웃음을 흘리며 검집을 툭툭 쳤다. 뽑을까 말까를 고민하는 것 같았다.

'이길 수는 없어.'

암살이라면 죽일 수 있지만, 지금의 무력으로 렉터를 꺾는 건 무리다. 다만 라온에겐 믿는 구석이 있었다.

스르릉.

라온이 먼저 검을 뽑았다.

"검을 뽑아 덤벼라."

가라앉았던 기세를 끌어 올리며 은빛 칼날로 렉터를 겨누었다.

"내가 이거 뽑으면 너 죽는데?"

"약자가 죽는 건 당연한 이치다."

"하, 무슨 어린놈의 기상이 저래?"

렉터가 탄성을 흘리며 박수를 쳤다. 그의 손은 이제 완전히 검집에서 떨어졌다.

"네 기상을 보니, 싸울 마음이 사라졌어. 지금 여기서 죽이기엔 아까운 놈이야."

"무인은 죽을 자리를 고르지 않는다."

"와, 미쳤네. 너 어린애 맞냐? 무슨 명언집이라도 보는 거야?"

"……."

"뭐, 사실 그 이유만은 아니고."

렉터의 시선이 라온 너머 나무 위를 향했다.

"그 영약을 회수한다고 해도 내가 죽으면 의미가 없으니까."

그는 나무를 향해 고개를 까딱이고 뒤로 훌쩍 물러섰다.

'역시.'

라온이 입맛을 다셨다. 지금 자신의 뒤에는 교관들이 모두 몸을 숨기고 있다. 리메르의 위치는 잡히지 않았지만, 그의 성격상 분명 근처에 있을 거다.

렉터는 리메르와 교관들의 기척을 느끼고 물러난 거다.

"네가 남북맹 소속이었다면 정말 재밌었을 텐데, 이름이 뭐지?"

"……."

라온은 대답하지 않고 눈을 감았다. 렉터의 질문에 옛 생각이 났다.

전생에서 암살자로 살아올 때 적에게 저런 말을 듣기도 힘들었지만, 듣는다고 해도 말을 할 수 없었다.

항상 입을 다물고 도망치거나, 죽이기 위해 달려들었다.

적이. 그것도 대륙에 명성을 떨친 강자가 이름을 묻는 것에 가슴이 살짝 떨렸다.

"이름도 말해 주지 않는…."

"내 이름은 라온. 라온 지그하르트다."

라온은 천천히 눈을 뜨며 당당하게 이름을 밝혔다.

"라온이라. 훗날 네 이름이 테루칸 산과 레이블 강에 들려오길 기다리마."

그는 씩 웃고서 그대로 산을 내려갔다. 혹시라도 돌아올지 몰라 기감을 열어 두었지만, 정말 사라져 버렸다.

"후."

라온이 한숨을 내쉬며 검을 집어넣었다.

'잘 먹혔군.'

렉터는 곱상한 외모와 달리 남자다운 성격을 가졌다.

힘에서 밀린다는 걸 알고도 당당하게 나가니 오히려 호감을 쌓은 것 같다. 로베르트 가문에서 본 정보대로였다.

'안 싸우고 끝나서 다행이야.'

렉터는 강하다. 리메르와 함께 싸운다면 이길 수는 있겠지만, 교관 몇 명이 죽었을 거다. 싸움 없이 끝난 게 최선이다.

라온은 영약을 품에 집어넣고, 설호채주의 목을 두꺼운 보자기에 넣었다. 실적을 위해서 채주의 머리는 직접 챙겨야 한다.

"그럼 돌아가죠."

나무 위를 올려다보며 빙긋 웃었다.

※※※※※

리메르는 아이들이 수색을 시작했을 때부터 산적들의 위치를 파악했었다.

우거진 숲과 높은 산이라는 함정을 지우고 보면 바로 산적들이 어디에 숨었는지를 알 수 있었다.

다만 그건 많은 경험을 쌓은 그의 이야기고, 수련생들은 달랐다.

예상했던 대로 수련생들은 먼저 산과 숲으로 움직였다.

버렌과 마르타도 다르지 않았다. 두 사람은 각기 산과 숲으로 방향을 정한 뒤 멧돼지처럼 수색을 시작했다.

너무도 당연한 일이었기 때문에 놀랍지도 않았다.

다만 라온과 루난은 길 위에 서서 움직이지 않았다.

다른 수련생들이 한참 전에 방향을 정하고 수색을 시작했을 때야 이동하기 시작했다.

두 사람의 방향은 숲도, 산도 아닌 구릉이었다.

저 녀석들이?

일부러 구릉 옆에 있는 숲이 보이지 않는 곳을 거점으로 골랐는데, 저길 어떻게 알고 가는 건지 모르겠다.

역시 라온인가.

라온이 뛰어난 판단력으로 산적들이 구릉에 있을지도 모른다고 판단한 것 같다.

다만 산적들은 산에서 생활하는 놈들답게 대부분의 흔적을 지웠다. 교관들도 찾기 힘든 수준이니, 라온과 루난이 산적의 기척을 발견하기는 무리였다.

하지만 라온은 구릉 위의 숲을 쭉 둘러보고 무엇을 발견한 사람처럼 안으로 들어갔다.

그리고 인간의 흔적을 하나씩 발견하며 산적들이 숨어 있는 방향을 향해 천천히 나아갔다.

뭐 저런 놈이 다 있지?

리메르가 입을 쩍 벌렸다. 이제 첫 임무에 나온 녀석이 추적자처럼 산적의 흔적을 찾아간다. 어처구니가 없는 일이다.

그냥 가는 것도 아니다. 자세를 낮추고, 발 앞꿈치로만 걸어서 소리조차 나지 않았다.

허, 함정까지 지워?

라온과 루난은 산적들이 설치한 함정까지 해제하며 결국 산적들이 숨어 있는 곳에 도착했다.

그곳에는 자신조차 알지 못했던 인질이 잡혀 있었다.

어떻게 할래?

리메르는 인질이 잡혀 있는 나무 근처로 이동했다. 혹시라도 라온이나 루난이 실패하면 바로 움직일 생각이었다.

하지만 움직일 필요는 없었다.

라온은 루난을 미끼로 삼아서 경계를 서는 산적들의 시선을 돌린 뒤 인질을 잡은 산적의 목을 베었다.

꿀꺽.

예리하면서도 단호한 일격에 순간 소름이 돋았다. 기막을 쳐서 소리를 죽이고, 앞의 산적까지 처리하는 모습도 완벽했다.

그 뒤 산적 하나를 살리고 정보를 모으는 모습까지. 그야말로 프로를 보는 듯했다.

다만 하나의 실수. 아니, 하나의 우연이 있었다.

무음적. 훈련받은 자만이 들을 수 있는 그 피리를 부채주가 감지했기 때문이다.

라온은 그 위기의 순간에도 당황하지 않았다. 바로 새로운 작전을 짠 뒤에 루난과 아이를 숨겼다.

부채주와 산적들의 방심을 유도한 뒤 단숨에 뛰어들어 두 번째 인질까지 구해 냈다.

그 뒤로는 전투였다.

리메르는 손가락을 꼼지락거리며 라온이 전위, 루난이 후위에 선 전투를 지켜보았다.

위험한 순간에 나서려고 다리를 풀었지만, 기회가 없었다.

루난이 서리를 깔고, 라온이 검을 들자 산적들은 무기를 제대로 휘두르지도 못하고, 죽어 갔다.

똥품을 잡고 나온 채주는 라온을 이길 수 없다고 생각했는지 부하들을 내팽개치고 도망쳤다.

저건 내가 잡아야겠네.

인질 둘을 지키면서 산적을 처리하고, 채주까지 잡기엔 시간이 부족하다.

채주를 놓칠 수는 없기에 리메르는 채주가 도망친 곳으로 움직였다.

인질? 아니, 저것도 산적이군.

채주는 여자 산적을 인질처럼 들고 구릉을 내려가기 시작했다.

그럼 잡으면….

설호채주가 반항조차 할 수 없도록 기습하려고 할 때 뒤에서 누군가가 달려오는 소리가 들려왔다.

라온이다.

녀석은 채주가 있는 방향으로 사자처럼 돌진했다.

채주는 당황한 척하면서 여자 산적을 던졌다. 라온은 속도를 늦추며 그녀를 받았다.

이런….

리메르가 인상을 찌푸렸다. 저 여자는 뱀 술사다. 뱀에게 물리기 전에 라온을 구해야 했다.

하지만.

뱀이 튀어나오는 순간 라온의 오른손이 움직였다.

퍼억!

알고 있었다는 듯 조금의 망설임도 없이 검으로 뱀과 여자의 심장을 뚫어 버렸다.

"와아."

리메르는 본인도 모르게 탄성을 흘렸다. 조금도 당황하지 않고 뱀을 죽이다니, 저건 미리 알고 있지 않은 이상 할 수 없는 행동이었다.

뭐 저런 녀석이 다 있지?

이젠 감탄 수준이 아니라, 정신이 멍해질 지경이다.

수십 년 동안 전장을 나돌아다니며 수많은 재능을 봐 왔지만 저런 괴물은 처음이다.

라온은 설호채주의 목까지 베어 버린 후 그가 가지고 있던 영약까지 챙겼다.

그래. 잘했다.

박수를 쳐 주고 싶은 마음을 꾹 참았다. 옆을 보니 다른 교관들도 어이가 없는지 혀를 내두르고 있었다.

다 끝났다고 생각할 때 강렬한 기세를 두른 젊은 미남자가 모습을 드러냈다.

황색 두건에 막강한 기도. 남북맹의 무인이었다.

역시 남북맹과 관계가 있었군.

설호채 산적들이 왜 숨어 있나 했더니, 남북맹의 무인을 기다리고 있었던 것 같다.

남북맹의 무인은 스스로의 이름을 렉터라고 밝혔다.

아는 이름이다.

남북맹에 입맹한 지 10년 만에 채주가 된 젊은 천재 검사.

라온은 렉터의 앞에서도 기가 죽지 않았다. 먼저 덤비라고 말하며 검을 뽑았다.

저 녀석.

렉터의 강함을 몰라서가 아니다. 지그하르트 무인으로서 물러서지 않겠다는 다짐이었다.

렉터는 어이없어하면서도 라온의 기개에 감탄했다.

그리고 스스로 물러섰다.

물론 놈은 자신과 교관들이 숨어 있다는 걸 알고 물러선 거지만 그 이유 중에는 라온에 대한 호의도 있었다.

"나는 라온, 라온 지그하르트다."

아.

본인보다 훨씬 강한 자에게도 인정을 받고, 당당히 이름을 내뱉는 라온의 등을 보자 등골 사이로 소름이 돋아 올랐다.

옛날 글렌을 처음 만났을 때의 장면이 데자뷔처럼 머릿속을 흘러갔다.

리메르가 꽉 주먹을 말아 쥐었다.

왕.

아직 어리고 약하지만, 드디어 새로운 왕의 씨앗이 싹이 튼 것 같았다.

라온은 루난과 아이들이 있는 곳으로 돌아갔다. 무음적을 듣고 달려온 교관들이 남아 있던 산적들을 제압한 상태였다.

"왔구나."

"대단한 일을 해냈어."

"너 진짜 정체가 뭐냐?"

교관들은 감탄, 놀람 그리고 경악이 어린 시선으로 혀를 내둘렀다.

"라온."

루난이 두 아이를 안은 채 다가왔다. 로브를 뒤집어쓴 아이들은 눈이 땡땡 부어 있었다.

"루난. 정말 잘해 줬어."

그냥 하는 말이 아니다. 그녀가 적절하게 나서 준 덕분에 아이들을 다치지 않게 구해 낼 수 있었다.

"응."

루난이 크게 고개를 끄덕였다. 손으로 아이들의 머리를 쓰다듬는 걸 보니 기분이 좋은 모양이다.

"음…."

라온은 두 아이의 머리를 툭 치려다가 손에 피가 묻은 걸 보고 멈췄다.

"이제 괜찮아."

아이들의 어깨를 잡아 주며 옅게 웃어 주었다. 그 이상의 말을 하고 싶었지만, 무슨 말을 해야 할지 생각이 나지 않았다.

"으아아앙!"

남자아이는 여동생을 꼭 끌어안은 채 울음을 터트렸다. 오빠로서 참고 참던 울음이 터진 것 같았다.

"너희들은 이만 내려가라."

교관들은 땅을 파며 구릉 아래의 거점을 가리켰다.

"교관님들은요?"

"이곳의 정리를 끝내고 가겠다. 나머지는 맡겨라. 정말 수고했다."

교관들이 엄지손가락을 치켜올렸다.

"알겠습니다."

라온은 고개를 끄덕이고 루난과 아이들을 데리고 산적들의 악취로 가득한 숲을 나섰다.

-저런 꼬맹이들을 위로하는 방법도 모른다는 말이냐. 본왕이 마계에 있을 때 큰

기근이 찾아온 적이 있었다. 본왕은 배고픔에 시달리던 어린 마족들을 불쌍히 여겨 겨울성의 문을 열고….

'아저씨. 됐어요.'

-거기다 저런 산적 따위를 죽이는 데 이리 오랜 시간이 걸리다니, 본왕이 붙어 있다는 게 창피하기 그지없도다. 너라는 놈은 가진 힘도 제대로 이용 못 하고 있어.

'어떻게 이용해야 하는데?'

-멍청한 놈. 첫 일격이다. 첫 일격. 첫 일격에 응축시킨 힘을 폭발하듯 내질러야 한다.

'폭발?'

-그렇다. 인간의 마나 회로는 신비한 바가 있어서 마나를 증폭시켜서 움직여도 괜찮….

라온은 라스를 슬슬 긁어서 더 효율적인 마나 운용법을 빼내기 시작했다. 역시나 아낌없이 주는 라스였다.

라온이 루난과 아이들을 챙겨서 거점으로 돌아왔을 때 중앙에서 큰 소리가 들려오고 있었다.

"산이 맞다. 놈들은 분명 저 위에 숨어 있어."

"지랄하네. 산은 네 머리 스타일처럼 뻔해. 산적이라고 무조건 산에 있다는 건 멍청한 생각이지. 서쪽의 빽빽한 숲에 숨어 있는 게 확실해."

"네 방식은 너무 충동적이다. 제대로 된 독도법과 추적술을 사용하지 않고 감에 의존하는 건 위험하다."

"내 감이 네 판단보다 우위니까 입 닥쳐. 내일은 무조건 서쪽 숲이다."

버렌과 마르타가 서로가 확인한 방향에 산적이 있을 거라고 싸우는 중이었다.

"어휴, 또 시작이네."

"저 둘은 진짜 만났다 하면 싸우잖아."

"근데 진짜 어디가 맞는 거지?"

수련생들은 으르렁거리는 두 사람을 보며 어쩔 줄을 모르고 있었다.

"흠!"

루난이 헛기침을 하자 모두의 시선이 라온과 루난 그리고 아이들을 향했다.

"그 아이들은 뭐지?"

"산적을 찾으랬더니, 어디서 가출한 애들이라도 찾은 거냐?"

버렌과 마르타는 두 아이를 보고 인상을 찌푸렸다.

"글쎄. 누굴까?"

라온은 산적 두목의 머리가 담긴 보자기를 내려놓으며 씩 웃었다.

제58화

"그, 그 아이들이 산적에게 잡혀 있던 인질이라고?"

버렌의 푸른 눈이 튀어나올 것처럼 부풀었다.

"인질을 구했다는 건 산적 놈들을 발견했다는 뜻이잖아! 거짓말하지 마!"

마르타는 말도 안 되는 소리를 하지 말라며 얼굴을 들이밀었다.

두 사람. 아니, 거점에 있는 모든 수련생이 라온과 루난이 산적에게서 아이를 구해 왔다는 것을 믿지 못하고 벙찐 눈이 되었다.

"마음대로 생각해."

라온은 피식 웃고서 아이들을 모닥불 근처로 데리고 갔다.

"일단 여기서 쉬어."

아이들을 불 앞에 앉히고 실비아와 헬렌이 싸 준 육포를 건네주었다.

"이거로 배 좀 채우고."

"가, 감사합니다."

"감사함다."

남자아이가 고개를 숙이자, 여자아이가 똑같이 머리를 꾸벅였다.

두 아이는 멍하니 있다가 육포를 오물거리기 시작했다. 서글픔이 밀려오는지 눈가에 눈물이 고였다.

"도리안."

"에? 예!"

"담요 있어? 깨끗한 걸로."

"당연히 있습죠."

"고맙다."

도리안이 배 주머니에서 긴 녹색 모포 하나를 꺼냈다. 모포로 두 아이의 어깨를 덮어 주었다.

"이것도 먹어."

루난이 무릎을 꿇어 아이들과 시선을 마주했다. 가방에서 아이스크림 상자를 꺼내 뚜껑을 열어 내밀었다.

딱 두 개 남은 구슬 아이스크림. 그것도 그녀가 가장 좋아하는 맛만 남았지만, 손짓에는 머뭇거림이 없었다.

"이게 뭐야?"

여자아이가 고개를 갸웃거렸다.

"아이스크림이야."

루난은 '시원하고 맛있어'라고 말하며 아이의 손을 닦아 주고 아이스크림을 건네주었다.

"악!"

여자아이는 아이스크림에 슬쩍 혀를 대 보고 비명을 질렀다. 물론 기분이 좋은 비명이다. 아기 고양이처럼 작은 혀를 날름거리며 아이스크림을 먹기 시작했다.

"오옥!"

남자아이도 아이스크림을 한 입 먹고 눈을 부릅떴다. 다만 계속 먹지 않고, 아이스크림을 맛있게 먹는 여동생에게 남은 아이스크림을 넘겨주었다.

라온은 두 아이의 모습을 보며 입맛을 다셨다. 혀끝이 썼다.

'어른이 되었군.'

산적들과 있을 때도 그렇고 아이스크림을 먹고도 동생을 먼저 챙기는 걸 보니, 부모를 잃은 소년은 이미 어른이 되어 있었다.

데루스 로베르트의 지시만 따르던 전생의 자신보다 나은 것 같아 라온은 남자아이의 어깨를 가볍게 두드려 주었다.

-허, 본왕조차 빠뜨린 아이스크림의 유혹에서 벗어나다니, 크게 될 녀석이도다. 저 녀석 포섭해라. 마음에 든다.

라스는 저 남자아이를 부하로 삼고 싶다고 중얼거렸다.

"흑!"

훌쩍이는 소리에 고개를 들었다. 도리안이 눈물을 글썽이며 아이들을 바라보고 있었다.

"이거, 이거 다 먹어라!"

녀석은 배 주머니에서 평소에 챙겨 먹던 간식을 모두 꺼내 아이들 앞에 쌓아 놓았다. 정이 많은 녀석이다.

"아이들을 구한 건 구한 거고, 남은 산적들을 처리해야지. 인질을 구출한 걸 확인했으면 분명 도망칠 거다."

"그래. 그 새끼들 어디 있어. 그 인간쓰레기 놈들의 모가지를 모조리 부러뜨려 줄 테니까."

과자를 먹는 아이들을 보고 있을 때 버렌은 열기를, 마르타는 분노를 띤 눈빛으로 다가왔다. 빨리 산적에게 안내하라는 듯 검집을 두드렸다.

"괜찮아."

"괜찮다니! 임무는 확실하게 끝을 내야…."

"이건 또 무슨 일이래?"

버렌이 따지려고 할 때 산 쪽의 수풀에서 리메르와 교관들이 튀어나왔다. 산적들의 흔적 정리를 위해 남은 3명의 교관만 보이지 않았다.

"웬 아이들?"

그와 교관들은 아무것도 모르는 척하며 고개를 갸웃거렸다.

'다 알고 있었으면서.'

라온이 입매를 살짝 찡그렸다. 아직 오러가 적어 리메르의 위치를 정확하게 잡지 못했지만, 그는 분명 자신을 지켜보고 있었다.

"알고 계시지 않습니까."

"뭘?"

리메르는 아무것도 모른다는 듯 시치미를 떼며 어깨를 으쓱였다.

"라온이랑 구했어요."

루난이 리메르에게 다가가서 고개를 끄덕였다.

"구했다고 이 아이들을?"

"네."

"어떻게?"

"다른 교관들에게 듣지 않으셨습니까?"

"아, 그러고 보니 3명이 안 보이네. 어디 갔지?"

"하아, 제가 말씀드리겠습니다."

라온이 한숨을 내쉬며 일어섰다. 리메르의 표정을 보니, 다른 사람들 앞에서 말해 주길 원하는 것 같았다.

"저희는 구릉 안쪽에 있는 숲에서 산적들의 흔적을 발견한 뒤 추적을 시작했습니다. 거의 보이지 않는 흔적이었지만 끝까지 쫓으니 결국 숲 깊숙한 곳에서 산적들을 발견했고."

차근차근 오늘 추적을 하며 있었던 일들을 모두 설명했다.

"…그렇게 설호채주를 죽인 뒤에 아이들을 데리고 돌아왔습니다."

그의 설명을 들은 공터에는 침묵이 내려앉았다.

"마, 말도 안 돼…."

버렌이 마른침을 꼴깍 삼켰다.

'내가 헛짓을 하는 동안 임무 그 자체를 끝내 버렸다니….'

자신이 시간 낭비를 하는 동안 라온은 인질을 구하고 산적들을 모조리 죽였다고 한다. 믿기 힘들지만, 상황상 믿지 않을 수 없었다.

"젠장!"

수련이나 대련은 몰라도 실전 임무에서만큼은 라온보다 뛰어난 성과를 내리라 다짐했지만, 이번에도 실패했다.

아니 실패 정도가 아니라, 아예 상대가 되지 않았다. 자만했던 스스로가 한심해서 견딜 수가 없었다.

"제기랄! 빌어먹을!"

마르타는 뒤를 돌아 주먹으로 나무를 후려쳤다. 나무껍질이 갈라져 땅으로 쏟아졌다.

'저건 거짓말이 아니야.'

지금까지 보았던 라온은 거짓말을 하지 않는 성격이다. 그는 정말 루난과 둘이서 인질을 구하고 산적들을 소탕한 뒤 돌아온 게 분명했다.

'병신 같은!'

자신이 버렌과 유치한 말싸움을 벌이는 동안 라온과 루난이 목숨을 걸고 싸웠다는 걸 알게 되니 눈물이 나올 정도로 분했다.

'이번에 끝내려고 했는데.'

이번 임무를 완벽하게 마쳐서 라온을 따른다는 약속을 무효로 만들려고 했지만, 완패다. 변명할 말이 없었다.

"후우욱…."

마르타는 라온에게 패했음을 인정하면서 입에서 단내가 나도록 한숨을 내쉬었다.

"호, 혼자 산적들을 모조리 죽였다고?"

"그것도 직접 추적하고 인질을 구했다니…."

"진짜 뭐 하는 놈이야!"

수련생들의 턱이 파르르 떨렸다. 모두 놀라움을 금치 못하고 라온과 루난을 바라보았다.

"정말인가?"

교관 중 한 명이 라온에게 다가갔다. 정말 아무것도 모르는 표정. 다른 아이들을 살피고 있었던 교관인 것 같다.

"설호채 채주의 무력 수위는 소드 유저 중상급인데, 어떻게 이긴 거지? 혹시 잘못 본 거 아닌가?"

"아닙니다."

"어떻게 확신하지?"

"직접 보시죠."

라온은 전리품이라고도 할 수 있는 보자기를 가리켰다.

"음."

교관은 고개를 끄덕이고 보자기를 열었다.

'붉은 머리에 눈가에 큰 상처.'

임무를 받았을 때 전해진 설호채주의 인상착의와 일치했다. 라온을 돌아보는 그의 눈동자가 격하게 출렁였다.

"…확실하군."

교관이 마른침을 삼키고 라온에게 다가갔다.

"음, 임무를 위한 확인이었으니, 기분 나빠하지 않았으면 좋겠다."

"물론입니다."

라온이 고개를 끄덕이자, 교관은 마주 인사하고서 리메르에게 돌아갔다.

'아마 리메르가 시켰겠지.'

라온은 리메르의 장난기 있는 눈빛을 보고 그가 시켰음을 알 수 있었다. 아마 믿지 않거나, 반신반의하는 사람들에게 확인을 시켜 주기 위해서인 것 같다.

그 덕분인지 자신과 루난을 보는 수련생들의 눈빛에는 감탄과 놀람이 어려 있었다.

'왜일까.'

리메르는 단순한 교관과 수련생의 관계 이상으로 자신에게 잘해 주었다. 전생에서 만났던 교관과는 너무 달라서 솔직히 어떤 의미인지 잘 모르겠다.

"그럼 임무 끝인가?"

"근데 우린 아무것도 한 게 없는데…."

"어음, 이대로 가도 되나…."

수련생들은 이제 집에 돌아가서 편히 잘 수 있다는 생각에 좋아하면서도 아무것도 하지 못한 것에 얼굴에 그늘이 져 있었다.

"뭘 그렇게 실망하고 있어."

리메르가 어색하게 선 수련생들을 보며 픽 웃었다.

"첫 임무에서 제 능력을 발휘하거나 활약하는 경우는 거의 없어. 여기 있는 교관들도 첫 임무에선 실수 연발이거나, 아무것도 하지 못했다."

교관들이 맞다는 듯 고개를 끄덕였다.

"그럼 라온하고 루난은 뭐예요?"

"맞아요. 저 둘이 다 끝냈잖아요."

"그 뭐 가끔 괴물들이 있잖아. 이미 익숙해졌으면서 뭘 그래. 사실 나도 첫 임무부터 활약하긴 했지. 아주 난리가 났었어. 검 하나 들고 적진에 쳐들어가서…."

리메르가 낄낄 웃으며 본인의 첫 임무 활약상을 말하기 시작했다.

-저 귀때기 놈 사연은 별로 대단하지도 않다. 본왕이 마계에 있을 당시 첫 전투에서 성 하나를 얼린 건 마계 전체에 내려오는 전설….

"하아…."

라온이 고개를 절레절레 저었다. 두 수다쟁이의 말을 듣고 있자니, 고막이 아프기 시작했다.

리메르는 임무 종료를 선언하며 내일 가문으로 복귀한다고 말했다.

수련생들은 바로 식사를 준비했고, 루난과 아이들은 어느새 친해져서 함께 밥을 먹었다.

따로 떨어져서 죽인지, 스튜인지 모를 저녁을 먹고 있을 때 리메르가 다가왔다.

"수고했다."

그는 건더기만 가득 담긴 그릇을 든 채로 옆에 털썩 주저앉았다.

"임무였으니까요."

"검사의 자격을 얻고도 임무를 완수하지 못하는 녀석들이 산더미 같은데, 너 정도면 훌륭하지. 물론 조금 부족한 모습이 있었지만."

리메르가 죽을 한 입 떠먹었다. '맛 더럽게 없네'라고 중얼거리며 그릇을 옆에 두었다.

"산적은 이야기 속에 나오는 것처럼 쉬운 상대가 아니야. 산을 엘프급으로 잘 이용하고, 독하기는 오크에도 밀리지 않지. 남북맹 소속이거나, 그곳을 노리는 놈들은 더 그렇고."

"예."

라온은 조용히 고개를 끄덕였다.

"아이들을 구하는 임기응변은 확실히 좋았지만, 그곳에 익스퍼트 이상의 무인이 있었다면 죽는 건 너와 루난이었을 거다."

"역시 보고 계셨군요."

"뭐, 어쩌다 보니."

리메르는 씩 웃으며 말을 이었다.

"오늘은 잘했다. 다만 앞으로는 상대의 무력과 숫자 그리고 인질이 있는지 없는지. 인질의 상태는 어떠한지를 확인한 후 홀로 움직일지 다른 사람을 부를지를 판단해라. 너는 수석이야. 앞으로 그 판단력을 키우는 게 좋을 거다."

틀린 말이 아니다. 죽이는 건 수없이 해 봤지만, 인질 구출은 처음이라 조금 모자람이 있었다.

지그하르트에선 혼자 움직이는 것보다 동료와 함께 움직일 일이 많으니, 때에 맞는 판단력을 키워야 한다.

"그리 얼굴을 굳힐 필요는 없다. 너와 루난은 최적의 움직임을 보였으니까. 넌 크게 될 거야."

"감사합니다."

리메르가 엄지손가락을 치켜올렸다. 라온은 조용히 눈을 내리감아 그의 칭찬을 받았다.

"아, 그리고 저 아이들은 가문으로 데리고 갈 거 같다. 가족이 모두 죽어서 갈 곳이 없다고 하더군."

"그렇습니까…."

라온이 손으로 바닥을 긁었다. 남인데도 이상하리만큼 가슴이 쓰렸다.

"루난과 꽤 친해졌으니, 슬리온 가에서 맡아 달라고 한번 물어볼 생각이다."

"그것도 괜찮겠네요."

아이들은 루난을 잘 따랐다. 그렇게 된다면 나쁘지 않을 것 같았다.

"라온 지그하르트."

까끌한 가슴을 가라앉히기 위해서 죽을 먹으려 할 때 식사를 끝낸 버렌이 다가와 삐죽이던 입을 열었다.

"인정한다. 오늘은 완패다. 내가 고장 난 시계처럼 어긋나 있는 동안 너와 루난이 임무를 끝내 버렸어. 하지만!"

그는 떨리는 주먹을 들어 올렸다.

"난 포기하지 않는다. 수천 개의 수련화를 버리더라도 널 따라잡을 거다!"

"어…."

버렌은 대답을 듣지도 않고, 몸을 돌렸다. 그대로 방계 수련생들이 있는 곳으로 돌아갔다.

"뭐지?"

웬 수련화?

무슨 말인지 몰라서 밥이나 먹으려고 스푼을 들었을 때 우측 나무 기둥에서 콧방귀를 끼는 소리가 들려왔다. 마르타였다. 그녀는 차가운 표정으로 팔짱을 끼고 있었다.

"한심해."

그녀는 누구에게 하는 말인지 정확한 대상을 말하지 않고서 숲 안쪽으로 들어가 버렸다.

"너 참 귀찮게 사는구나."

리메르가 히죽 웃으며 스프 그릇을 내려놓았다. 맛없다고 했으면서 그릇은 텅 비어 있었다.

"누구 때문인데요."

라온이 인상을 찌푸렸다. 그는 교관을 시켜 수련생들을 자극해 놓고 모른 척 너

스레를 떨었다.

"누구 때문인데?"

리메르는 킥킥 웃으며 되물었다.

"원래 네 나이 때는 라이벌이 있어야 잘 크는 법이야. 나중에는 누구보다 믿을 수 있는 동료가 되어 줄 테니, 친하게 지내."

그 말을 남기고 녹색 바람과 함께 훌쩍 사라졌다.

-라이벌이라….

리메르가 떠나자마자, 라스가 팔찌에서 튀어나왔다.

-본왕에게도 6명의 라이벌이 있었다. 물론 가장 강한 건 본왕이지만, 놈들도 나름….

"……."

라온이 한숨을 내쉬며 다 먹은 그릇을 겹쳤다.

내 주변에는 왜 이리 미친 사람이 많은지….

라온과 수련생들은 일주일 만에 가문으로 복귀했다. 임무에 활약하지 못한 걸 신경 쓰는 수련생도 있었지만, 대부분은 편하게 잘 수 있다는 생각에 얼굴에 미소가 피어나기 시작했다.

쿠구구구!

철탑을 겹쳐 놓은 듯한 지그하르트 정문이 웅장하게 열렸다. 문지기가 길을 비켜 줄 때 안에서 2m가 넘는 거구의 사내가 나왔다. 외총관 일리운이었다.

"루난 슬리온, 라온 지그하르트."

그는 맨 뒤에서 서 있던 라온과 루난을 부르며 두 눈을 빛냈다.

"가주께서 너희 둘을 호출하셨다. 지금 당장 가주전으로 입전할 준비를 해라."

"호출?"

라온이 두 아이의 손을 잡은 루난을 보며 눈매를 좁혔다. 루난도 그 이유를 모르는지 고개를 갸웃거렸다.

"그리 놀랄 필요 없다."

외총관 일리운이 시원한 미소를 지었다.

"첫 임무에서 가장 큰 활약을 한 수련생들에게 상을 내리는 건 지그하르트의 전통이니까."

"맞아. 칭찬해 주려고 부르시는 걸 테니, 긴장 안 해도 돼."

리메르가 살짝 들뜬 표정으로 고개를 끄덕이며 별일 아니라고 중얼거렸다.

다만 리메르와 일리운 모두 하지 않은 말이 있었다.

첫 임무에서 뛰어난 활약을 보인 수련생들을 칭찬하는 건 실제 있는 일이지만, 그 수련생을 가주전에 부르는 건 처음 있는 일이라는 것을.

제59화

라온은 돌아오자마자 단련을 하려던 계획을 수정하고 가주전으로 향했다.

가주전 알현실의 거대하면서도 고풍스러운 문은 여러 번 보았어도 어깨를 짓누르는 압박을 보내왔다.

문의 크기 때문이 아니라, 안에 있는 절대자의 존재 때문인 것 같았다.

"긴장할 필요 없어. 오늘은 좋은 소리만 해 주실 테니까."

뒤에 서 있던 리메르가 씩 웃으며 어깨를 두드렸다.

"흐흥."

옆에서는 평소와 다를 바 없는 루난의 콧소리가 들렸다. 아이들을 구할 때는 떠는 듯했지만, 가주를 앞에 두고서는 조금의 긴장도 하지 않았다. 역시 특이한 녀석이다.

쿵.

거인의 발소리 같은 굉음과 함께 알현실의 문이 열렸다. 폭풍 같은 강렬한 기세가 치솟으며 문이 완전히 개방되었다.

용광로의 불꽃처럼 끊임없이 뿜어지는 기세를 견디고 알현실로 들어갔다.

고오오오!

글렌은 항상 그렇듯 황금색 옥좌에 앉아 이쪽을 굽어보고 있었다.

"가주님을 뵙습니다."

리메르의 인사를 시작으로 라온과 루난이 동시에 무릎을 꿇었다.

'칭찬이라고 하지 않았나?'

라온이 콧등을 찡그렸다. 칭찬 때문에 불렀다고 하기에는 전해지는 기파가 거셌다.

"일어서라."

글렌이 위엄 서린 목소리를 울리며 손을 저었다.

"라온 지그하르트, 루난 슬리온. 첫 임무에서 뛰어난 모습을 보였다고 들었다."

"그저 최선을 다했을 뿐입니다."

"……."

라온이 다시 머리를 조아렸다. 루난이 따라 고개를 내렸다.

"전해 듣기는 했다만, 너희가 무엇을 했는지를 말해 보라."

"예. 거점에 도착했을 때 산적들이 숨어 있을 거라 예상되는 장소가 총 4곳이었습니다. 산에 있는 산적들은 짐승과도 같은 능력을 보이지만, 추적을 피하기 위해 산이 아닌 다른 곳으로 가지 않았을까 하는 생각을 했습니다. 그래서…."

별 관심 없어 보이는 글렌에게 임무에서 있었던 일들을 모두 말해 주었다.

그는 고개를 까딱이지도, 눈을 빛내지도 않았다. 민망할 정도의 무반응으로 모든 말을 들었다.

"들었던 것과 같군. 첫 임무에서 긴장하지 않고 적을 처리한 데다가 인질을 구하는 건 확실히 범상치 않은 실적이다. 다만."

글렌의 눈빛이 서늘하게 가라앉았다.

"주먹구구식이었다. 조금의 실수만 있었다면, 산적들이 강했다면 혹은 너희 둘의 합이 맞지 않았다면 그 아이들은 죽고, 너희도 큰 부상을 입었을 것이다."

그의 무거운 음성이 머리를 짓누르는 것 같았다.

"계획은 중요하다. 너희들처럼 아무런 경험이 없는 수련생일수록 계획을 이중삼중으로 세우고 움직여야 하지."

"예….'

"사실 처음부터 흔적을 발견했으면 다른 수련생과 상의를 하고, 그들에게 지시를 내려야 했음이 옳다. 혼자서 모든 일을 처리하기에 네 경험과 무력은 미천해."

"죄송합니다."

라온이 다시 한번 고개를 숙였다.

'이게 칭찬인가?'

분명 칭찬이라고 들었건만 처음에만 약간의 칭찬이 나왔을 뿐 계속 지적이었다.

"다만 문제가 많은 방식이라고 해도 너희들이 성공했다는 것도 분명한 사실이지."

글렌이 옆으로 턱짓하자, 그의 집사 로엔이 황금색 판을 가지고 와서 앞에 섰다.

"훌륭히 임무를 완수하고, 인질을 구한 너희들에게 동색의 패를 하사한다."

"고생하셨습니다."

로엔이 부드러운 미소를 지으며 라온과 루난에게 동패를 내려 주었다.

"감사합니다."

라온과 루난은 두 손으로 패를 받고, 글렌에게 고개를 숙였다.

"아, 잠시 하나 더 드릴 말씀이 있습니다."

"뭐지?"

"이 영약은 어떻게 합니까?"

라온이 설호채주에게서 가져온 투톤 플라워를 꺼냈다. 아직 피지 않은 꽃봉오리가 동그랗게 말려 있었다.

글렌은 투톤 플라워를 지그시 내려다보다가 고개를 저었다.

"네가 구한 것이니. 네 것이다. 가져가라."

"…예."

라온이 살짝 고개를 갸웃거렸다. 나름 희귀한 영약인데, 그대로 넘겨줄 줄은 몰랐다.

"이만 가 보거라."

그는 할 말을 다 했다는 듯 등받이에 등을 기대고 턱을 괴었다.

라온과 루난은 고개를 꾸벅이고, 뒷걸음질로 알현실을 나갔다.

…

세 사람만 남은 알현실에 잠시 침묵이 일었다.

"푸흡."

리메르는 조용한 분위기를 참지 못하고 웃음을 터트렸다.

"왜 웃지? 거기다 넌 부르지도 않았는데, 왜 따라온 거냐."

"아니, 라온이 어떻게 활약했는지 직접 듣고 싶었으면 솔직하게 말하시지, 뭘 그리 핑계를 대십니까."

리메르가 인상을 찌푸린 글렌을 보며 히죽였다.

'진짜 솔직하지 못하시다니까.'

이미 보고서를 보내 놓았기 때문에 글렌은 이번 임무에서 일어난 일을 모두 알고 있었다.

손자를 걱정하여 혼을 내는 척하며 조언을 하는 글렌의 모습에 웃음을 참을 수 없었다.

"이게 할아버지의 심술?"

"닥쳐라."

"흡!"

리메르가 양손으로 입을 착 막았다.

"이제 가주님도 라온을 후계자 후보 중 하나로 생각하시는 것 같군요."

"뭐?"

"수련생 때는 동료들을 챙기는 것보다 개인이 중요한 시기죠. 그런데 라온에게 동료들을 지도해 보라고 하셨던 건 먼 미래. 라온이 지그하르트의 왕좌 자리에 도전할 때를 대비한 것 아닙니까?"

"……."

리메르의 날카로운 지적에 글렌은 대답하지 않았다. 그저 조용히 그를 내려다볼 뿐이었다.

"라온을 정말 아끼시는 것 같네요. 도련님들 키울 때도 그러시진 않았던 거 같은데…."

"시끄럽다."

"이제 좀 솔직해지시는 게 어떨까요? '손자야 수고했다. 한번 안아 보게 이리 오거라. 우쭈쭈'라고 하시면 라온도 참 좋아할…."

"리.메.르."

글렌의 기세가 거세졌다. 알현실만이 아니라, 가주전 전체에 진동이 일기 시작했다.

"흡!"

리메르는 웃음기를 지우고, 뒤로 쭉 물러섰다.

"후후."

글렌의 기운이 폭발하기 직전까지 끓어올랐을 때 로엔이 부드럽게 웃으며 두 사람 사이에 끼어들었다.

"보기 좋네요."

"뭐가 보기 좋다는 것이냐."

"두 분이 장난치시는 모습을 보는 게 거의 30년 만이지 않습니까. 가주님이 그런 반응을 하시는 것도 정말 오랜만이고."

로엔의 주름진 눈가에 옛 세월의 추억이 어려 있었다.

"음…."

"오, 역시 로엔 님은 뭘 아시네요."

글렌은 기세를 가라앉혔고, 리메르는 지웠던 미소를 다시 그렸다.

"아, 그리고 라온이 말하지 않은 게 있습니다."

"남북맹 말인가?"

"예. 그곳의 젊은 채주가 라온의 이름을 듣고 갔습니다."

"왜 안 막았지?"

"라온의 기백에 그쪽이 먼저 물러났습니다. 저희 영지도 아니고, 라온을 인정해 주니까 잡기 좀 그렇더라구요."

"흥."

글렌은 콧방귀를 끼었지만, 그리 기분이 나빠 보이지는 않았다.

"마지막으로 제가 바라는 건 다른 게 아니라, 손주를 좀 솔직하게 대했으면 하는 정도입니다."

"난 항상 모든 사람을 솔직하게 대한다."

"에이 아니죠. 솔직하려면 이 정도는 되어야지."

리메르가 연기를 하듯이 뒷짐을 지고 엣헴 기침했다.

"라온. 훌륭히 임무를 완수해서 내가 다 뿌듯하구나. 우리 손자 할애비에게 뽀뽀. 딱 이렇게 하면 라온도 좋고, 가주님도 좋고, 보고 있는 나도 좋고! 다 좋잖아요!"

"후…."

글렌이 한숨을 내쉬고 의자에서 몸을 일으켰다. 세상을 뒤덮을 듯한 무시무시한 기파가 알현실을 가득 채웠다.

"저, 전 이만 가 볼게요. 술이 아니, 중요한 약속이 있어서."

리메르는 뒤통수를 매만지며 슬쩍 뒷걸음질을 쳐서 알현실을 나갔다.

"쯧, 점점 능글맞아지는군."

글렌이 혀를 차고 손을 내렸다.

"그래도 전 보기 좋습니다. 두 분이 대륙을 질타할 때의 모습을 보는 듯했습니다."

로엔이 옆으로 물러서며 옅게 웃었다.

"흠."

글렌은 말없이 팔짱을 낀 채 등을 기댔다.

"이렇게 된 게 라온 도련님 덕분인 거 같으니, 저도 그분에게 조금 더 정이 가더

6장 395

군요."

"속으로 정이 가는 거야 상관없지만, 후계자도, 그 밑의 아이들도 모두 평등하게 대하는 게 옳다."

"맞는 말씀이십니다."

로엔이 웃으며 고개를 숙였다가 일어나며 글렌을 보았다. 하는 말과 반대로 그의 입가는 평소보다 조금 더 올라가 있었다.

라온은 가주전을 나오자마자, 별관으로 향했다.

바로 수련을 할까도 했지만, 걱정하고 있을 실비아와 시녀들을 안심시키는 게 먼저라는 생각이었다.

'나도 좀 변했네.'

전생이었다면 누가 기다리더라도 신경 쓰지 않고 필요한 일을 하러 움직였을 거다.

하지만 되살아 난 이후는 달랐다. 처음으로 애정을 준 사람들을 먼저 생각하는 게 옳았다.

별관 앞에 도착하자, 안에서 시끄러운 소리가 들려왔다.

'여긴 이래야지.'

별관은 시끄럽고 활기찬 게 제 모습이다. 벌써 마음이 편해지기 시작했다.

라온이 밝은 안색으로 별관의 문을 열었다.

"어?"

눈을 부릅떴다. 별관 안에는 생각지도 못했던 인물이 하나 있었다.

"도리안?"

도리안이 로비에 서 있었고, 실비아와 헬렌, 시녀들이 그를 둘러싼 상태였다.

"오, 도련님 오셨습니까?"

"네가 왜 여기에 있나?"

"아, 마님께서 임무가 끝나면 들러서 무슨 일이 있었나 말 좀 해 달라고 하셨거든요."

"그, 그러면….."

"예. 라온 님의 감동적인 활약을 전부 말해 드렸습니다. 크흑!"

도리안이 눈꼬리에 걸려 있던 눈물을 훔쳤다.

"도련님."

"아, 우리 라온 도련님이."

정말 전부 말했는지, 시녀들이 소매로 눈가를 닦고 있었다.

'이런….'

실비아와 헬렌이 걱정할까 봐 대충 넘어가려고 했는데, 저쪽에서 직접 호출을 할 줄은 상상도 못 했다.

"라온!"

"도련님!"

실비아와 헬렌이 허리춤에 손을 올리고 동시에 다가왔다.

"아, 그게 내가 나서려고 한 건 아니었….."

"잘했어!"

펑계를 대려고 할 때 실비아가 자신을 꽉 껴안고, 등을 팡팡 두드렸다.

"응?"

예상과는 다른 반응에 라온이 눈을 부릅떴다.

"설마 내가 그걸 혼낼 줄 알았어?"

"평소에 조심하라고만 하니까."

"옛 지그하르트의 선조가 처음 검을 들었던 건 약자를 지키기 위해서였지. 그 이후로 지그하르트는 약자를 보호하고, 영지에 사는 사람들을 지켜 왔어."

실비아의 붉은 눈동자에서 루비 같은 빛이 반짝였다.

"내 목표도 옛 지그하르트 정신이 깃든 검사였는데, 목숨을 걸고 인질을 구한 널 혼낼 리가 없잖아."

그녀가 손을 꽉 잡아 주었다. 그 따스함에 피로가 녹아내리는 것 같았다.

"엄마는 네가 정말 자랑스러워."

"음음!"

"정말이에요!"

"저 내일 본관에 갈 일 있는데, 자랑하고 올게요!"

실비아가 다시 한번 안아 주었고, 헬렌과 시녀들은 옆에서 눈물을 글썽이며 고개를 끄덕였다.

'알 수가 없네.'

라온이 엷게 한숨을 뱉었다.

'감정이란 정말이지 어려운 것 같아.'

다만 이들의 따스함이 싫지는 않았다.

'그건 그렇고 도리안 이놈을.'

도리안을 찾으려고 고개를 돌렸지만, 보이지 않았다.

-그 겁쟁이 놈은 한참 전에 도망갔다.

'이런!'

정말이지 발 하나는 빠른 놈이다.

라온은 별관에서 식사를 마친 뒤 옷을 갈아입고 5 연무장으로 향했다. 실비아나 헬렌이 오늘은 쉬라고 했지만, 몸을 움직이고 싶었다.

"저 아이인가?"

"맞네. 라온 지그하르트."

"체격도 별로고, 기세도 은은한데…"

"그래도 홀로 산적들을 때려잡은 건 사실이지."

"하긴 리메르가 허세는 있어도 그런 거짓말은 하지 않으니까."

연무장으로 가는 동안 검사들의 시선이 노골적으로 느껴졌다. 이번 임무에 대한 소식이 이미 가문 전체에 퍼진 것 같았다.

'하여튼 그 사람은…'

빨간 머리 엘프 짓이 뻔했기에 한숨을 내쉬었다.

"소드 유저 중상급이 낀 30명의 산적을 홀로 처리하다니, 범상치 않은 실적이다."

"병에 걸려 죽느니 마느니 했었는데, 운도 끼어 있겠지."

매번 욕이나, 무시를 듣다가 거의 처음으로 칭찬이 섞인 말을 들으니, 조금 어색했다.

다만 마음과 기분은 자신이 정하는 법. 남이 뭐라 하든 신경 쓸 필요 없었다.

라온은 검사들이 중얼거리는 말을 흘려들으며 5 연무장으로 들어갔다. 당연히 연무장엔 아무도 없었다.

가볍게 몸을 풀고, 허리춤의 검을 뽑았다. 천천히 들어 올려 단전 앞에 검을 두었다, 중단세. 검을 든 기본자세를 유지한 채로 지난 싸움을 기억했다.

'조금 느렸어.'

산적들이 벽이 되었다지만, 설호채주의 목을 베어 버릴 기회는 처음부터 있었다. 아이들과 산적들을 신경 쓰느라 반응이 늦어서 많은 시간을 써 버렸다.

실전에서 중요한 건 본래의 실력을 어떻게 발휘하느냐다. 이번 전투는 실패라고 봐도 좋았다.

'다만…'

그걸 알았으니까.

무엇이 문제인지, 어떻게 해결해야 하는지 알았으니, 지금이라도 그걸 메우면 된다.

'오러와 육체가 조금이지만 따로 놀고 있어.'

육체는 생각대로 움직이지만, 오러는 살짝 늦게 따라온다.

오러와 육체는 가위의 두 날처럼 동시에 움직여야 한다.

후우우욱.

라온이 숨을 고르고, 천천히 검을 세웠다. 단전에서 피어난 오러가 검을 따라 움직인다. 느린 움직임이지만, 허공이 사정없이 갈라졌다.

얼마 움직이지도 않았는데, 라온의 등이 땀으로 젖어 갔다. 느린 움직임을 취했기에 더욱더 많은 힘이 들어가고 있었다.

라온은 만화공의 기운이 모두 소모될 때까지 느린 검을 휘둘렀다.

오러가 다 소모되면 연공실에 가서 연공을 한 뒤 다시 나와 또 검을 휘둘렀다. 그렇게 복귀한 첫날이 땀으로 젖어 갔다.

지그하르트 영지 내 뒷골목에 박혀 있는 작은 주점. 여러 사람의 목소리로 떠들썩해야 할 주점에서는 한 남자의 음성만 들려왔다.

"…그렇게 우리 애들이 산적에게 묶여 있던 아이들을 구해 냈지. 산적 두목의 도에 오러가 어려 있었지만, 라온은 그 도를 반으로 갈라 버렸다고!"

붉은 머리 엘프가 테이블에 올라가 연설하듯 라온과 루난의 이야기를 풀어냈다. 얼굴이 빨개진 걸 보니, 거하게 취해 있었다.

"오오!"

"리메르 이제 적성을 찾은 거야? 애들 잘 가르쳤네."

"에이, 그게 아니라 제자들을 잘 만난 거지."

"하긴. 좋은 스승이 될 엘프는 아니니까."

검사도 아니고, 평범한 주민들로 보이는 사람들이 키득거렸다.

"둘 다야. 둘 다! 내 제자들이 지금 지그하르트 수련생들 중 제일이라고. 아니, 육황 어디가 와도 안 지지!"

리메르가 히죽 웃고서 맥주를 입에 퍼부었다. 당연하다고 말하는 사람들과 6 연무장이나, 다른 세력도 만만치 않다는 사람들이 말싸움을 시작했다.

"어이, 싸우지 말고 재미난 이야기를 들었으면 이야기 값이나 내놔. 5번 마에 걸었다가 다 잃었다고, 오늘 복수전을…."

그가 얼굴을 찡그리며 빈 맥주잔을 내려놓을 때 테이블 위로 금화 하나가 딱 떨어졌다.

"응?"

리메르가 금화를 보다가 고개를 들어 올렸다.

험악한 얼굴에 떡 벌어진 어깨, 전장의 장수 같은 인상의 사내. 6 연무장의 수석 교관인 메툰이었다.

"메툰? 오랜만이네."

"그래."

메툰이 느릿하게 고개를 끄덕였다.

"뭐, 어쨌든 고마워."

"……."

"어, 이제 좀 놓지?"

메툰이 테이블에 내려놓은 금화를 주우려고 했지만, 그의 손가락 때문에 들리질 않았다.

"방금 그 말 책임질 수 있나?"

"무슨 말?"

"5 연무장이 지그하르트 수련생 중 최강이라는 말."

"당연히 우리 애들이 최고지."

"넌 내기를 좋아했지."

메툰의 눈동자가 뜨겁게 달아올랐다.

"나와 내기 하나 할까."

제60화

"내기?"

리메르가 메툰의 위아래를 살피며 눈매를 좁혔다.

"갑자기 무슨 내기를 하자는 건데?"

"5 연무장이 정말 지그하르트 수련생 중 최강인지를 증명하는 내기."

"아아, 맞짱 뜨자고?"

"지그하르트의 교관 된 자로서 그런 상스러운 말은 사용하지 마라."

"싸우자는 거나, 맞짱이나. 결국 붙자는 말이잖아. 직관적으로 가자고."

리메르가 픽 웃으며 빈 맥주잔을 입에 털었고, 메툰은 석상처럼 입매를 굳혔다.

두 사람은 같은 수석 교관이었지만 성격이 너무나도 달랐다.

"오, 리메르랑 메툰이 붙는 건가?"

"쟤네들이 붙는 게 아니라, 제자들을 붙인다는 거잖아!"

"그럼 5 연무장이랑 6 연무장? 대박인데?"

주점에 있던 사람들이 모조리 일어나 리메르와 메툰 주변으로 몰려들었다.

"내 전 재산을 메툰 쪽에 건다!"

"에이, 이건 리메르지! 마르타, 버렌, 루난에 그 셋을 이긴 라온까지 있잖아!"

"맞아. 6 연무장에 방계는 많지만, 직계는 한 명도 없다고. 해 보나 마나 5 연무장이 이길걸?"

"너희들이야말로 정보가 깡깡이네. 얼마 전에 6 연무장에 케인 님 들어가신 거 몰라?"

직계가 들어왔다는 말에 주점 사람들 시선이 한곳으로 쏠렸다.

"어? 임무 나갔다가 부상당하신 거 아니었어?"

"그게 벌써 1년하고도 6개월 전이다. 인마."

"오, 그럼 해 볼 만하겠는데? 케인 님도 재능 넘치기로 유명하셨잖아. 특히 감각이랑 오러의 순도가."

"할 만한 정도가 아니라. 6 연무장이 더 유리하지. 케인 님이랑 그분을 따르는 방계들은 이미 16살이라고."

"이거 재밌겠다!"

"가자! 당장 판을 올려!"

주점 사람들은 이미 내기가 성립된 것처럼 5 연무장과 6 연무장의 이름을 외치고 돈을 꺼내기 시작했다.

"와, 이거 안 하면 맞아 죽겠는데?"

리메르는 피식 웃었다. 말과는 달리 즐거운 얼굴이다.

메툰은 일이 이렇게 될 줄 알았던 건지 묵직한 표정으로 서 있었다.

"그런데 갑자기 무슨 바람이 불어서 맞짱 뜨자는 거야?"

"맞짱이 아니라…."

"사소한 건 그냥 넘어가고."

"정말 몰라서 묻는 건가?"

"오웬 왕국 때문인가?"

리메르가 턱을 긁적이며 맥주잔을 들었다.

"맞다. 오웬 왕국이 6 연무장을 보고도, 5 연무장에만 대련을 신청했던 일 때문에 아이들의 자존심이 구겨졌지."

"그건 걔들이 대충 수련해서잖아."

"네 말도 맞다. 나도, 수련생들도 모두 최선을 다하지 않았으니까. 하지만 지금은 달라."

메튠이 반쯤 풀린 리메르의 눈을 보며 말을 이었다.

"5달 전 케인 지그하르트가 편입한 이후로 6 연무장은 변했다. 모두 새벽부터 나와 밤까지 수련했고, 최근에는 지옥주 훈련까지 통과했지.

"엑? 지옥주를?"

리메르가 입을 떡 벌렸다.

"그래. 단 한 명의 낙오도 없었다."

"그건 대단하네."

지옥주는 지그하르트 훈련 중 빡세기로 유명한 훈련이다. 정규 검사도 낙오가 나오는 훈련인데, 모든 수련생이 버텼다는 게 놀라웠다.

"이제 그 아이들에게도 성취감이라는 걸 느끼게 해 줄 때라고 생각했다."

"그 희생양을 우리 5 연무장으로 삼겠다?"

"……."

메툰은 대답하지 않은 것으로 대답을 했다.

"마음에 드네."

리메르가 히죽 웃으며 테이블을 두드렸다.

"방식은? 일대일 대련인가?"

"아니. 일대일 대련으로는 아직 5 연무장을 이기지 못한다."

메툰이 고개를 저었다.

"음? 그럼 어떻게 붙자고?"

"결투에 일대일 방식만 있는 건 아니지."

"아!"

리메르가 히죽 웃으며 테이블을 툭툭 두드렸다.

"단체전인가?"

"그래. 5 연무장의 숫자는 43명, 우리도 43명을 준비시키겠다. 임의로 정해진 장소에서 붙이기로 하지."

"전면전이라고 하긴 좀 그렇고. 국지전인가?"

그는 괜찮겠어라고 중얼거리며 메툰이 내려놓은 금화에 다시 손을 올렸다.

"다만 이쪽에도 제안이 있다."

"제안?"

"6 연무장의 숫자는 우리보다 2배 이상 많지?"

"그렇다."

"그럼 좀 더 기회를 주는 게 좋잖아. 그쪽은 60명을 준비해."

"뭐?"

"이쪽은 그대로 43명. 그쪽은 60명으로 붙자고."

"우리를 무시하는 건가?"

메툰의 기세가 짚불처럼 타올랐다. 테이블이 부르르 떨렸다.

"무시가 아니라, 사실을 말하는 거다. 무력과 경험이 모자란 건 너도 인정하지 않나?"

"음."

"거기다 직계나 봉신가, 상위 방계 아이들도 우리가 더 많지. 60명으로 싸운다고 해도 너희에게 뭐라 할 사람은 없어."

메툰은 잠시 고민하다가 고개를 끄덕였다.

"알겠다. 그렇게 하지."

"날짜와 위치도 네가 정해."

"나한테? 내가 속이면 어떻게 하려고…."

메툰의 묵직한 눈빛이 처음으로 흔들렸다.

"네가 이런 걸로 사기를 칠 위인은 아니니까."

금화에 올려진 메툰의 손에 힘이 빠졌고, 리메르는 그 틈에 금화를 날름 챙겼다.

"다만 네가 하나 착각하는 게 있다."

금화에서 손을 뗀 메툰이 고개를 틀었다.

"착각?"

"케인 지그하르트는 부상으로 몸을 움직이지 못하는 1년 반 동안 매일 오러 연공과 감각을 개발했다."

"어?"

"녀석의 감각과 오러 양은 정식 검사에게도 뒤지지 않아."

그는 자신감이 넘치는 눈빛으로 리메르를 내려다보았다.

"준비 단단히 하는 게 좋을 거다. 케인 한 명에게 다 쓸릴 수도 있으니까. 이건 내기의 계약금이다."

메튠이 품에서 꺼낸 금화 주머니를 리메르 앞에 밀어 놓고, 주점을 나갔다.

"우와아아!"

"우리도 구경 가도 되나?"

"당장 판을 열어! 6 연무장에 내 전 재산을 건다!"

"난 5 연무장!"

"전 재산도 얼마 안 되는 놈들이. 난 우리 집을 건드아!"

내기가 성립되자 주점의 천장이 들썩일 정도로 난리가 났다.

"흐흠."

리메르는 금화 주머니를 툭툭 치며 빙긋 웃었다.

"꽁돈은 역시 좋다니까."

그는 모든 것을 알고 있던 것처럼 여유로웠다.

"그럼 도박장이나 가 볼까."

아직 해가 떠오르지도 않은 어둑한 새벽.

검은 커튼이 내려앉은 듯한 별관 공터에 라온이 두 눈을 감고 앉아 있었다. 어깨 위로 풀잎보다도 가는 붉은 아지랑이가 피어올랐다.

열기 띤 태양이 떠오르는 것과 반대로 라온의 육체에서 피어나는 붉은 기운은 점차 줄어들었고, 끝내 완벽하게 사라졌다.

그 순간 라온이 두 눈을 떴다.

번쩍.

천공으로 솟구치는 태양처럼 그의 붉은 눈동자가 진한 열기로 타올랐다.

"후우우…."

라온이 호흡으로 육체에 남은 탁기를 뱉어 내자, 이글거리던 눈동자가 평소대로 돌아왔다.

'시간 참 빨리도 지나가네.'

꾸물꾸물 올라가는 태양을 보며 몸을 일으켰다.

첫 임무를 다녀온 지 3일이 지났다.

3일 동안 수련한 덕분에 육체와 오러의 움직임이 조금이나마 비슷하게 움직이기 시작했다.

챠앙!

라온이 손목과 발목을 돌린 뒤 검을 뽑았다. 만화공을 운용하며 연성검술을 처음부터 끝까지 펼쳤다.

육체 바로 뒤를 오러가 따라간다. 흡사 그림자 같은 움직임. 완벽하진 않지만, 3일 전과는 확연하게 달라졌다.

'일단 이 정도만 맞춰 두는 게 좋겠어.'

평생을 해야 할 수련이니까.

오러와 육체의 흐름을 완벽히 맞추는 건 며칠로 될 수련이 아니다.

결국 검과 정신을 하나로 만드는 검신합일이 되어야 하니, 앞으로도 꾸준히 수련해야 한다.

라온은 지그하르트 기본 검술을 처음부터 끝까지 펼친 뒤 검을 집어넣었다.

하늘을 보니, 태양이 상당히 높게 올라가 있었다.

'살짝 늦었네.'

새벽 개인 훈련이 거의 끝날 시간이었다. 오전 정규 훈련 시간이 되기 전에 연무장에 가야 할 것 같았다.

라온은 땀을 흘린 옷을 갈아입고, 5 연무장으로 달려갔다. 연무장 문을 열고 들어가려고 할 때 안에서 수련생들의 목소리가 들려왔다.

"그 녀석이 어쩐 일로 없지?"

"임무를 혼자 끝내셨는데, 새벽 훈련할 맛이 나시겠어."

"쯧, 사실 거기에 누가 있어도 할 수 있는 일이었는데."

"그러니까. 오러 유저라고 해도 산적인데, 얼마나 강하겠어. 운이 좋았던 거지."

목소리만 들어도 알 수 있다. 방계 수련생. 그것도 달라진 버렌에게 적응하지 못하고 떨어져 나간 녀석들이다.

'한심한 놈들.'

라온이 혀를 찼다. 저런 패배자들의 말은 신경 쓸 필요도 없었다. 자신이 들어가는 순간 눈을 피하고 도망갈 테니까.

'근데 연무장이 살짝 춥네.'

연무장의 기온이 평소와 다름을 느끼고 들어가려 할 때 안에서 익숙한 목소리가 들려왔다.

"한심하다."

버렌의 음성이었다. 우아한 발소리가 수련생들의 앞에서 멈췄다.

"누구나 할 수 있는 일이라고? 그럼 넌 당시에 산적들의 흔적을 찾았나? 아니면 산적들에게서 아이들을 구했나? 그것도 아니면 산적의 목이라도 베었겠지?"

"그, 그게…."

"버렌 님. 저희는 그냥 자, 장난으로…."

수련생들은 할 말을 찾지 못하고 어버버 주절거리기만 했다.

"질투는 누구나 할 수 있는 감정이다. 다만 그걸 입에 담는 순간 인간의 추함은 바닥을 찍게 되지. 이건 내가 직접 해 보았기에 할 수 있는 말이다. 정신 차려라."

타악!

버렌의 말이 끝나자마자, 누군가가 나무에서 뛰어내렸다.

"하, 저 새끼 없었으면 내가 너희들 대가리를 깨 버리려고 했는데."

마르타. 이를 가는 듯한 그녀의 목소리가 수련생들의 옆에서 들려왔다.

"주제 파악 좀 하자. 너희가 산적 두목을 만났으면, 깝치다 뒤지거나, 지켜보던 교관들에게 개처럼 끌려갔을 거야."

"마, 마르타 님…."

"너희들 임무를 끝내고 휴가를 받았을 때 뭘 했지? 임무에 다녀왔으니, 좀 쉬어야겠다고 생각하면서 훈련도 설렁설렁했겠지? 아예 안 했던가?"

"그게…."

"으음."

수련생들은 정곡을 찌르는 마르타의 말에 쩝쩝 소리만 냈다.

"임무를 혼자 끝내 버린 그 자식은 너희들이 집으로 돌아가 발 뻗고 잘 때도 연무장에 나와서 수련했다. 심지어 돌아온 당일에도."

"저, 정말입니까?"

"못 믿겠으면 직접 물어보든가."

마르타는 찬웃음을 흘리며 수련생들을 비웃었다.

"라온의 행적을 잘 아는군. 스토킹이라도 했나?"

"뭐? 이 새끼가 어따 주둥이를 놀려!"

버렌의 농담 같은 말에 마르타가 벽을 후려쳤다.

"맞잖아. 보지도 않고, 그걸 어떻게 알지?"

"그 아가리를 묶어 버리면 알지 않을까?"

버렌과 마르타가 싸울 듯이 기세를 뿜어내기 시작했다.

후우.

라온은 가슴을 손가락으로 두드리는 듯한 뭔지 모를 감정을 느끼며 연무장의 문을 열었다.

시끄럽고, 분주하던 연무장이 조용해졌다. 멱살을 쥐고 싸울 것 같았던 버렌과 마르타가 고개를 휙 돌렸다.

"라온."

두 사람을 보고 있을 때 눈이 은빛으로 반짝이는 루난이 다가왔다. 어깨 위로 새하얀 서리가 피어나고 있었다.

'이 녀석이었군.'

연무장의 기온이 왜 내려갔나 했더니, 루난이 살벌한 양의 냉기를 뿜어내고 있었던 것 같다.

"임무 좀 혼자서 해냈다고 뵈는 게 없나 봐? 새벽 훈련에도 늦고."

마르타는 조금 전에는 자신의 편을 들어줘 놓고 지금은 비꼬기 시작했다.

"집에서 했으니, 걱정할 필요 없어."

라온은 가볍게 대답하고 연무장의 중앙에 섰다.

"곧 정규 훈련이 시작된다. 전부 정렬하도록."

수련생들이 조금 떨떠름한 표정으로 라온의 뒤로 모이기 시작했다.

"훈련 시작 전까지 몸을 풀어라."

몸을 풀라고 말하며 목을 돌리는 라온의 입가에는 누구도 알기 힘들 정도로 작은 미소가 지어져 있었다.

❈❈❈❈❈

첫 임무를 완수한 후 두 달이 지났다.

라온을 보는 주변 시선이 조금 달라졌지만, 그는 아무런 신경도 쓰지 않고, 연성검법과 가람보법의 조화에만 열중했다.

-지겹도다. 이미 익힌 검술과 보법만 반복하다니, 네놈에겐 지루하다는 감정이 없는 게냐?

'그럴 리가.'

라온이 픽 웃었다.

'중요한 훈련이니까. 참는 거야.'

기초가 중요하다는 걸 모르는 사람은 아무도 없지만, 대부분은 알면서도 기초 단련을 포기하고 고급 무학에 몰두하는 실수를 범한다.

그 이유는 간단하다.

바로 경쟁심.

'내가 뒤떨어지는 것 같으니까.'

이쪽이 평범한 검술과 보법만 반복할 때 저쪽이 검기를 쓰고, 검풍을 날린다면 심리적으로 위축되고, 불안할 수밖에 없다.

'거기다 더럽게 지루하지.'

기본 검술과 보법은 단순하고 간단하다. 평범한 재능의 수련생이라고 해도 일주일이면 그 형을 익힐 수 있을 정도.

그걸 몇 달 혹은 몇 년간 반복해서 수련하는데, 즐거울 사람은 아무도 없다.

라온 역시 마찬가지. 기초 검술과 보법을 계속 반복하는 건 그에게도 괴로울 정도로 힘든 일이다.

'하지만 해야 하는 일이지.'

기초를 열심히 수련하는 건 절벽에 사다리를 만드는 것과 같다.

손과 발로 오르는 녀석들이 일단 먼저 가겠지만, 훗날에는 사다리를 세운 자신이 더 높고 빠르게 절벽을 오를 것이다.

참을성만큼은 세상 누구보다 자신이 있었기 때문에 라온은 다른 사람이 뭐라고 하든 개인 시간에는 항상 기초 검술과 보법, 불의 고리를 운용했다.

"와, 진짜 지겹지도 않나?"

"어떻게 연성검법만 반복하는 거지?"

"미쳤다. 미쳤어…."

"난 저렇게 못 산다. 못 살아."

수련생들은 기본 검술을 반복하는 라온을 보고 혀를 내둘렀다. 조롱이나 놀리는 게 아닌 순수한 감탄이었다.

"그러게. 어떻게 저것만 반복하냐. 머리가 반쯤 돌아간 거 아닐까?"

경쾌한 목소리에 수련생들이 뒤를 돌았다.

"허억!"

"교, 교관님!"

"이렇게 일찍 웬일이십니까?"

"안녕."

수석 교관 리메르가 씩 웃으며 손을 흔들었다.

"기본이 지겨운 건 사실이지만, 저 녀석은 높이 올라갈 거다. 기초를 끊임없이 닦은 검사 중에 위에 서지 못한 사람은 본 적 없거든."

그는 그렇게 말하고서 단상 위로 올라갔다.

"자, 모두 주목!"

리메르가 손뼉을 치고 모두의 시선을 모았다. 수련생들이 개인 수련을 멈추고 그의 앞으로 달려갔다.

"무슨 일이십니까?"

버렌이 손을 들어 올렸다. 리메르가 새벽 개인 훈련 시간에 나온 게 신기한지 고개를 갸웃거리고 있었다.

"아, 예전에 말했어야 했는데, 깜빡한 일이 있어서."

"예? 깜빡이요?"

"또 뭘 잊으신 겁니까?"

수련생들은 별일이 아니라 생각하고 가벼운 마음으로 질문했다. 하지만 그의 입에서 나온 소리는 그들의 생각을 한참 뛰어넘었다.

"6 연무장이랑 한 판 뜨기로 했거든."

"떠요? 6 연무장이랑? 서, 설마 대련한다는 말씀이십니까?"

"대련이라기보다는 전면전 느낌이지. 너희 43명과 그쪽 60명이 동시에 붙을 거야."

"언제입니까?"

버렌의 얼굴이 나무껍질처럼 굳어졌고, 다른 수련생들도 마른침을 삼켰다.

리메르는 그 표정을 즐기듯 히죽 웃었다.

"내일."

제61화

6 연무장과의 전투 훈련.

버렌도 들어 보았던 소문이다. 2달 전에 술집에서 나온 이야기였는데, 그 뒤로 별말이 없어서 헛소문이라고 생각했다.

그런데 내일? 내일이라고?

버렌은 본인의 청각에 문제가 생겼다고 생각했다. 그렇지 않고서야 저런 미친 소리를 들을 리가 없으니까.

"교관님."

"응."

"지금 내일이라고 하셨습니까?"

"응."

"루난 따라 하지 마시고. 확실하게 말씀해 주십시오. 정말 내일입니까?"

"아, 그렇다니까."

리메르는 냉큐 고개를 끄덕였다. 때려 주고 싶을 정도로 당당한 표정이다.

"대련도 아니고, 전면전인데 내일?"

"숫자가 그렇게 많지는 않으니, 전면전까지는 아니고 국지전이라고 생각하는 게…."

"그게 아니지 않습니까!"

버렌이 쿵 발을 굴렀다.

"당장 내일이 대결인데, 오늘 말해 주다니, 이런 법이 어디에 있습니까! 설마 이전에 술집에서 나온 소문이 진짜였던 겁니까?"

"오, 알고 있었네. 그거 나랑 메튼 이야기야."

"이런 젠장!"

일대일 대련이면 몰라도 전면전이라면 연무장의 자존심을 건 결투다. 그걸 하루 전에 말하다니, 어이가 없어서 입이 다물어지지 않았다.

"하아, 이래서 너희들을 애송이라고 하는 거야."

리메르가 쪼그려 앉은 채로 혀를 찼다.

"전쟁이나 전투라는 게 '안녕하세요? 우리가 지금부터 싸움을 걸겠습니다. 주의하세요!'라고 말하며 예의 바르게 시작되냐? 아니야. 대부분의 전투는 갑작스럽게, 생각지도 않은 상황에서 벌어진다."

그는 볼품없는 자세에서 주변을 압도하는 날카로운 기세를 뿜어냈다.

"일단 전쟁이 일어나면 밥을 먹다가도, 잠을 자다가도, 똥을 싸다가도 튀어 나가야 한다. 적이 누구인지, 숫자가 어떻게 되는지도 모른 채 일단 칼부터 뽑고 보는 거야. 하루 전에 알았다면 대응할 시간은 충분한 편이지."

"으음!"

"그게…."

버렌과 수련생들은 할 말이 없는지 입을 다물었다.

'맞는 말이야.'

라온이 고개를 끄덕였다.

'임무도 갑작스러운 게 훨씬 많으니까.'

암살 역시 마찬가지다.

당연하게도 목표물이 집에 있을 때보다 외부에 나왔을 때 암살에 성공할 가능성이 높다.

목표물이 집에서 나와 어딘가로 떠나게 되면 그제야 계획을 짜서 움직이는 경우도 흔했다.

즉석에서 암살 계획을 짜고, 행동하는 건 암살자에게 필수 덕목이었다.

"거기다 6 연무장도 어젯밤에 알려 줬어. 너희와 별 차이 안 나."

"그, 그 말씀을 미리 하시지 그러셨습니까."

"설명하기 전에 네가 화부터 냈잖아. 그렇게 화내는 거 오랜만에 본다."

리메르가 낄낄 웃었다.

"윽! 죄송합니다."

버렌이 민망한 듯 귓불을 빨갛게 물들인 채 고개를 숙였다.

"그럼 전부 알아들었을 테니, 지금부터 설명을 시작한다."

리메르가 뒷짐을 지고 일어섰다. 나름 폼을 잡으려는 것 같았지만, 그렇게 있어 보이지는 않았다.

"전투 시작은 내일 새벽 6시. 우리는 43명이고, 저쪽은 60명이다. 승패는…."

"그러고 보니 왜 저쪽은 60명입니까?"

"거의 1.5배가 많은데…."

수련생들은 6 연무장 인원이 훨씬 많은 걸 듣고서 목을 바짝 세웠다.

"말했잖나. 전쟁이라는 게 숫자를 딱딱 맞춰서 싸우는 게 아니라고. 나중에 다수의 적을 만났을 때 우리보다 많다고 비겁하다고 할 거야? 아니잖아."

"끙…."

"마, 맞는 말이긴 한데."

수련생들은 고개를 갸웃거리며 제자리로 돌아갔다. 그들은 계속 리메르에게 말리는 기분을 느꼈다.

"다시 설명을 시작한다. 우리 43명과 저쪽 60명이 동시에 움직인다. 적을 모조리 무력화시키거나, 상대 진형의 깃발을 차지하게 되면 승리. 어떻게 보면 대련보다 간단해."

그는 너무 쉽다고 중얼거리며 내일 새벽에 바로 알려 주지 않은 걸 다행이라고 여기라 말했다.

"음, 생각해 보니까. 그리 어렵지는 않을 것 같은데."

"하긴 6 연무장 수련생의 절반은 여기서 떨어진 애들이니까. 직계도 없고."

"너 모르냐? 몇 달 전에 케인 님이 6 연무장에 들어가셨잖아."

"케, 케인 지그하르트 님이면 우리보다 2살이나 많으시잖아! 그 사람을 어떻게 이겨!"

"괜찮아. 그분 부상이 심해서 병상에 1년 동안 계셨어. 아직 다 회복 못 하셨을 걸?"

"오, 그럼 할 만하지."

케인이 아직 부상을 회복하지 못했다는 말에 수련생들이 안도의 한숨을 내쉬었다.

"아니다."

버렌이 고개를 저었다.

"케인 지그하르트는 이미 부상을 모두 회복했다. 회복 중에도 오러 연공과 감각 훈련을 지속해서 지금 그의 무력은 소드 유저 상급 수준이다."

"소, 소드 유저 상급?"

그의 말에 수련생들의 얼굴이 창백하게 질렸다.

"흥, 그래서 어쩌자고. 겁나면 빠져. 케인인지 뭔지는 내가 맡을 테니까."

"겁나는 건 아니다. 정보를 말해 줬을 뿐이다. 그리고 너 혼자선 무리야."

"아앙?"

마르타와 버렌의 다툼에 수련생들의 얼굴에 혈색이 돌아왔다.

"우리한테도 버렌 님, 마르타 님, 루난 님이 있잖아. 뭐, 라온도 있고."

"솔직히 어렵지 않게 이길 거 같은데? 저 두 명이 케인 님을 막고, 나머지만 쓸어버리면 되잖아."

"가능해. 우린 오웬 왕국 기사들에게도 이겼고, 이번에 임무도 완수했으니까."

수련생들은 6 연무장 수련생 정도는 가볍다고 말하며 미소를 지었다.

"음, 너무 쉽게 보았다간 큰코다칠 텐데."

리메르의 입꼬리가 서늘하게 올라갔다.

"검사들의 실력을 한 번에 크게 올려주는 지옥주라는 훈련이 있거든. 6 연무장 수련생들은 그 지옥주를 단 한 명의 낙오도 없이 견뎌 냈어. 그것도 너희들 때문에."

"저희 때문에요?"

"최근 가문에서 가장 많은 주목을 받는 게 5 연무장이니까. 그 아이들은 너희를 따라잡기 위해서 눈에 불을 켜고 있다. 만만하게 보았다간 허무하게 질걸?"

그는 오랜만에 진지한 조언을 해 주었다.

"에이! 우리는 매일매일이 지옥주였잖아요."

"여기서 떨어진 녀석들이 강해져 봤자지. 재능이 달라. 재능이."

"그래. 우리는 지금까지 패하거나 실패한 적이 없다고."

"케인 님만 막으면 무조건 이길 수 있어!"

조언을 듣고서도 수련생들의 자만심은 꺼지지 않았다. 오히려 더 불타오르는 것 같았다.

"자신감 좋네."

리메르는 피식 웃으며 고개를 끄덕였다. 이대로 지더라도 신경 쓰지 않는다는 듯한 미소다.

"마지막으로 전면전은 작은 전쟁과도 같다. 즉, 리더의 지시가 가장 중요하지. 내일은 전부 라온의 지시를 따르도록."

"예!"

"…예."

"알겠습니다."

평소에 라온을 따르던 수련생들은 바로 대답했고, 버렌이나, 루난을 따르는 수련생들은 한 박자 늦게 입을 뗐다.

'귀찮겠네.'

라온이 콧등을 찡그렸다. 6 연무장을 꺾는 건 어렵지 않지만, 수련생들을 통제하는 건 귀찮았다.

"오늘 훈련은 자율이다. 이곳에서 작전을 짜든 훈련을 하든 알아서 내일 전투를 준비해라."

리메르는 평소처럼 가볍고 건들거리는 분위기로 돌아갔다.

"수석 교관님. 가장 중요한 걸 말씀하지 않으셨습니다."

버렌이 손을 들어 올렸다.

"뭐지?"

"전투가 벌어지는 위치가 어디입니까."

"아, 그거."

리메르가 손뼉을 쳤다.

"저기 본관 뒤의 북망산."

그가 라온을 내려다보며 능글맞게 웃었다. '너 북망산 잘 알잖아. 부탁해.'라는 느낌의 웃음이었다.

"후."

라온이 고개를 절레절레 저었다. 아무래도 리메르는 이쪽의 승리에 도박을 건 것 같았다.

상황을 최악으로 만들고, 도박은 5 연무장에 걸다니 진짜 신기한 인간. 아니, 엘프였다.

'저러니 망하지.'

매번 도박장이나, 마장에서 돈을 잃고 오는 이유가 있었다.

"그럼 난 간다."

리메르는 소풍을 떠나는 아이처럼 손을 흔들고 연무장을 떠났다.

"정렬."

라온은 한숨을 내쉬고, 수련생들을 연무장 중앙으로 모았다.

"내일 있을 단체전을 위해서 지금부터 계획을 짠다. 6 연무장의 정보를 아는 사람 있나?"

"제, 제가 좀 압니다."

수전증이 시작된 도리안이 마른침을 삼켰다.

"모두 알다시피 현재 6 연무장의 수석은 케인 지그하르트 님입니다. 저희보다 2살 많은 16살이지만, 임무에 나가셨다가 큰 부상을 당해서 1년 넘게 병상에 계셨다가 복귀하셨습니다."

"부상이라…."

"아까 들으셨던 대로 무력 수준은 소드 유저 상급이고, 인망이 있어서 현재 6 연무장 수련생은 모두 그분을 따르고 있습니다. 특히 방계 세 명이 강한데…."

도리안은 여기저기 발을 걸쳐 놓은 녀석답게 6 연무장에 대한 정보를 술술 불었다.

"그 정도면 계획을 짤 필요도 없겠네."

"역시 케인 님 빼고는 무시해도 되겠어."

"그렇지. 최강자 4명 중 2명이 케인 님을 막고, 나머지는 우리끼리 쓸어버리자고."

수련생들은 히죽 웃으며 계획을 짤 필요도 없겠다고 떠들어 댔다.

"확실히 케인만 막는다면 어렵지 않게 이길 수 있을 거다."

버렌도 패한다고는 생각하지 않는지 각자 움직이자고 말했다.

"계획은 지랄. 귀찮게 머리를 쓸 필요 없이 힘으로 털어 버리면 그만이야. 나한테 맡기면 혼자서라도 쓸어 줄게."

마르타가 꽉 말아 쥔 주먹을 들어 올렸다.

두 사람은 2달 전 임무에서 아무것도 하지 못했던 것 때문에 이번 전투에서는 활약하고 싶어 하는 것 같았다.

"흐음…."

라온이 모두의 의견을 듣고 고개를 끄덕였다.

"정리하자면 힘의 차이가 나니까. 전략이나, 작전은 필요 없고 그냥 밀어 버리면 된다. 케인만 어떻게 해서든 막자. 이거지?"

"그래."

"어떻게 싸워도 이긴다니까."

"오전 내로 끝내고 점심이나 먹자고."

수련생들은 이미 승리한 것처럼 미소를 지었다. 조용히 있는 건 평소와 같은 루난과 할 말을 전부 쏟아 낸 도리안뿐이었다.

"그래. 그렇게 하자."

라온은 수련생들을 쭉 둘러보고 고개를 끄덕였다.

"오, 웬일로 시원하네."

"그럼 개인 훈련인가?"

"내일은 몇 명 쓰러뜨리나 내기할래?"

수련생들을 히죽 웃으며 개인 훈련을 하기 위해 각자 움직였다.

-멍청한 놈들이로군.

'그래.'

라온이 서늘한 눈빛으로 고개를 끄덕였다.

'저 녀석들은 뒤에서 쫓아오는 사람의 무서움을 전혀 몰라.'

리메르의 말대로 큰코다쳐 봐야 정신을 차릴 것 같다.

같은 시간. 6 연무장.

머리와 옷에 먼지가 가득 낀 100여 명의 수련생이 연무장 한가운데 모여 있었다.

"너희는 포기율 70%가 넘는 지옥주를 전부 견뎌 냈다."

6 연무장 수석 교관 메툰의 근엄한 목소리에 수련생들이 허리를 곧게 세웠다.

"그것도 너희들의 선택으로. 그 이유를 기억하나?"

"5 연무장 때문입니다!"

수련생들이 동시에 소리쳤다. 5 연무장보다 규모가 큰 6 연무장이 흔들릴 정도로 우렁찬 목소리였다.

"맞다. 가문에서 가장 많은 주목을 받고, 너희를 무시했던 오웬 왕국도 먼저 대련을 신청했던 5 연무장. 그들을 쓰러뜨리기 위해서였다."

메툰이 수련생들을 하나하나 살폈다. 눈동자가 이전과는 비할 수 없이 단단해져 있었다.

"이제 그 기회가 왔다. 무시당하기는커녕 관심조차 받지 못했던 너희들이 5 연무장을 꺾을 기회가."

그의 목소리가 연무장을 울림과 동시에 수련생들의 눈동자가 반짝였다.

"43대 60이라고 해도 가문의 모두가 그 아이들의 승리를 점칠 거다. 하지만 난 승패는 반반이라고 생각한다. 내일 너희들이 쌓아 올린 것들을 보여 주고 와라!"

"예!"

수련생들이 연무장이 떠나가라 소리를 질렀다.

"케인 지그하르트."

메툰이 6 연무장의 유일한 직계를 불렀다. 중앙에 서 있던 금발벽안의 소년이 한 발 앞으로 나왔다.

"부탁한다."

"믿고 계십시오."

케인이라 불린 수련생이 당당한 자세로 고개를 숙였다.

"5 연무장보다 6 연무장이 더 강하다는 걸 모두에게 보여 주고 오겠습니다."

"그게 전부가 아니다."

메툰이 살짝 고개를 저었다.

"6 연무장의 수석인 네가 5 연무장의 수석인 라온 지그하르트를 꺾어야 한다."

"……."

"왜 자신이 없느냐?"

"아닙니다."

케인의 눈빛이 사납게 번뜩였다.

"너무도 당연한 일이라 말씀드리지 않았을 뿐입니다. 그 녀석은 절 이길 수 없습니다. 제 능력이 더 우위에 있으니까요."

"좋은 자신감이다."

메툰이 만족스럽게 고개를 끄덕였다.

"케인만이 아니다. 모두 지금까지의 노력이 헛되지 않도록 최선을 다해라."

"예!"

그날 6 연무장의 불은 밤늦도록 꺼지지 않았다.

"흐음….."

라온은 내일 전투가 이루어질 북망산의 지도를 보고 고개를 끄덕였다.

'전부 아는 곳이네.'

리메르를 따라 북망산에 간 이후 산 주변을 돌며 수련을 했기 때문에 주변 지리는 모두 알고 있었다. 지리적인 면에서 자신이 6 연무장보다 훨씬 유리했다.

'다만….'

애들 상태가 좋지 않아.

수련생들은 계속된 승리와 성취에 도취되어 있다.

특히 몇 가지 일은 자신이 혼자 한 일임에도 함께 그 자리에 있었던 것만으로 본인들의 힘이 강해졌다고 착각하고 있었다.

'물론 강하긴 하지.'

리메르의 교육 방식 덕분에 수련생들이 비슷한 나이의 검사나 기사보다 강한 건 사실이다. 하지만 압도하거나, 무시할 정도는 절대 아니다.

보지 못한 사이에 큰 성장을 이루는 아이들의 특성상 방심했다가는 그대로 패하게 될 거다.

-그게 다 제대로 된 실전을 겪어 보지 못해서 그렇다. 자신보다 약한 자에게 죽을 상황을 겪어 봐야 알 수 있는 법이지.

라스가 라온의 생각을 알아차린 듯 비웃음을 흘렸다.

-그 멍청이들을 보고 있으니, 본왕이 마계 있을 때가 생각나는군. 본왕 앞에서

건방을 떨던 고위 마족 놈의 뿔을 잡아 뽑아서….

"아, 시작됐군."

-본왕이 피가 되고 살이 되는 이야기를 해 주는데 또 말을 끊고….

"예에."

-끄으윽! 라온 지그하르트!

라온은 손을 휘휘 젓고 침대에 누웠다. 청각을 막고, 눈을 감았다.

뭐, 이 녀석 말도 틀리진 않지.

5 연무장 수련생들에게 패배를 경험하게 해서 본인들이 특별하지 않다는 걸 알려 주는 것도 좋은 방법이다.

리메르도 어느 정도 그걸 노렸을 거다. 물론 패배하지는 않고, 패할 정도가 되었다가 이기기를 원하고 있겠지만.

'재밌겠네.'

라온이 옅게 미소를 지었다.

'딱 좋은 기회야.'

아직 자신을 따르지 않는 수련생들에게 뛰어난 지휘관이 어떤 역할을 할 수 있는지 보여 줄 기회였다.

내일 전투가 끝난 후 5 연무장 수련생들은 단 한 명도 빼놓지 않고, 자신의 지시를 무조건 따르게 될 거다.

"그러면 일단은 정보를 훔쳐야겠네."

라온의 눈동자가 하늘에 뜬 달처럼 은은하게 빛났다.

❄❄❄❄❄

다음 날 북망산 동쪽 중턱.

케인 지그하르트와 6 연무장의 수련생 59명은 노란 깃발 주변으로 둥글게 모여 있었다.

"마지막으로 작전을 말한다."

케인이 북망산 지도를 보며 날카로운 음성을 흘렸다.

"5 연무장 수련생들이 있는 곳은 서쪽이다. 녀석들은 아직도 뭉치지 못했어. 라온, 버렌, 루난, 마르타 네 개의 파벌로 나뉘어 있지."

그는 5 연무장의 수련생들이 아직 뭉치지 못한다는 걸 알고 있었다.

"분명히 따로 움직일 거다. 특히 마르타는 홀로 돌진해 올 거야. 던."

"예."

케인의 부름에 옆에 있던 덩치 큰 수련생이 고개를 끄덕였다.

"연습했던 대로 1조를 데리고 가서 막아. 차륜전으로 간을 보듯이 상대한다면 이길 수 있다."

"알겠습니다."

"버렌은 예리하면서도, 체계적인 검술을 사용하지. 데칼!"

"예!"

원숭이처럼 팔과 다리가 긴 수련생이 손을 들어 올렸다.

"네가 가라. 감각검을 익힌 2조와 함께라면 버렌을 꺾을 수 있을 거다. 방계와 함께 움직일 테니, 3조도 함께 데리고 가도록."

"옙!"

케인이 마지막으로 우측에 선 녹색 단발의 여자를 보았다.

"카린. 네 상대는 루난이다. 종잡을 수 없는 아이지만, 라온의 말만큼은 잘 따른다고 한다. 이곳에서 대기하다가 4조와 함께 내 지시대로 움직여."

"응."

"마지막으로 나와 5조는 여기서 대기하며 라온을 막는다."

케인 지그하르트가 지도를 들고 허리를 쭉 폈다.

"놈들의 움직임은 어떻게 파악하려고? 위치를 잘못 잡으면 다 망하잖아."

"괜찮아."

그가 자신감이 담긴 미소를 흘렸다.

"관찰안을 사용할 거니까."

관찰안은 먼 곳의 적의 위치와 기운을 느낄 수 있는 기예. 이런 국지전에서 사용하기에 최적의 능력이었다.

일대일이면 몰라도 이런 국지전에서 가장 중요한 건 정보와 탐지다. 탐지 능력은 라온이 아니라 다른 교관들과 싸워도 이길 자신이 있었다.

"지옥주를 버틴 우리의 의지를 보여 줄 시간이다. 오늘 이후 지그하르트 최고의 수련장은 6 연무장이 될 거다!"

"우아아아아아!"

케인의 힘찬 목소리에 6 연무장의 수련생들이 함성을 질렀다.

다만 주먹을 꽉 쥔 케인도, 의지를 불태우는 수련생들도 모르는 게 하나 있었다.

나무 위에서 그들을 굽어보는 붉은 눈이 있다는 것을.

3권에서 계속됩니다.

환생한 암살자는 검술 천재 II

초판 2쇄 인쇄 2025년 05월 28일
초판 2쇄 발행 2025년 06월 10일

글 글개미

펴낸곳 (주)다온크리에이티브
편집, 표지 디자인 (주)다온크리에이티브
내지 디자인, 인쇄, 제작 손봄(주)
출판 등록 번호 251002014000248
출판 등록일 2014년 09월 11일

출판 (주)다온크리에이티브
주소 서울특별시 강남구 선릉로 119길 5, (논현동 플랜에이빌딩)
전화 02-515-4208
E-mail biz@daoncreative.com

도서 유통 손봄(주)
전화 070-7708-7050
E-mail books@sonbom.co.kr

ⓒ 글개미 / 다온크리에이티브 All rights reserved

ISBN 979-11-7300-310-3 (04810)
       979-11-7300-308-0 (04810) SET

※ 파본은 구입하신 서점에서 교환하여 드립니다.
※ 이 책은 (주)다온크리에이티브와 저작자의 계약에 의해 출판된 것이므로 무단 전재 및 유포, 공유를 금합니다.